Harry Potter

y

la piedra filosofal

J.K. ROWLING

Harry Potter

y

la piedra filosofal

salamandra

Título original: *Harry Potter and the Philosopher's Stone*

Traducción: Alicia Dellepiane Rawson

Ilustración: © Dolores Avendaño, 1999

Copyright © J.K. Rowling, 1997
Copyright © Ediciones Salamandra, 2001

El Copyright y la Marca Registrada del nombre y del personaje
Harry Potter, de todos los demás nombres propios y personajes,
así como de todos los símbolos y elementos relacionados,
son propiedad de Warner Bros., 2000

Publicaciones y Ediciones Salamandra, S.A.
Almogàvers, 56, 7° 2ª - 08018 Barcelona - Tel. 93 215 11 99
www.salamandra.info

ISBN: 84-7888-654-0
Depósito legal: NA-2.683-2005

1ª edición, enero de 2001
11ª edición, octubre de 2005
Printed in Spain

Impreso y encuadernado en:
RODESA - Pol. Ind. San Miguel. Villatuerta (Navarra)

*Para Jessica, a quien le gustan las historias,
para Anne, a quien también le gustaban,
y para Di, que oyó ésta primero.*

1

El niño que vivió

El señor y la señora Dursley, que vivían en el número 4 de Privet Drive, estaban orgullosos de decir que eran muy normales, afortunadamente. Eran las últimas personas que se esperaría encontrar relacionadas con algo extraño o misterioso, porque no estaban para tales tonterías.

El señor Dursley era el director de una empresa llamada Grunnings, que fabricaba taladros. Era un hombre corpulento y rollizo, casi sin cuello, aunque con un bigote inmenso. La señora Dursley era delgada, rubia y tenía un cuello casi el doble de largo de lo habitual, lo que le resultaba muy útil, ya que pasaba la mayor parte del tiempo estirándolo por encima de la valla de los jardines para espiar a sus vecinos. Los Dursley tenían un hijo pequeño llamado Dudley, y para ellos no había un niño mejor que él.

Los Dursley tenían todo lo que querían, pero también tenían un secreto, y su mayor temor era que lo descubriesen: no habrían soportado que se supiera lo de los Potter.

La señora Potter era hermana de la señora Dursley, pero no se veían desde hacía años; tanto era así que la señora Dursley fingía que no tenía hermana, porque su hermana y su marido, un completo inútil, eran lo más opuesto a los Dursley que se pudiera imaginar. Los Dursley se estremecían al pensar qué dirían los vecinos si los Potter apareciesen por la acera. Sabían que los Potter también tenían un hijo pequeño, pero nunca lo habían visto. El niño era otra buena razón para mantener alejados a los Potter: no querían que Dudley se juntara con un niño como aquél.

Nuestra historia comienza cuando el señor y la señora Dursley se despertaron un martes, con un cielo cubierto de nubes grises que amenazaban tormenta. Pero nada había en aquel nublado cielo que sugiriera los acontecimientos extraños y misteriosos que poco después tendrían lugar en toda la región. El señor Dursley canturreaba mientras se ponía su corbata más sosa para ir al trabajo, y la señora Dursley parloteaba alegremente mientras instalaba al ruidoso Dudley en la silla alta.

Ninguno vio la gran lechuza parda que pasaba volando por la ventana.

A las ocho y media, el señor Dursley cogió su maletín, besó a la señora Dursley en la mejilla y trató de despedirse de Dudley con un beso, aunque no pudo, ya que el niño tenía un berrinche y estaba arrojando los cereales contra las paredes. «Diablillo», dijo entre dientes el señor Dursley mientras salía de la casa. Se metió en su coche y se alejó del número 4.

Al llegar a la esquina percibió el primer indicio de que sucedía algo raro: un gato estaba mirando un plano de la ciudad. Durante un segundo, el señor Dursley no se dio cuenta de lo que había visto, pero luego volvió la cabeza para mirar otra vez. Sí había un gato atigrado en la esquina de Privet Drive, pero no vio ningún plano. ¿En qué había estado pensando? Debía haber sido una ilusión óptica. El señor Dursley parpadeó y contempló al gato. Éste le devolvió la mirada. Mientras el señor Dursley daba la vuelta a la esquina y subía por la calle, observó al gato por el espejo retrovisor: en aquel momento el felino estaba leyendo el rótulo que decía «Privet Drive» (no podía ser, los gatos no saben leer los rótulos ni los planos). El señor Dursley meneó la cabeza y alejó al gato de sus pensamientos. Mientras iba a la ciudad en coche no pensó más que en los pedidos de taladros que esperaba conseguir aquel día.

Pero en las afueras ocurrió algo que apartó los taladros de su mente. Mientras esperaba en el habitual embotellamiento matutino, no pudo dejar de advertir una gran cantidad de gente vestida de forma extraña. Individuos con capa. El señor Dursley no soportaba a la gente que llevaba ropa ridícula. ¡Ah, los conjuntos que llevaban los jóvenes! Supuso que debía ser una moda nueva. Tamborileó con los dedos sobre el volante y su mirada se posó en unos extraños que estaban cerca de él. Cuchicheaban entre sí, muy excitados. El señor Dursley se enfureció al darse cuenta de que dos de los desconocidos no eran jóvenes. Vamos, uno era incluso mayor que él, ¡y vestía una capa verde esmeralda! ¡Qué valor! Pero entonces se le ocurrió que debía ser alguna tontería publicitaria; era evidente que aquella gente hacía una colecta para algo. Sí, tenía que ser eso. El tráfico avanzó y, unos minutos más tarde, el señor Dursley llegó al aparcamiento de Grunnings, pensando nuevamente en los taladros.

El señor Dursley siempre se sentaba de espaldas a la ventana, en su oficina del noveno piso. Si no lo hubiera hecho así, aquella mañana le habría costado concentrarse en los taladros. No vio las lechuzas que volaban en pleno día, aunque en la calle sí que las veían y las señalaban con la boca abierta, mientras las aves desfilaban una tras otra. La mayoría de aquellas personas no había visto una lechuza ni siquiera de noche. Sin embargo, el señor Dursley tuvo una mañana perfectamente normal, sin lechuzas. Gritó a cinco personas. Hizo llamadas telefónicas importantes y volvió a gritar. Estuvo de muy buen humor hasta la hora de la comida, cuando decidió estirar las piernas y dirigirse a la panadería que estaba en la acera de enfrente.

Había olvidado a la gente con capa hasta que pasó cerca de un grupo que estaba al lado de la panadería. Al pasar los miró enfadado. No sabía por qué, pero lo ponían nervioso. Aquel grupo también susurraba con agitación y no estaba pidiendo dinero. Cuando regresaba con una rosquilla gigante en una bolsa de papel, alcanzó a oír unas pocas palabras de su conversación.

—Los Potter, eso es, eso es lo que he oído...

—Sí, su hijo, Harry...

El señor Dursley se quedó petrificado. El temor lo invadió. Se volvió hacia los que murmuraban, como si quisiera decirles algo, pero se contuvo.

Se apresuró a cruzar la calle y echó a correr hasta su oficina. Dijo a gritos a su secretaria que no quería que le molestaran, cogió el teléfono y, cuando casi había terminado de marcar los números de su casa, cambió de idea. Dejó el aparato y se atusó los bigotes mientras pensaba... No, se estaba comportando como un estúpido. Potter no era un apellido tan especial. Estaba seguro de que había muchísimas personas que se llamaban Potter y que tenían un hijo llamado Harry. Y pensándolo mejor, ni siquiera estaba seguro de que su sobrino se llamara Harry. Nunca había visto al niño. Podría llamarse Harvey. O Harold. No tenía sentido preocupar a la señora Dursley, siempre se trastornaba mucho ante cualquier mención de su hermana. Y no podía reprochárselo. ¡Si él hubiera tenido una hermana así...! Pero de todos modos, aquella gente de la capa...

Aquella tarde le costó concentrarse en los taladros, y cuando dejó el edificio, a las cinco en punto, estaba todavía tan preocupado que, sin darse cuenta, chocó con un hombre que estaba en la puerta.

—Perdón —gruñó, mientras el diminuto viejo se tambaleaba y casi caía al suelo. Segundos después, el señor Dursley se dio cuenta de que el hombre llevaba una capa violeta. No parecía disgustado por el empujón. Al contrario, su rostro se iluminó con una amplia sonrisa, mientras decía con una voz tan chillona que llamaba la atención de los que pasaban:

—¡No se disculpe, mi querido señor, porque hoy nada puede molestarme! ¡Hay que alegrarse, porque Quien-usted-sabe finalmente se ha ido! ¡Hasta los *muggles* como usted deberían celebrar este feliz día!

Y el anciano abrazó al señor Dursley y se alejó.

El señor Dursley se quedó completamente helado. Lo había abrazado un desconocido. Y por si fuera poco le había llamado muggle, no importaba lo que eso fuera. Estaba desconcertado. Se apresuró a subir a su coche y a dirigirse hacia su casa, deseando que todo fueran imaginaciones suyas (algo que nunca había deseado antes, porque no aprobaba la imaginación).

Cuando entró en el camino del número 4, lo primero que vio (y eso no mejoró su humor) fue el gato atigrado que se había encontrado por la mañana. En aquel momento estaba sentado en la pared de su jardín. Estaba seguro de que era el mismo, pues tenía unas líneas idénticas alrededor de los ojos.

—¡Fuera! —dijo el señor Dursley en voz alta.

El gato no se movió. Sólo le dirigió una mirada severa. El señor Dursley se preguntó si aquélla era una conducta normal en un gato. Trató de calmarse y entró en la casa. Todavía seguía decidido a no decirle nada a su esposa.

La señora Dursley había tenido un día bueno y normal. Mientras comían, le informó de los problemas de la vecina con su hija, y le contó que Dudley había aprendido una nueva frase («¡no lo haré!»). El señor Dursley trató de comportarse con normalidad. Una vez que acostaron a Dudley, fue al salón a tiempo para ver el informativo de la noche.

—Y, por último, observadores de pájaros de todas partes han informado que hoy las lechuzas de la nación han tenido una conducta poco habitual. Pese a que las lechuzas habitualmente cazan durante la noche y es muy difícil verlas a la luz del día, se han producido cientos de avisos sobre el vuelo de estas aves en todas direcciones, desde la salida del sol. Los expertos son incapaces de explicar la causa por la que las lechuzas han cambiado sus horarios de sueño. —El locutor se permitió una mueca irónica—. Muy misterioso. Y ahora, de nuevo con Jim McGuffin y el pronóstico del tiempo. ¿Habrá más lluvias de lechuzas esta noche, Jim?

—Bueno, Ted —dijo el meteorólogo—, eso no lo sé, pero no sólo las lechuzas han tenido hoy una actitud extraña. Telespectadores de lugares tan apartados como Kent, Yorkshire y Dundee han telefoneado para decirme que en lugar de la lluvia que prometí ayer ¡tuvieron un chaparrón de estrellas fugaces! Tal vez la gente ha comenzado a celebrar antes de tiempo la Noche de las Hogueras. ¡Es la semana que viene, señores! Pero puedo prometerles una noche lluviosa.

El señor Dursley se quedó congelado en su sillón. ¿Estrellas fugaces por toda Gran Bretaña? ¿Lechuzas volando a la luz del día? Y aquel rumor, aquel cuchicheo sobre los Potter...

La señora Dursley entró en el comedor con dos tazas de té. Aquello no iba bien. Tenía que decirle algo a su esposa. Se aclaró la garganta con nerviosismo.

—Eh... Petunia, querida, ¿has sabido últimamente algo sobre tu hermana?

Como había esperado, la señora Dursley pareció molesta y enfadada. Después de todo, normalmente ellos fingían que ella no tenía hermana.

—No —respondió en tono cortante—. ¿Por qué?

—Hay cosas muy extrañas en las noticias —masculló el señor Dursley—. Lechuzas... estrellas fugaces... y hoy había en la ciudad una cantidad de gente con aspecto raro...

—¿Y qué? —interrumpió bruscamente la señora Dursley.

—Bueno, pensé... quizá... que podría tener algo que ver con... ya sabes... *su grupo.*

La señora Dursley bebió su té con los labios fruncidos. El señor Dursley se preguntó si se atrevería a decirle que había oído el apellido «Potter». No, no se atrevería. En lugar de eso, dijo, tratando de parecer despreocupado:

—El hijo de ellos... debe de tener la edad de Dudley, ¿no?

—Eso creo —respondió la señora Dursley con rigidez.

—¿Y cómo se llamaba? Howard, ¿no?

—Harry. Un nombre vulgar y horrible, si quieres mi opinión.

—Oh, sí —dijo el señor Dursley, con una espantosa sensación de abatimiento—. Sí, estoy de acuerdo.

No dijo nada más sobre el tema, y subieron a acostarse. Mientras la señora Dursley estaba en el cuarto de baño, el señor Dursley se acercó lentamente hasta la ventana del dormitorio y escudriñó el jardín delantero. El gato todavía estaba allí. Miraba con atención hacia Privet Drive, como si estuviera esperando algo.

¿Se estaba imaginando cosas? ¿O podría todo aquello tener algo que ver con los Potter? Si fuera así... si se descubría que ellos eran parientes de unos... bueno, creía que no podría soportarlo.

Los Dursley se fueron a la cama. La señora Dursley se quedó dormida rápidamente, pero el señor Dursley permaneció despierto, con todo aquello dando vueltas por su mente. Su último y consolador pensamiento antes de quedarse dormido fue que, aunque los Potter estuvieran implicados en los sucesos, no había razón para que se acercaran a él y a la señora Dursley. Los Potter sabían muy bien lo que él y Petunia pensaban de ellos y de los de su clase... No veía cómo a él y a Petunia podrían mezclarlos en algo que tuviera que ver (bostezó y se dio la vuelta)... No, no podría afectarlos a ellos...

¡Qué equivocado estaba!

El señor Dursley cayó en un sueño intranquilo, pero el gato que estaba sentado en la pared del jardín no mostraba señales de adormecerse. Estaba tan inmóvil como una estatua, con los ojos fijos, sin pestañear, en la esquina de Privet Drive. Apenas tembló cuando se cerró la puerta de un coche en la calle de al lado, ni cuando dos lechuzas volaron sobre su cabeza. La verdad es que el gato no se movió hasta la medianoche.

Un hombre apareció en la esquina que el gato había estado observando, y lo hizo tan súbita y silenciosamente que se podría pensar que había surgido de la tierra. La cola del gato se agitó y sus ojos se entornaron.

En Privet Drive nunca se había visto un hombre así. Era alto, delgado y muy anciano, a juzgar por su pelo y barba plateados, tan largos que podría sujetarlos con el cinturón. Llevaba una túnica larga, una capa color púrpura que barría el suelo y botas con tacón alto y hebillas. Sus ojos azules eran claros, brillantes y centelleaban detrás de unas gafas de cristales de media luna. Tenía una nariz muy larga y torcida, como si se la hubiera fracturado alguna vez. El nombre de aquel hombre era Albus Dumbledore.

Albus Dumbledore no parecía darse cuenta de que había llegado a una calle en donde todo lo suyo, desde su nombre hasta sus botas, era mal recibido. Estaba muy ocupado revolviendo en su capa, buscando algo, pero pareció darse cuenta de que lo observaban porque, de pronto, miró al gato, que todavía lo contemplaba con fijeza desde la otra punta de la calle. Por alguna razón, ver al gato pareció divertirlo. Rió entre dientes y murmuró:

—Debería haberlo sabido.

Encontró en su bolsillo interior lo que estaba buscando. Parecía un encendedor de plata. Lo abrió, lo sostuvo alto en el aire y lo encendió. La luz más cercana de la calle se apagó con un leve estallido. Lo encendió otra vez y la siguiente lámpara quedó a oscuras. Doce veces hizo funcionar el Apagador, hasta que las únicas luces que quedaron en toda la calle fueron dos alfileres lejanos: los ojos del gato que lo observaba. Si alguien hubiera mirado por la ventana en aquel momento, aunque fuera la señora Dursley con sus ojos como cuentas, pequeños y brillantes, no habría podido ver lo que sucedía en la calle. Dumbledore volvió a guardar el Apagador dentro de su capa y fue hacia el número 4 de la calle, donde se sentó en la pared, cerca del gato. No lo miró, pero después de un momento le dirigió la palabra.

—Me alegro de verla aquí, profesora McGonagall.

Se volvió para sonreír al gato, pero éste ya no estaba. En su lugar, le dirigía la sonrisa a una mujer de aspecto severo que llevaba gafas de montura cuadrada, que recordaban las líneas que había alrededor de los ojos del gato. La mujer también llevaba una capa, de color esmeralda. Su cabello negro estaba recogido en un moño. Parecía claramente disgustada.

—¿Cómo ha sabido que era yo? —preguntó.

—Mi querida profesora, nunca he visto a un gato tan tieso.

—Usted también estaría tieso si llevara todo el día sentado sobre una pared de ladrillo —respondió la profesora McGonagall.

—¿Todo el día? ¿Cuando podría haber estado de fiesta? Debo haber pasado por una docena de celebraciones y fiestas en mi camino hasta aquí.

La profesora McGonagall resopló enfadada.

—Oh, sí, todos estaban de fiesta, de acuerdo —dijo con impaciencia—. Yo creía que serían un poquito más prudentes, pero no... ¡Hasta los muggles se han dado cuenta de que algo sucede! Salió en las noticias. —Torció la cabeza en dirección a la ventana del oscuro salón de los Dursley—. Lo he oído. Bandadas de lechuzas, estrellas fugaces... Bueno, no son totalmente estúpidos. Tenían que darse cuenta de algo. Estrellas fugaces cayendo en Kent... Seguro que fue Dedalus Diggle. Nunca tuvo mucho sentido común.

—No puede reprochárselo —dijo Dumbledore con tono afable—. Hemos tenido tan poco que celebrar durante once años...

—Ya lo sé —respondió irritada la profesora McGonagall—. Pero ésa no es una razón para perder la cabeza. La gente se ha vuelto completamente descuidada, sale a las calles a plena luz del día, ni siquiera se pone la ropa de los muggles, intercambia rumores...

Lanzó una mirada cortante y de soslayo hacia Dumbledore, como si esperara que éste le contestara algo. Pero como no lo hizo, continuó hablando.

—Sería extraordinario que el mismo día en que Quien-usted-sabe parece haber desaparecido al fin, los muggles lo descubran todo sobre nosotros. Porque realmente se ha ido, ¿no, Dumbledore?

—Es lo que parece —dijo Dumbledore—. Tenemos mucho que agradecer. ¿Le gustaría tomar un caramelo de limón?

—¿Un qué?

—Un caramelo de limón. Es una clase de dulces de los muggles que me gusta mucho.

—No, muchas gracias —respondió con frialdad la profesora McGonagall, como si considerara que aquél no era un momento apropiado para caramelos—. Como le decía, aunque Quien-usted-sabe se haya ido...

—Mi querida profesora, estoy seguro de que una persona sensata como usted puede llamarlo por su nombre, ¿verdad? Toda esa tontería de Quien-usted-sabe... Durante once años intenté persuadir a la gente para que lo llamara por su verdadero nombre, Voldemort. —La profesora McGonagall se echó hacia atrás con temor, pero Dumbledore, ocupado en desenvolver dos caramelos de limón, pareció no darse cuenta—. Todo se volverá muy confuso si seguimos diciendo «Quien-usted-sabe». Nunca he encontrado ningún motivo para temer pronunciar el nombre de Voldemort.

—Sé que usted no tiene ese problema —observó la profesora McGonagall, entre la exasperación y la admiración—. Pero usted es diferente. Todos saben que usted es el único al que Quien-usted... Oh, bueno, Voldemort, tenía miedo.

—Me está halagando —dijo con calma Dumbledore—. Voldemort tenía poderes que yo nunca tuve.

—Sólo porque usted es demasiado... bueno... noble... para utilizarlos.

—Menos mal que está oscuro. No me he ruborizado tanto desde que la señora Pomfrey me dijo que le gustaban mis nuevas orejeras.

La profesora McGonagall le lanzó una mirada dura, antes de hablar.

—Las lechuzas no son nada comparadas con los rumores que corren por ahí. ¿Sabe lo que todos dicen sobre la forma en que desapareció? ¿Sobre lo que finalmente lo detuvo?

Parecía que la profesora McGonagall había llegado al punto que más deseosa estaba por discutir, la verdadera razón por la que había esperado todo el día en una fría pared pues, ni como gato ni como mujer, había mirado nunca a Dumbledore con tal intensidad como lo hacía en aquel momento. Era evidente que, fuera lo que fuera «aquello que todos decían», no lo iba a creer hasta que Dumbledore le dijera que era verdad. Dumbledore, sin embargo, estaba eligiendo otro caramelo y no le respondió.

—Lo que están diciendo —insistió— es que la pasada noche Voldemort apareció en el valle de Godric. Iba a buscar a los Potter. El rumor es que Lily y James Potter están... están... bueno, que están muertos.

Dumbledore inclinó la cabeza. La profesora McGonagall se quedó boquiabierta.

—Lily y James... no puedo creerlo... No quiero creerlo... Oh, Albus...

Dumbledore se acercó y le dio una palmada en la espalda.

—Lo sé... lo sé... —dijo con tristeza.

La voz de la profesora McGonagall temblaba cuando continuó.

—Eso no es todo. Dicen que quiso matar al hijo de los Potter, a Harry. Pero no pudo. No pudo matar a ese niño. Nadie sabe por qué ni cómo, pero dicen que como no pudo matarlo, el poder de Voldemort se rompió... y que ésa es la razón por la que se ha ido.

Dumbledore asintió con la cabeza, apesadumbrado.

—¿Es... es verdad? —tartamudeó la profesora McGonagall—. Después de todo lo que hizo... de toda la gente que mató... ¿no pudo matar a un niño? Es asombroso... entre todas las cosas que podrían detenerlo... Pero ¿cómo sobrevivió Harry, en nombre del cielo?

—Sólo podemos hacer conjeturas —dijo Dumbledore—. Tal vez nunca lo sepamos.

La profesora McGonagall sacó un pañuelo con puntilla y se lo pasó por los ojos, por detrás de las gafas. Dumbledore resopló mientras sacaba un reloj de oro del bolsillo y lo examinaba. Era un reloj muy raro. Tenía doce manecillas y ningún número; pequeños planetas se movían por el perímetro del círculo. Pero para Dumbledore debía de tener sentido, porque lo guardó y dijo:

—Hagrid se retrasa. Imagino que fue él quien le dijo que yo estaría aquí, ¿no?

—Sí —dijo la profesora McGonagall—. Y yo me imagino que usted no me va a decir por qué, entre tantos lugares, tenía que venir precisamente aquí.

—He venido a entregar a Harry a su tía y su tío. Son la única familia que le queda ahora.

—¿Quiere decir...? ¡No puede referirse a la gente que vive aquí! —gritó la profesora, poniéndose de pie de un salto y señalando al número 4—. Dumbledore... no puede. Los he estado observando todo el día. No podría encontrar a gente más distinta de nosotros. Y ese hijo que tienen... Lo vi dando patadas a su madre mientras subían por la escalera, pidiendo caramelos a gritos. ¡Harry Potter no puede vivir ahí!

—Es el mejor lugar para él —dijo Dumbledore con firmeza—. Sus tíos podrán explicárselo todo cuando sea mayor. Les escribí una carta.

—¿Una carta? —repitió la profesora McGonagall, volviendo a sentarse—. Dumbledore, ¿de verdad cree que puede explicarlo todo en una carta? ¡Esa gente jamás comprenderá a Harry! ¡Será famoso... una leyenda... no me sorprendería que el día de hoy fuera conocido en el futuro como el día de Harry Potter! Escribirán libros sobre Harry... Todos los niños del mundo conocerán su nombre.

—Exactamente —dijo Dumbledore, con mirada muy seria por encima de sus gafas—. Sería suficiente para marear a cualquier niño. ¡Famoso antes de saber hablar y andar! ¡Famoso por algo que ni siquiera recuerda! ¿No se da cuenta de que será mucho mejor que crezca lejos de todo, hasta que esté preparado para asimilarlo?

La profesora McGonagall abrió la boca, cambió de idea, tragó y luego dijo:

—Sí... sí, tiene razón, por supuesto. Pero ¿cómo va a llegar el niño hasta aquí, Dumbledore? — De pronto observó la capa del profesor, como si pensara que podía tener escondido a Harry.

—Hagrid lo traerá.

—¿Le parece... sensato... confiar a Hagrid algo tan importante como eso?

—A Hagrid, le confiaría mi vida —dijo Dumbledore.

—No estoy diciendo que no es una buena persona —dijo a regañadientes la profesora McGonagall—. Pero no me dirá que no es descuidado. Tiene la costumbre de... ¿Qué ha sido eso?

Un ruido sordo rompió el silencio que los rodeaba. Se fue haciendo más fuerte mientras ellos miraban a ambos lados de la calle, buscando alguna luz. Aumentó hasta ser un rugido mientras los dos miraban hacia el cielo, y entonces una pesada moto cayó del aire y aterrizó en el camino, frente a ellos.

La moto era inmensa, pero si se la comparaba con el hombre que la conducía parecía un juguete. Era dos veces más alto que un hombre normal y al menos cinco veces más ancho. Se podía decir que era demasiado grande para que lo aceptaran y, además, tan desaliñado... Cabello negro, largo y revuelto, y una barba que le cubría casi toda la cara. Sus manos tenían el mismo tamaño que las tapas del cubo de la basura y sus pies, calzados con botas de cuero, parecían crías de delfín. En sus enormes brazos musculosos sostenía un bulto envuelto en mantas.

—Hagrid —dijo aliviado Dumbledore—. Por fin. ¿Y dónde conseguiste esa moto?

—Me la han prestado, profesor Dumbledore —contestó el gigante, bajando con cuidado del vehículo mientras hablaba—. El joven Sirius Black me la dejó. Lo he traído, señor.

—¿No ha habido problemas por allí?

—No, señor. La casa estaba casi destruida, pero lo saqué antes de que los muggles comenzaran a aparecer. Se quedó dormido mientras volábamos sobre Bristol.

Dumbledore y la profesora McGonagall se inclinaron sobre las mantas. Entre ellas se veía un niño pequeño, profundamente dormido. Bajo una mata de pelo negro azabache, sobre la frente, pudieron ver una cicatriz con una forma curiosa, como un relámpago.

—¿Fue allí...? —susurró la profesora McGonagall.

—Sí —respondió Dumbledore—. Tendrá esa cicatriz para siempre.

—¿No puede hacer nada, Dumbledore?

—Aunque pudiera, no lo haría. Las cicatrices pueden ser útiles. Yo tengo una en la rodilla izquierda que es un diagrama perfecto del metro de Londres. Bueno, déjalo aquí, Hagrid, es mejor que terminemos con esto.

Dumbledore se volvió hacia la casa de los Dursley.

—¿Puedo... puedo despedirme de él, señor? —preguntó Hagrid.

Inclinó la gran cabeza desgreñada sobre Harry y le dio un beso, raspándolo con la barba. Entonces, súbitamente, Hagrid dejó escapar un aullido, como si fuera un perro herido.

—¡Shhh! —dijo la profesora McGonagall—. ¡Vas a despertar a los muggles!

—Lo... siento —lloriqueó Hagrid, y se limpió la cara con un gran pañuelo—. Pero no puedo soportarlo... Lily y James muertos... y el pobrecito Harry tendrá que vivir con muggles...

—Sí, sí, es todo muy triste, pero domínate, Hagrid, o van a descubrirnos —susurró la profesora McGonagall, dando una palmada en un brazo de Hagrid, mientras Dumbledore pasaba sobre la verja del jardín e iba hasta la puerta que había enfrente. Dejó suavemente a Harry en el umbral, sacó la carta de su capa, la escondió entre las mantas del niño y luego volvió con los otros dos. Durante un largo minuto los tres contemplaron el pequeño bulto. Los hombros de Hagrid se estremecieron. La profesora McGonagall parpadeó furiosamente. La luz titilante que los ojos de Dumbledore irradiaban habitualmente parecía haberlos abandonado.

—Bueno —dijo finalmente Dumbledore —, ya está. No tenemos nada que hacer aquí. Será mejor que nos vayamos y nos unamos a las celebraciones.

—Ajá —respondió Hagrid con voz ronca—. Más vale que me deshaga de esta moto. Buenas noches, profesora McGonagall, profesor Dumbledore.

Hagrid se secó las lágrimas con la manga de la chaqueta, se subió a la moto y le dio una patada a la palanca para poner el motor en marcha. Con un estrépito se elevó en el aire y desapareció en la noche.

—Nos veremos pronto, espero, profesora McGonagall —dijo Dumbledore, saludándola con una inclinación de cabeza. La profesora McGonagall se sonó la nariz por toda respuesta.

Dumbledore se volvió y se marchó calle abajo. Se detuvo en la esquina y levantó el Apagador de plata. Lo hizo funcionar una vez y todas las luces de la calle se encendieron, de manera que Privet Drive se iluminó con un resplandor anaranjado, y pudo ver a un gato atigrado que se escabullía por una esquina, en el otro extremo de la calle. También pudo ver el bulto de mantas de las escaleras de la casa número 4.

—Buena suerte, Harry —murmuró. Dio media vuelta y, con un movimiento de su capa, desapareció.

Una brisa agitó los pulcros setos de Privet Drive. La calle permanecía silenciosa bajo un cielo de color tinta. Aquél era el último lugar donde uno esperaría que ocurrieran cosas asombrosas. Harry Potter se dio la vuelta entre las mantas, sin despertarse. Una mano pequeña se cerró sobre la carta y siguió durmiendo, sin saber que era famoso, sin saber que en unas pocas horas le haría despertar el grito de la señora Dursley, cuando abriera la puerta principal para sacar las botellas de leche. Ni que iba a pasar las próximas semanas pinchado y pellizcado por su primo Dudley... No podía saber tampoco que, en aquel mismo momento, las personas que se reunían en secreto por todo el país estaban levantando sus copas y diciendo, con voces quedas: «¡Por Harry Potter... el niño que vivió!».

2

El vidrio que se desvaneció

Habían pasado aproximadamente diez años desde el día en que los Dursley se despertaron y encontraron a su sobrino en la puerta de entrada, pero Privet Drive no había cambiado en absoluto. El sol se elevaba en los mismos jardincitos, iluminaba el número 4 de latón sobre la puerta de los Dursley y avanzaba en su salón, que era casi exactamente el mismo que aquél donde el señor Dursley había oído las ominosas noticias sobre las lechuzas, una noche de hacía diez años. Sólo las fotos de la repisa de la chimenea eran testimonio del tiempo que había pasado. Diez años antes, había una gran cantidad de retratos de lo que parecía una gran pelota rosada con gorros de diferentes colores, pero Dudley Dursley ya no era un niño pequeño, y en aquel momento las fotos mostraban a un chico grande y rubio montando su primera bicicleta, en un tiovivo en la feria, jugando con su padre en el ordenador, besado y abrazado por su madre... La habitación no ofrecía señales de que allí viviera otro niño.

Sin embargo, Harry Potter estaba todavía allí, durmiendo en aquel momento, aunque no por mucho tiempo. Su tía Petunia se había despertado y su voz chillona era el primer ruido del día.

—¡Arriba! ¡A levantarse! ¡Ahora!

Harry se despertó con un sobresalto. Su tía llamó otra vez a la puerta.

—¡Arriba! —chilló de nuevo. Harry oyó sus pasos en dirección a la cocina, y después el roce de la sartén contra el

23

fogón. El niño se dio la vuelta y trató de recordar el sueño que había tenido. Había sido bonito. Había una moto que volaba. Tenía la curiosa sensación de que había soñado lo mismo anteriormente.

Su tía volvió a la puerta.

—¿Ya estás levantado? —quiso saber.

—Casi —respondió Harry.

—Bueno, date prisa, quiero que vigiles el tocino. Y no te atrevas a dejar que se queme. Quiero que todo sea perfecto el día del cumpleaños de Duddy.

Harry gimió.

—¿Qué has dicho? —gritó con ira desde el otro lado de la puerta.

—Nada, nada...

El cumpleaños de Dudley... ¿cómo había podido olvidarlo? Harry se levantó lentamente y comenzó a buscar sus calcetines. Encontró un par debajo de la cama y, después de sacar una araña de uno, se los puso. Harry estaba acostumbrado a las arañas, porque la alacena que había debajo de las escaleras estaba llena de ellas, y allí era donde dormía.

Cuando estuvo vestido salió al recibidor y entró en la cocina. La mesa estaba casi cubierta por los regalos de cumpleaños de Dudley. Parecía que éste había conseguido el ordenador nuevo que quería, por no mencionar el segundo televisor y la bicicleta de carreras. La razón exacta por la que Dudley podía querer una bicicleta era un misterio para Harry, ya que Dudley estaba muy gordo y aborrecía el ejercicio, excepto si conllevaba pegar a alguien, por supuesto. El saco de boxeo favorito de Dudley era Harry, pero no podía atraparlo muy a menudo. Aunque no lo parecía, Harry era muy rápido.

Tal vez tenía algo que ver con eso de vivir en una oscura alacena, pero Harry había sido siempre flaco y muy bajo para su edad. Además, parecía más pequeño y enjuto de lo que realmente era, porque todas las ropas que llevaba eran prendas viejas de Dudley, y su primo era cuatro veces más grande que él. Harry tenía un rostro delgado, rodillas huesudas, pelo negro y ojos de color verde brillante. Llevaba gafas redondas siempre pegadas con cinta adhesiva, consecuencia de todas las veces que Dudley le había pegado en la nariz. La única cosa que a Harry le gustaba de su apariencia era aquella pequeña cicatriz en la frente, con la forma de un relámpago. La tenía desde que podía acordarse, y lo primero que recordaba haber preguntado a su tía Petunia era cómo se la había hecho.

—En el accidente de coche donde tus padres murieron —había dicho—. Y no hagas preguntas.

«No hagas preguntas»: ésa era la primera regla que se debía observar si se quería vivir una vida tranquila con los Dursley.

Tío Vernon entró a la cocina cuando Harry estaba dando la vuelta al tocino.

—¡Péinate! —bramó como saludo matinal.

Una vez por semana, tío Vernon miraba por encima de su periódico y gritaba que Harry necesitaba un corte de pelo. A Harry le habían cortado más veces el pelo que al resto de los niños de su clase todos juntos, pero no servía para nada, pues su pelo seguía creciendo de aquella manera, por todos lados.

Harry estaba friendo los huevos cuando Dudley llegó a la cocina con su madre. Dudley se parecía mucho a tío Vernon. Tenía una cara grande y rosada, poco cuello, ojos pequeños de un tono azul acuoso, y abundante pelo rubio que cubría su cabeza gorda. Tía Petunia decía a menudo que Dudley parecía un angelito. Harry decía a menudo que Dudley parecía un cerdo con peluca.

Harry puso sobre la mesa los platos con huevos y tocino, lo que era difícil porque había poco espacio. Entretanto, Dudley contaba sus regalos. Su cara se ensombreció.

—Treinta y seis —dijo, mirando a su madre y a su padre—. Dos menos que el año pasado.

—Querido, no has contado el regalo de tía Marge. Mira, está debajo de este grande de mamá y papá.

—Muy bien, treinta y siete entonces —dijo Dudley, poniéndose rojo.

Harry, que podía ver venir un gran berrinche de Dudley, comenzó a comerse el tocino lo más rápido posible, por si volcaba la mesa.

Tía Petunia también sintió el peligro, porque dijo rápidamente:

—Y vamos a comprarte dos regalos más cuando salgamos hoy. ¿Qué te parece, pichoncito? Dos regalos más. ¿Está todo bien?

Dudley pensó durante un momento. Parecía un trabajo difícil para él. Por último, dijo lentamente.

—Entonces tendré treinta y... treinta y...

—Treinta y nueve, dulzura —dijo tía Petunia.

—Oh —Dudley se dejó caer pesadamente en su silla y cogió el regalo más cercano—. Entonces está bien.

Tío Vernon rió entre dientes.

—El pequeño diablillo quiere que le den lo que vale, igual que su padre. ¡Bravo, Dudley! —dijo, y revolvió el pelo de su hijo.

En aquel momento sonó el teléfono y tía Petunia fue a cogerlo, mientras Harry y tío Vernon miraban a Dudley, que estaba desembalando la bicicleta de carreras, la filmadora, el avión con control remoto, dieciséis juegos nuevos para el ordenador y un vídeo. Estaba rompiendo el envoltorio de un reloj de oro, cuando tía Petunia volvió, enfadada y preocupada a la vez.

—Malas noticias, Vernon —dijo—. La señora Figg se ha fracturado una pierna. No puede cuidarlo. —Volvió la cabeza en dirección a Harry.

La boca de Dudley se abrió con horror, pero el corazón de Harry dio un salto. Cada año, el día del cumpleaños de Dudley, sus padres lo llevaban con un amigo a pasar el día a un parque de atracciones, a comer hamburguesas o al cine. Cada año, Harry se quedaba con la señora Figg, una anciana loca que vivía a dos manzanas. Harry no podía soportar ir allí. Toda la casa olía a repollo y la señora Figg le hacía mirar las fotos de todos los gatos que había tenido.

—¿Y ahora qué hacemos? —preguntó tía Petunia, mirando con ira a Harry como si él lo hubiera planeado todo. Harry sabía que debería sentir pena por la pierna de la señora Figg, pero no era fácil cuando recordaba que pasaría un año antes de tener que ver otra vez a *Tibbles*, *Snowy*, el *Señor Paws* o *Tufty*.

—Podemos llamar a Marge —sugirió tío Vernon.

—No seas tonto, Vernon, ella no aguanta al chico.

Los Dursley hablaban a menudo sobre Harry de aquella manera, como si no estuviera allí, o más bien como si pensaran que era tan tonto que no podía entenderlos, algo así como un gusano.

—¿Y qué me dices de... tu amiga... cómo se llama... Yvonne?

—Está de vacaciones en Mallorca —respondió enfadada tía Petunia.

—Pueden dejarme aquí —sugirió esperanzado Harry. Podría ver lo que quisiera en la televisión, para variar, y tal vez incluso hasta jugaría con el ordenador de Dudley.

Tía Petunia lo miró como si se hubiera tragado un limón.

—¿Y volver y encontrar la casa en ruinas? —rezongó.

—No voy a quemar la casa —dijo Harry, pero no le escucharon.

—Supongo que podemos llevarlo al zoológico —dijo en voz baja tía Petunia—... y dejarlo en el coche...

—El coche es nuevo, no se quedará allí solo...

Dudley comenzó a llorar a gritos. En realidad no lloraba, hacía años que no lloraba de verdad, pero sabía que, si retorcía la cara y gritaba, su madre le daría cualquier cosa que quisiera.

—Mi pequeñito Dudley, no llores, mamá no dejará que él estropee tu día especial —exclamó, abrazándolo.

—¡Yo... no... quiero... que... él venga! —exclamó Dudley entre fingidos sollozos—. ¡Siempre lo estropea todo! —Le hizo una mueca burlona a Harry, desde los brazos de su madre.

Justo entonces, sonó el timbre de la puerta.

—¡Oh, Dios, ya están aquí! —dijo tía Petunia en tono desesperado y, un momento más tarde, el mejor amigo de Dudley, Piers Polkiss, entró con su madre. Piers era un chico flacucho con cara de rata. Era el que, habitualmente, sujetaba los brazos de los chicos detrás de la espalda mientras Dudley les pegaba. Dudley suspendió su fingido llanto de inmediato.

Media hora más tarde, Harry, que no podía creer en su suerte, estaba sentado en la parte de atrás del coche de los Dursley, junto con Piers y Dudley, camino del zoológico por primera vez en su vida. A sus tíos no se les había ocurrido una idea mejor, pero antes de salir tío Vernon se llevó aparte a Harry.

—Te lo advierto —dijo, acercando su rostro grande y rojo al de Harry—. Te estoy avisando ahora, chico: cualquier cosa rara, lo que sea, y te quedarás en la alacena hasta la Navidad.

—No voy a hacer nada —dijo Harry—. De verdad...

Pero tío Vernon no le creía. Nadie lo hacía.

El problema era que, a menudo, ocurrían cosas extrañas cerca de Harry y no conseguía nada con decir a los Dursley que él no las causaba.

En una ocasión, tía Petunia, cansada de que Harry volviera de la peluquería como si no hubiera ido, cogió unas tijeras de la cocina y le cortó el pelo casi al rape, exceptuando el flequillo, que le dejó «para ocultar la horrible cicatriz». Dudley se rió como un tonto, burlándose de Harry, que pasó la noche sin dormir imaginando lo que pasaría en el colegio al día siguiente, donde ya se reían de su ropa holgada y sus gafas remendadas. Sin embargo, a la mañana siguiente, descubrió al levantarse que su pelo estaba exactamente igual que antes de que su tía lo cortara. Como castigo, lo encerraron en la alacena durante una semana, aunque intentó decirles que no podía explicar cómo le había crecido tan deprisa el pelo.

Otra vez, tía Petunia había tratado de meterlo dentro de un repugnante saco viejo de Dudley (marrón, con manchas anaranjadas). Cuanto más intentaba pasárselo por la cabeza, más pequeña se volvía la prenda, hasta que finalmente le habría sentado como un guante a una muñeca, pero no a Harry. Tía Petunia creyó que debía haberse encogido al lavarlo y, para su gran alivio, Harry no fue castigado.

Por otra parte, había tenido un problema terrible cuando lo encontraron en el techo de la cocina del colegio. El grupo de Dudley lo perseguía como de costumbre cuando, tanto para sorpresa de Harry como de los demás, se encontró sentado en la chimenea. Los Dursley recibieron una carta amenazadora de la directora del colegio, diciéndoles que Harry andaba trepando por los techos del colegio. Pero lo único que trataba de hacer (como le gritó a tío Vernon a través de la puerta cerrada de la alacena) fue saltar los grandes cubos que estaban detrás de la puerta de la cocina. Harry suponía que el viento lo había levantado en medio de su salto.

Pero aquel día nada iba a salir mal. Incluso estaba bien pasar el día con Dudley y Piers si eso significaba no tener que estar en el colegio, en su alacena, o en el salón de la señora Figg, con su olor a repollo.

Mientras conducía, tío Vernon se quejaba a tía Petunia. Le gustaba quejarse de muchas cosas. Harry, el ayuntamiento, Harry, el banco y Harry eran algunos de sus temas favoritos. Aquella mañana les tocó a los motoristas.

—... haciendo ruido como locos esos tipos —dijo, mientras una moto los adelantaba.

—Tuve un sueño sobre una moto —dijo Harry, recordando de pronto—. Estaba volando.

Tío Vernon casi chocó con el coche que iba delante del suyo. Se dio la vuelta en el asiento y gritó a Harry:

—¡LAS MOTOS NO VUELAN!

Su rostro era como una gigantesca remolacha con bigotes.

Dudley y Piers se rieron disimuladamente.

—Ya sé que no lo hacen —dijo Harry—. Fue sólo un sueño.

Pero deseó no haber dicho nada. Si había algo que desagradaba a los Dursley aún más que las preguntas que Harry hacía, era que hablara de cualquier cosa que se comportara de forma indebida, no importa que fuera un sueño o un dibujo animado. Parecían pensar que podía llegar a tener ideas peligrosas.

Era un sábado muy soleado y el zoológico estaba repleto de familias. Los Dursley compraron a Dudley y a Piers unos grandes helados de chocolate en la entrada, y luego, como la sonriente señora del puesto preguntó a Harry qué quería antes de que pudieran alejarse, le compraron un polo de limón, que era más barato. Aquello tampoco estaba mal, pensó Harry, chupándolo mientras observaban a un gorila que se rascaba la cabeza y se parecía notablemente a Dudley, salvo que no era rubio.

Fue la mejor mañana que Harry había pasado en mucho tiempo. Tuvo cuidado de andar un poco alejado de los Dursley, para que Dudley y Piers, que comenzaban a aburrirse de los animales cuando se acercaba la hora de comer, no empezaran a practicar su deporte favorito, que era pegarle a él. Comieron en el restaurante del zoológico, y cuando Dudley tuvo una rabieta porque su bocadillo no era lo suficientemente grande, tío Vernon le compró otro y Harry tuvo permiso para terminar el primero.

Más tarde, Harry pensó que debía haber sabido que aquello era demasiado bueno para durar.

Después de comer fueron a ver los reptiles. Estaba oscuro y hacía frío, y había vidrieras iluminadas a lo largo de las paredes. Detrás de los vidrios, toda clase de serpientes y lagartos se arrastraban y se deslizaban por las piedras y los troncos. Dudley y Piers querían ver las gigantescas cobras venenosas y las gruesas pitones que estrujaban a los hombres. Dudley encontró rápidamente la serpiente más grande. Podía haber envuelto el coche de tío Vernon y haberlo aplastado como si fuera una lata, pero en aquel momento no parecía tener ganas. En realidad, estaba profundamente dormida.

Dudley permaneció con la nariz apretada contra el vidrio, contemplando el brillo de su piel.

—Haz que se mueva —le exigió a su padre.

Tío Vernon golpeó el vidrio, pero la serpiente no se movió.

—Hazlo de nuevo —ordenó Dudley.

Tío Vernon golpeó con los nudillos, pero el animal siguió dormitando.

—Esto es aburrido —se quejó Dudley. Se alejó arrastrando los pies.

Harry se movió frente al vidrio y miró intensamente a la serpiente. Si él hubiera estado allí dentro, sin duda se habría muerto de aburrimiento, sin ninguna compañía, salvo la de gente estúpida golpeando el vidrio y molestando todo el día. Era peor que tener por dormitorio una alacena donde la única visitante era tía Petunia, llamando a la puerta para despertarlo: al menos, él podía recorrer el resto de la casa.

De pronto, la serpiente abrió sus ojillos, pequeños y brillantes como cuentas. Lenta, muy lentamente, levantó la cabeza hasta que sus ojos estuvieron al nivel de los de Harry.

Guiñó un ojo.

Harry la miró fijamente. Luego echó rápidamente un vistazo a su alrededor, para ver si alguien lo observaba. Nadie le prestaba atención. Miró de nuevo a la serpiente y también le guiñó un ojo.

La serpiente torció la cabeza hacia tío Vernon y Dudley, y luego levantó los ojos hacia el techo. Dirigió a Harry una mirada que decía claramente:

—Me pasa esto constantemente.

—Lo sé —murmuró Harry a través del vidrio, aunque no estaba seguro de que la serpiente pudiera oírlo—. Debe de ser realmente molesto.

La serpiente asintió vigorosamente.

—A propósito, ¿de dónde vienes? —preguntó Harry.

La serpiente levantó la cola hacia el pequeño cartel que había cerca del vidrio. Harry miró con curiosidad.

«Boa Constrictor, Brasil.»

—¿Era bonito aquello?

La boa constrictor volvió a señalar con la cola y Harry leyó: «Este espécimen fue criado en el zoológico».

—Oh, ya veo. ¿Entonces nunca has estado en Brasil?

Mientras la serpiente negaba con la cabeza, un grito ensordecedor detrás de Harry los hizo saltar.

—¡DUDLEY! ¡SEÑOR DURSLEY! ¡VENGAN A VER A LA SERPIENTE! ¡NO VAN A CREER LO QUE ESTÁ HACIENDO!

Dudley se acercó contoneándose, lo más rápido que pudo.

—Quita de en medio —dijo, golpeando a Harry en las costillas. Cogido por sorpresa, Harry cayó al suelo de cemento. Lo que sucedió a continuación fue tan rápido que nadie supo cómo había pasado: Piers y Dudley estaban inclinados cerca del vidrio, y al instante siguiente saltaron hacia atrás aullando de terror.

Harry se incorporó y se quedó boquiabierto: el vidrio que cerraba el cubículo de la boa constrictor había desaparecido. La descomunal serpiente se había desenrollado rápidamente y en aquel momento se arrastraba por el suelo. Las personas que estaban en la casa de los reptiles gritaban y corrían hacia las salidas.

Mientras la serpiente se deslizaba ante él, Harry habría podido jurar que una voz baja y sibilante decía:

—Brasil, allá voy... Gracias, amigo.

El encargado de los reptiles se encontraba totalmente conmocionado.

—Pero... ¿y el vidrio? —repetía—. ¿Adónde ha ido el vidrio?

El director del zoológico en persona preparó una taza de té fuerte y dulce para tía Petunia, mientras se disculpaba una y otra vez. Piers y Dudley no dejaban de quejarse. Por lo que Harry había visto, la serpiente no había hecho más que darles un golpe juguetón en los pies, pero cuando volvieron al asiento trasero del coche de tío Vernon, Dudley les contó que casi lo había mordido en la pierna, mientras Piers juraba que había intentado estrangularlo. Pero lo peor, para Harry al menos, fue cuando Piers se calmó y pudo decir:

—Harry le estaba hablando. ¿Verdad, Harry?

Tío Vernon esperó hasta que Piers se hubo marchado, antes de enfrentarse con Harry. Estaba tan enfadado que casi no podía hablar.

—Ve... alacena... quédate... no hay comida —pudo decir, antes de desplomarse en una silla. Tía Petunia tuvo que servirle una copa de brandy.

Mucho más tarde, Harry estaba acostado en su alacena oscura, deseando tener un reloj. No sabía qué hora era y no podía estar seguro de que los Dursley estuvieran dormidos. Hasta que lo estuvieran, no podía arriesgarse a ir a la cocina a buscar algo de comer.

Había vivido con los Dursley casi diez años, diez años desgraciados, hasta donde podía acordarse, desde que era un niño pequeño y sus padres habían muerto en un accidente de coche. No podía recordar haber estado en el coche cuando sus padres murieron. Algunas veces, cuando forzaba su memoria durante las largas horas en su alacena, tenía una extraña visión, un relámpago cegador de luz verde y un dolor como el de una quemadura en su frente. Aquello debía de ser el choque, suponía, aunque no podía imaginar de dónde procedía la luz verde. Y no podía recordar nada de sus padres. Sus tíos nunca hablaban de ellos y, por supuesto, tenía prohibido hacer preguntas. Tampoco había fotos de ellos en la casa.

Cuando era más pequeño, Harry soñaba una y otra vez que algún pariente desconocido iba a buscarlo para llevárselo, pero eso nunca sucedió: los Dursley eran su única familia. Pero a veces pensaba (tal vez era más bien que lo deseaba) que había personas desconocidas que se comportaban como si lo conocieran. Eran desconocidos muy extraños. Un hombrecito con un sombrero violeta lo había saludado, cuando estaba de compras con tía Petunia y Dudley. Después de preguntarle con ira si conocía al hombre, tía Petunia se los había llevado de la tienda, sin comprar nada. Una mujer anciana con aspecto estrafalario, toda vestida de verde, también lo había saludado alegremente en un autobús. Un hombre calvo, con un abrigo largo, color púrpura, le había estrechado la mano en la calle y se había alejado sin decir una palabra. Lo más raro de toda aquella gente era la forma en que parecían desaparecer en el momento en que Harry trataba de acercarse.

En el colegio, Harry no tenía amigos. Todos sabían que el grupo de Dudley odiaba a aquel extraño Harry Potter, con su ropa vieja y holgada y sus gafas rotas, y a nadie le gustaba estar en contra de la banda de Dudley.

3

Las cartas de nadie

La fuga de la boa constrictor le acarreó a Harry el castigo más largo de su vida. Cuando le dieron permiso para salir de su alacena ya habían comenzado las vacaciones de verano y Dudley había roto su nueva videocámara, conseguido que su avión con control remoto se estrellara y, en la primera salida que hizo con su bicicleta de carreras, había atropellado a la anciana señora Figg cuando cruzaba Privet Drive con sus muletas.

Harry se alegraba de que el colegio hubiera terminado, pero no había forma de escapar de la banda de Dudley, que visitaba la casa cada día. Piers, Dennis, Malcolm y Gordon eran todos grandes y estúpidos, pero como Dudley era el más grande y el más estúpido de todos, era el jefe. Los demás se sentían muy felices de practicar el deporte favorito de Dudley: cazar a Harry.

Por esa razón, Harry pasaba tanto tiempo como le resultara posible fuera de la casa, dando vueltas por ahí y pensando en el fin de las vacaciones, cuando podría existir un pequeño rayo de esperanza: en septiembre estudiaría secundaria y, por primera vez en su vida, no iría a la misma clase que su primo. Dudley tenía una plaza en el antiguo colegio de tío Vernon, Smelting. Piers Polkiss también iría allí. Harry, en cambio, iría a la escuela secundaria Stonewall, de la zona. Dudley encontraba eso muy divertido.

—Allí, en Stonewall, meten las cabezas de la gente en el inodoro el primer día —dijo a Harry—. ¿Quieres venir arriba y ensayar?

—No, gracias —respondió Harry—. Los pobres inodoros nunca han tenido que soportar nada tan horrible como tu cabeza y pueden marearse. —Luego salió corriendo antes de que Dudley pudiera entender lo que le había dicho.

Un día del mes de julio, tía Petunia llevó a Dudley a Londres para comprarle su uniforme de Smelting, dejando a Harry en casa de la señora Figg. Aquello no resultó tan terrible como de costumbre. La señora Figg se había fracturado la pierna al tropezar con un gato y ya no parecía tan encariñada con ellos como antes. Dejó que Harry viera la televisión y le dio un pedazo de pastel de chocolate que, por el sabor, parecía que había estado guardado desde hacía años.

Aquella tarde, Dudley desfiló por el salón, ante la familia, con su uniforme nuevo. Los muchachos de Smelting llevaban frac rojo oscuro, pantalones de color naranja y sombrero de paja, rígido y plano. También llevaban bastones con nudos, que utilizaban para pelearse cuando los profesores no los veían. Debían de pensar que aquél era un buen entrenamiento para la vida futura.

Mientras miraba a Dudley con sus nuevos pantalones, tío Vernon dijo con voz ronca que aquél era el momento de mayor orgullo de su vida. Tía Petunia estalló en lágrimas y dijo que no podía creer que aquél fuera su pequeño Dudley, tan apuesto y crecido. Harry no se atrevía a hablar. Creyó que se le iban a romper las costillas del esfuerzo que hacía por no reírse.

A la mañana siguiente, cuando Harry fue a tomar el desayuno, un olor horrible inundaba toda la cocina. Parecía proceder de un gran balde de metal que estaba en el fregadero. Se acercó a mirar. El balde estaba lleno de lo que parecían trapos sucios flotando en agua gris.

—¿Qué es eso? —preguntó a tía Petunia. La mujer frunció los labios, como hacía siempre que Harry se atrevía a preguntar algo.

—Tu nuevo uniforme del colegio — dijo.

Harry volvió a mirar en el recipiente.

—Oh — comentó—. No sabía que tenía que estar mojado.

—No seas estúpido —dijo con ira tía Petunia—. Estoy tiñendo de gris algunas cosas viejas de Dudley. Cuando termine, quedará igual que los de los demás.

Harry tenía serias dudas de que fuera así, pero pensó que era mejor no discutir. Se sentó a la mesa y trató de no imaginarse el aspecto que tendría en su primer día de la escuela secundaria Stonewall. Seguramente parecería que llevaba puestos pedazos de piel de un elefante viejo.

Dudley y tío Vernon entraron, los dos frunciendo la nariz a causa del olor del nuevo uniforme de Harry. Tío Vernon abrió, como siempre, su periódico y Dudley golpeó la mesa con su bastón del colegio, que llevaba a todas partes.

Todos oyeron el ruido en el buzón y las cartas que caían sobre el tapete.

—Trae la correspondencia, Dudley —dijo tío Vernon, detrás de su periódico.

—Que vaya Harry.

—Trae las cartas, Harry.

—Que lo haga Dudley.

—Pégale con tu bastón, Dudley.

Harry esquivó el golpe y fue a buscar la correspondencia. Había tres cartas en el tapete: una postal de Marge, la hermana de tío Vernon, que estaba de vacaciones en la isla de Wight; un sobre color marrón, que parecía una factura, y una carta para Harry.

Harry la recogió y la miró fijamente, con el corazón vibrando como una gigantesca banda elástica. Nadie, nunca, en toda su vida, le había escrito a él. ¿Quién podía ser? No tenía amigos ni otros parientes. Ni siquiera era socio de la biblioteca, así que nunca había recibido notas que le reclamaran la devolución de libros. Sin embargo, allí estaba, una carta dirigida a él de una manera tan clara que no había equivocación posible.

> *Señor H. Potter*
> *Alacena Debajo de la Escalera*
> *Privet Drive, 4*
> *Little Whinging*
> *Surrey*

El sobre era grueso y pesado, hecho de pergamino amarillento, y la dirección estaba escrita con tinta verde esmeralda. No tenía sello.

Con las manos temblorosas, Harry le dio la vuelta al sobre y vio un sello de lacre púrpura con un escudo de armas:

un león, un águila, un tejón y una serpiente, que rodeaban una gran letra H.

—¡Date prisa, chico! —exclamó tío Vernon desde la cocina—. ¿Qué estás haciendo, comprobando si hay cartas-bomba? —Se rió de su propio chiste.

Harry volvió a la cocina, todavía contemplando su carta. Entregó a tío Vernon la postal y la factura, se sentó y lentamente comenzó a abrir el sobre amarillo.

Tío Vernon rompió el sobre de la factura, resopló disgustado y echó una mirada a la postal.

—Marge está enferma —informó a tía Petunia—. Al parecer comió algo en mal estado.

—¡Papá! —dijo de pronto Dudley—. ¡Papá, Harry ha recibido algo!

Harry estaba a punto de desdoblar su carta, que estaba escrita en el mismo pergamino que el sobre, cuando tío Vernon se la arrancó de la mano.

—¡Es mía! —dijo Harry, tratando de recuperarla.

—¿Quién te va a escribir a ti? —dijo con tono despectivo tío Vernon, abriendo la carta con una mano y echándole una mirada. Su rostro pasó del rojo al verde con la misma velocidad que las luces del semáforo. Y no se detuvo ahí. En segundos adquirió el blanco grisáceo de un plato de avena cocida reseca.

—¡Pe... Pe... Petunia! —bufó.

Dudley trató de coger la carta para leerla, pero tío Vernon la mantenía muy alta, fuera de su alcance. Tía Petunia la cogió con curiosidad y leyó la primera línea. Durante un momento pareció que iba a desmayarse. Se apretó la garganta y dejó escapar un gemido.

—¡Vernon! ¡Oh, Dios mío... Vernon!

Se miraron como si hubieran olvidado que Harry y Dudley todavía estaban allí. Dudley no estaba acostumbrado a que no le hicieran caso. Golpeó a su padre en la cabeza con el bastón de Smelting.

—Quiero leer esa carta —dijo a gritos.

—Yo soy quien quiere leerla —dijo Harry con rabia—. Es mía.

—Fuera de aquí, los dos —graznó tío Vernon, metiendo la carta en el sobre.

Harry no se movió.

—¡QUIERO MI CARTA! —gritó.

—¡Déjame verla! —exigió Dudley.

—¡FUERA! —gritó tío Vernon y, cogiendo a Harry y a Dudley por el cogote, los arrojó al recibidor y cerró la puerta de la cocina. Harry y Dudley iniciaron una lucha, furiosa pero callada, para ver quién espiaba por el ojo de la cerradura. Ganó Dudley, así que Harry, con las gafas colgando de una oreja, se tiró al suelo para escuchar por la rendija que había entre la puerta y el suelo.

—Vernon —decía tía Petunia, con voz temblorosa—, mira el sobre. ¿Cómo es posible que sepan dónde duerme él? No estarán vigilando la casa, ¿verdad?

—Vigilando, espiando... Hasta pueden estar siguiéndonos —murmuró tío Vernon, agitado.

—Pero ¿qué podemos hacer, Vernon? ¿Les contestamos? Les decimos que no queremos...

Harry pudo ver los zapatos negros brillantes de tío Vernon yendo y viniendo por la cocina.

—No —dijo finalmente—. No, no les haremos caso. Si no reciben una respuesta... Sí, eso es lo mejor... No haremos nada...

—Pero...

—¡No pienso tener a uno de ellos en la casa, Petunia! ¿No lo juramos cuando recibimos y destruimos aquella peligrosa tontería?

Aquella noche, cuando regresó del trabajo, tío Vernon hizo algo que no había hecho nunca: visitó a Harry en su alacena.

—¿Dónde está mi carta? —dijo Harry, en el momento en que tío Vernon pasaba con dificultad por la puerta—. ¿Quién me escribió?

—Nadie. Estaba dirigida a ti por error —dijo tío Vernon con tono cortante—. La quemé.

—No era un error —dijo Harry enfadado—. Estaba mi alacena en el sobre.

—¡SILENCIO! —gritó el tío Vernon, y unas arañas cayeron del techo. Respiró profundamente y luego sonrió, esforzándose tanto por hacerlo que parecía sentir dolor—. Ah, sí, Harry, en lo que se refiere a la alacena... Tu tía y yo estuvimos pensando... Realmente ya eres muy mayor para esto... Pensamos que estaría bien que te mudes al segundo dormitorio de Dudley.

—¿Por qué? —dijo Harry.

—¡No hagas preguntas! —exclamó—. Lleva tus cosas arriba ahora mismo.

La casa de los Dursley tenía cuatro dormitorios: uno para tío Vernon y tía Petunia, otro para las visitas (habitualmente Marge, la hermana de Vernon), en el tercero dormía Dudley y en el último guardaba todos los juguetes y cosas que no cabían en aquél. En un solo viaje Harry trasladó todo lo que le pertenecía, desde la alacena a su nuevo dormitorio. Se sentó en la cama y miró alrededor. Allí casi todo estaba roto. La filmadora estaba sobre un carro de combate que una vez Dudley hizo andar sobre el perro del vecino, y en un rincón estaba el primer televisor de Dudley, al que dio una patada cuando dejaron de emitir su programa favorito. También había una gran jaula que alguna vez tuvo dentro un loro, pero Dudley lo cambió en el colegio por un rifle de aire comprimido, que en aquel momento estaba en un estante con la punta torcida, porque Dudley se había sentado encima. El resto de las estanterías estaban llenas de libros. Era lo único que parecía que nunca había sido tocado.

Desde abajo llegaba el sonido de los gritos de Dudley a su madre.

—No quiero que esté allí... Necesito esa habitación... Échalo...

Harry suspiró y se estiró en la cama. El día anterior habría dado cualquier cosa por estar en aquella habitación. Pero en aquel momento prefería volver a su alacena con la carta a estar allí sin ella.

A la mañana siguiente, durante el desayuno, todos estaban muy callados. Dudley se hallaba en estado de conmoción. Había gritado, había pegado a su padre con el bastón de Smelting, se había puesto malo a propósito, le había dado una patada a su madre, arrojado la tortuga por el techo del invernadero, y seguía sin conseguir que le devolvieran su habitación. Harry estaba pensando en el día anterior, y con amargura pensó que ojalá hubiera abierto la carta en el vestíbulo. Tío Vernon y tía Petunia se miraban misteriosamente.

Cuando llegó el correo, tío Vernon, que parecía hacer esfuerzos por ser amable con Harry, hizo que fuera Dudley.

Lo oyeron golpear cosas con su bastón en su camino hasta la puerta. Entonces gritó.

—¡Hay otra más! Señor H. Potter, El Dormitorio Más Pequeño, Privet Drive, 4...

Con un grito ahogado, tío Vernon se levantó de su asiento y corrió hacia el vestíbulo, con Harry siguiéndolo. Allí tuvo que forcejear con su hijo para quitarle la carta, lo que le resultaba difícil porque Harry le tiraba del cuello. Después de un minuto de confusa lucha, en la que todos recibieron golpes del bastón, tío Vernon se enderezó con la carta de Harry arrugada en su mano, jadeando para recuperar la respiración.

—Vete a tu alacena, quiero decir a tu dormitorio —dijo a Harry sin dejar de jadear—. Y Dudley... Vete... Vete de aquí.

Harry paseó en círculos por su nueva habitación. Alguien sabía que se había ido de su alacena y también parecía saber que no había recibido su primera carta. ¿Eso significaría que lo intentarían de nuevo? Pues la próxima vez se aseguraría de que no fallaran. Tenía un plan.

El reloj despertador arreglado sonó a las seis de la mañana siguiente. Harry lo apagó rápidamente y se vistió en silencio: no debía despertar a los Dursley. Se deslizó por la escalera sin encender ninguna luz.

Esperaría al cartero en la esquina de Privet Drive y recogería las cartas para el número 4 antes de que su tío pudiera encontrarlas. El corazón le latía aceleradamente mientras atravesaba el recibidor oscuro hacia la puerta.

—¡AAAUUUGGG!

Harry saltó en el aire. Había tropezado con algo grande y fofo que estaba en el tapete... ¡Algo vivo!

Las luces se encendieron y, horrorizado, Harry se dio cuenta de que aquella cosa fofa y grande era la cara de su tío. Tío Vernon estaba acostado en la puerta, en un saco de dormir, evidentemente para asegurarse de que Harry no hiciera exactamente lo que intentaba hacer. Gritó a Harry durante media hora y luego le dijo que preparara una taza de té. Harry se marchó arrastrando los pies y, cuando regresó de la cocina, el correo había llegado directamente al regazo de tío Vernon. Harry pudo ver tres cartas escritas en tinta verde.

—Quiero... —comenzó, pero tío Vernon estaba rompiendo las cartas en pedacitos ante sus ojos.

Aquel día, tío Vernon no fue a trabajar. Se quedó en casa y tapió el buzón.

—¿Te das cuenta? —explicó a tía Petunia, con la boca llena de clavos—. Si no pueden entregarlas, tendrán que dejar de hacerlo.

—No estoy segura de que esto resulte, Vernon.

—Oh, la mente de esa gente funciona de manera extraña, Petunia, ellos no son como tú y yo —dijo tío Vernon, tratando de dar golpes a un clavo con el pedazo de pastel de fruta que tía Petunia le acababa de llevar.

El viernes, no menos de doce cartas llegaron para Harry. Como no las podían echar en el buzón, las habían pasado por debajo de la puerta, por entre las rendijas, y unas pocas por la ventanita del cuarto de baño de abajo.

Tío Vernon se quedó en casa otra vez. Después de quemar todas las cartas, salió con el martillo y los clavos para asegurar la puerta de atrás y la de adelante, para que nadie pudiera salir. Mientras trabajaba, tarareaba *De puntillas entre los tulipanes* y se sobresaltaba con cualquier ruido.

El sábado, las cosas comenzaron a descontrolarse. Veinticuatro cartas para Harry entraron en la casa, escondidas entre dos docenas de huevos, que un muy desconcertado lechero entregó a tía Petunia, a través de la ventana del salón. Mientras tío Vernon llamaba a la oficina de correos y a la lechería, tratando de encontrar a alguien para quejarse, tía Petunia trituraba las cartas en la picadora.

—¿Se puede saber quién tiene tanto interés en comunicarse contigo? —preguntaba Dudley a Harry, con asombro.

La mañana del domingo, tío Vernon estaba sentado ante la mesa del desayuno, con aspecto de cansado y casi enfermo, pero feliz.

—No hay correo los domingos —les recordó alegremente, mientras ponía mermelada en su periódico—. Hoy no llegarán las malditas cartas...

Algo llegó zumbando por la chimenea de la cocina mientras él hablaba y le golpeó con fuerza en la nuca. Al momento siguiente, treinta o cuarenta cartas cayeron de la chimenea como balas. Los Dursley se agacharon, pero Harry saltó en el aire, tratando de atrapar una.

—¡Fuera! ¡FUERA!

Tío Vernon cogió a Harry por la cintura y lo arrojó al recibidor. Cuando tía Petunia y Dudley salieron corriendo, cubriéndose la cara con las manos, tío Vernon cerró la puerta con fuerza. Podían oír el ruido de las cartas, que seguían cayendo en la habitación, golpeando contra las paredes y el suelo.

—Ya está —dijo tío Vernon, tratando de hablar con calma, pero arrancándose, al mismo tiempo, parte del bigote—. Quiero que estén aquí dentro de cinco minutos, listos para irnos. Nos vamos. Lleven alguna ropa. ¡Sin discutir!

Parecía tan peligroso, con la mitad de su bigote arrancado, que nadie se atrevió a contradecirlo. Diez minutos después se habían abierto camino a través de las puertas tapiadas y estaban en el coche, avanzando velozmente hacia la autopista. Dudley lloriqueaba en el asiento trasero, pues su padre le había pegado en la cabeza cuando lo pilló tratando de guardar el televisor, el vídeo y el computador en la bolsa.

Condujeron. Y siguieron avanzando. Ni siquiera tía Petunia se atrevía a preguntarle adónde iban. De vez en cuando, tío Vernon daba la vuelta y conducía un rato en sentido contrario.

—Quitárnoslos de encima... perderlos de vista... —murmuraba cada vez que lo hacía.

No se detuvieron en todo el día para comer o beber. Al llegar la noche Dudley aullaba. Nunca había pasado un día tan malo en su vida. Tenía hambre, se había perdido cinco programas de televisión que quería ver y nunca había pasado tanto tiempo sin hacer estallar un monstruo en su juego de computador.

Tío Vernon se detuvo finalmente ante un hotel de aspecto lúgubre, en las afueras de una gran ciudad. Dudley y

Harry compartieron una habitación con camas gemelas y sábanas húmedas y gastadas. Dudley roncaba, pero Harry permaneció despierto, sentado en el borde de la ventana, contemplando las luces de los coches que pasaban y deseando saber...

Al día siguiente, comieron para el desayuno copos de trigo, tostadas y tomates de lata. Estaban a punto de terminar, cuando la dueña del hotel se acercó a la mesa.

—Perdonen, ¿alguno de ustedes es el señor H. Potter? Tengo como cien de éstas en el mostrador de entrada.

Extendió una carta para que pudieran leer la dirección en tinta verde:

Señor H. Potter
Habitación 17
Hotel Railview
Cokeworth

Harry fue a coger la carta, pero tío Vernon le pegó en la mano. La mujer los miró asombrada.

—Yo las recogeré —dijo tío Vernon, poniéndose de pie rápidamente y siguiéndola.

—¿No sería mejor volver a casa, querido? —sugirió tía Petunia tímidamente, unas horas más tarde, pero tío Vernon no pareció oírla. Qué era lo que buscaba exactamente, nadie lo sabía. Los llevó al centro del bosque, salió, miró alrededor, negó con la cabeza, volvió al coche y otra vez lo puso en marcha. Lo mismo sucedió en medio de un campo arado, en mitad de un puente colgante y en la parte más alta de un aparcamiento de coches.

—Papá se ha vuelto loco, ¿verdad? —preguntó Dudley a tía Petunia aquella tarde. Tío Vernon había aparcado en la costa, los había encerrado y había desaparecido.

Comenzó a llover. Gruesas gotas golpeaban el techo del coche. Dudley gimoteaba.

—Es lunes —dijo a su madre—. Mi programa favorito es esta noche. Quiero ir a algún lugar donde haya un televisor.

Lunes. Eso hizo que Harry se acordara de algo. Si era lunes (y habitualmente se podía confiar en que Dudley supiera el día de la semana, por los programas de la televisión), entonces, al día siguiente, martes, era el cumpleaños número once de Harry. Claro que sus cumpleaños nunca habían sido exactamente divertidos: el año anterior, por ejemplo, los Dursley le regalaron una percha y un par de calcetines viejos de tío Vernon. Sin embargo, no se cumplían once años todos los días.

Tío Vernon regresó sonriente. Llevaba un paquete largo y delgado y no contestó a tía Petunia cuando le preguntó qué había comprado.

—¡He encontrado el lugar perfecto! —dijo—. ¡Vamos! ¡Todos fuera!

Hacía mucho frío cuando bajaron del coche. Tío Vernon señalaba lo que parecía una gran roca en el mar. Y, encima de ella, se veía la más miserable choza que uno se pudiera imaginar. Una cosa era segura, allí no había televisión.

—¡Han anunciado tormenta para esta noche! —anunció alegremente tío Vernon, aplaudiendo—. ¡Y este caballero aceptó gentilmente alquilarnos su bote!

Un viejo desdentado se acercó a ellos, señalando un viejo bote que se balanceaba en el agua grisácea.

—Ya he conseguido algo de comida —dijo tío Vernon—. ¡Así que todos a bordo!

En el bote hacía un frío terrible. El mar congelado los salpicaba, la lluvia les golpeaba la cabeza y un viento gélido les azotaba el rostro. Después de lo que pareció una eternidad, llegaron al peñasco, donde tío Vernon los condujo hasta la desvencijada casa.

El interior era horrible: había un fuerte olor a algas, el viento se colaba por las rendijas de las paredes de madera y la chimenea estaba vacía y húmeda. Sólo había dos habitaciones.

La comida de tío Vernon resultó ser cuatro plátanos y un paquete de papas fritas para cada uno. Trató de encender el fuego con las bolsas vacías, pero sólo salió humo.

—Ahora podríamos utilizar una de esas cartas, ¿no? —dijo alegremente.

Estaba de muy buen humor. Era evidente que creía que nadie se iba a atrever a buscarlos allí, con una tormenta a punto de estallar. En privado, Harry estaba de acuerdo, aunque el pensamiento no lo alegraba.

Al caer la noche, la tormenta prometida estalló sobre ellos. La espuma de las altas olas chocaba contra las paredes de la cabaña y el feroz viento golpeaba contra los vidrios de las ventanas. Tía Petunia encontró unas pocas mantas en la otra habitación y preparó una cama para Dudley en el sofá. Ella y tío Vernon se acostaron en una cama cerca de la puerta, y Harry tuvo que contentarse con un trozo de suelo y taparse con la manta más delgada.

La tormenta aumentó su ferocidad durante la noche. Harry no podía dormir. Se estremecía y daba vueltas, tratando de ponerse cómodo, con el estómago rugiendo de hambre. Los ronquidos de Dudley quedaron amortiguados por los truenos que estallaron cerca de la medianoche. El reloj luminoso de Dudley, colgando de su gorda muñeca, informó a Harry que tendría once años en diez minutos. Esperaba acostado a que llegara la hora de su cumpleaños, pensando si los Dursley se acordarían y preguntándose dónde estaría en aquel momento el escritor de cartas.

Cinco minutos. Harry oyó algo que crujía afuera. Esperó que no fuera a caerse el techo, aunque tal vez hiciera más calor si eso ocurría. Cuatro minutos. Tal vez la casa de Privet Drive estaría tan llena de cartas, cuando regresaran, que podría robar una.

Tres minutos para la hora. ¿Por qué el mar chocaría con tanta fuerza contra las rocas? Y (faltaban dos minutos) ¿qué era aquel ruido tan raro? ¿Las rocas se estaban desplomando en el mar?

Un minuto y tendría once años. Treinta segundos... veinte... diez... nueve... tal vez despertara a Dudley, sólo para molestarlo... tres... dos... uno...

BUM.

Toda la cabaña se estremeció y Harry se enderezó, mirando fijamente a la puerta. Alguien estaba fuera, llamando.

4

El guardián de las llaves

BUM. Llamaron otra vez. Dudley se despertó bruscamente.

—¿Dónde está el cañón? —preguntó estúpidamente.

Se oyó un crujido detrás de ellos y tío Vernon apareció en la habitación. Llevaba un rifle en las manos: ya sabían lo que contenía el paquete alargado que había llevado.

—¿Quién está ahí? —gritó—. ¡Le advierto... estoy armado!

Hubo una pausa. Luego...

¡UN GOLPE VIOLENTO!

La puerta fue empujada con tal fuerza que se salió de los goznes y, con un golpe sordo, cayó al suelo.

Un hombre gigantesco apareció en el umbral. Su rostro estaba prácticamente oculto por una larga maraña de pelo y una barba desaliñada, pero podían verse sus ojos, que brillaban como escarabajos negros bajo aquella pelambrera.

El gigante se abrió paso doblando la cabeza, que rozaba el techo. Se agachó, cogió la puerta y, sin esfuerzo, la volvió a poner en su lugar. El ruido de la tormenta se apagó un poco. Se volvió para mirarlos.

—Podríamos preparar té. No ha sido un viaje fácil...

Se desparramó en el sofá donde Dudley estaba petrificado de miedo.

—Levántate, bola de grasa —dijo el desconocido.

Dudley se escapó de allí y corrió a esconderse junto a su madre, que estaba agazapada detrás de tío Vernon.

—¡Ah! ¡Aquí está Harry! —dijo el gigante.

Harry levantó la vista ante el rostro feroz y peludo, y vio que los ojos negros le sonreían.

—La última vez que te vi eras sólo una criatura —dijo el gigante—. Te pareces mucho a tu padre, pero tienes los ojos de tu madre.

Tío Vernon dejó escapar un curioso sonido.

—¡Le exijo que se vaya enseguida, señor! —dijo—. ¡Esto es allanamiento de morada!

—Bah, cierra la boca, Dursley, grandísimo majadero —dijo el gigante. Se estiró, arrebató el rifle a tío Vernon, lo retorció como si fuera de caucho y lo arrojó a un rincón de la habitación.

Tío Vernon hizo otro ruido extraño, como si hubieran aplastado a un ratón.

—De todos modos, Harry —dijo el gigante, dando la espalda a los Dursley—, te deseo un muy feliz cumpleaños. Tengo algo aquí. Tal vez lo he aplastado un poco, pero tiene buen sabor.

Del bolsillo interior de su abrigo negro sacó una caja algo aplastada. Harry la abrió con dedos temblorosos. En el interior había un gran pastel de chocolate pegajoso, con «Feliz Cumpleaños, Harry» escrito en verde.

Harry miró al gigante. Iba a darle las gracias, pero las palabras se perdieron en su garganta y, en lugar de eso, dijo:

—¿Quién es usted?

El gigante rió entre dientes.

—Es cierto, no me he presentado. Rubeus Hagrid, Guardián de las Llaves y Terrenos de Hogwarts.

Extendió una mano gigantesca y sacudió todo el brazo de Harry.

—¿Qué tal ese té, entonces? —dijo, frotándose las manos—. Pero no diría que no si tienen algo más fuerte.

Sus ojos se clavaron en el hogar apagado, con las bolsas de papas fritas arrugadas, y dejó escapar una risa despectiva. Se inclinó ante la chimenea. Los demás no podían ver qué estaba haciendo, pero cuando un momento después se dio la vuelta, había un fuego encendido, que inundó de luz toda la húmeda cabaña. Harry sintió que el calor lo cubría como si estuviera metido en un baño caliente.

El gigante volvió a sentarse en el sofá, que se hundió bajo su peso, y comenzó a sacar toda clase de cosas de los bolsillos de su abrigo: una cazuela de cobre, un paquete de salchichas, un atizador, una tetera, varias tazas agrietadas y una botella de un líquido color ámbar, de la que tomó un trago antes de empezar a preparar el té. Muy pronto, la cabaña estaba llena del aroma de las salchichas calientes. Nadie dijo una palabra mientras el gigante trabajaba, pero cuando sacó las primeras seis salchichas jugosas y calientes, Dudley comenzó a impacientarse. Tío Vernon dijo en tono cortante:

—No toques nada que él te dé, Dudley.

El gigante lanzó una risa sombría.

—Ese gordo pastel que es su hijo no necesita engordar más, Dursley, no se preocupe.

Le sirvió las salchichas a Harry, el cual estaba tan hambriento que pensó que nunca había probado algo tan maravilloso, pero todavía no podía quitarle los ojos de encima al gigante. Por último, como nadie parecía dispuesto a explicar nada, dijo:

—Lo siento, pero todavía sigo sin saber quién es usted.

El gigante tomó un sorbo de té y se secó la boca con el dorso de la mano.

—Llámame Hagrid —contestó—. Todos lo hacen. Y como te dije, soy el guardián de las llaves de Hogwarts. Ya lo sabrás todo sobre Hogwarts, por supuesto.

—Pues... yo no... —dijo Harry.

Hagrid parecía impresionado.

—Lo lamento —dijo rápidamente Harry.

—¿Lo lamento? —preguntó Hagrid, volviéndose a mirar a los Dursley, que retrocedieron hasta quedar ocultos por las sombras—. ¡Ellos son los que tienen que disculparse! Sabía que no estabas recibiendo las cartas, pero nunca pensé que no supieras nada de Hogwarts. ¿Nunca te preguntaste dónde lo habían aprendido todo tus padres?

—¿Qué? —preguntó Harry.

—¿QUÉ? —bramó Hagrid—. ¡Espera un segundo!

Se puso de pie de un salto. En su furia parecía llenar toda la habitación. Los Dursley estaban agazapados contra la pared.

—¿Me van a decir —rugió a los Dursley— que este muchacho, ¡este muchacho!, no sabe nada... sobre NADA?

Harry pensó que aquello iba demasiado lejos. Después de todo, había ido al colegio y sus notas no eran tan malas.

—Yo sé algunas cosas —dijo—. Puedo hacer cuentas y todo eso.

Pero Hagrid simplemente agitó la mano.

—Me refiero a nuestro mundo. Tu mundo. Mi mundo. El mundo de tus padres.

—¿Qué mundo?

Hagrid lo miró como si fuera a estallar.

—¡DURSLEY! —bramó.

Tío Vernon, que estaba muy pálido, susurró algo que sonaba como *mimblewimble*. Hagrid, enfurecido, contempló a Harry.

—Pero tú tienes que saber algo sobre tu madre y tu padre —dijo—. Quiero decir, ellos son famosos. Tú eres famoso.

—¿Cómo? ¿Mi madre y mi padre... eran famosos? ¿En serio?

—No sabías... no sabías... —Hagrid se pasó los dedos por el pelo, clavándole una mirada de asombro—. ¿De verdad no sabes lo que ellos eran? —dijo por último.

De pronto, tío Vernon recuperó la voz

—¡Deténgase! —ordenó—. ¡Deténgase ahora mismo, señor! ¡Le prohíbo que le diga nada al muchacho!

Un hombre más valiente que Vernon Dursley se habría acobardado ante la mirada furiosa que le dirigió Hagrid. Cuando éste habló, temblaba de rabia.

—¿No se lo ha dicho? ¿No le ha hablado sobre el contenido de la carta que Dumbledore le dejó? ¡Yo estaba allí! ¡Vi que Dumbledore la dejaba, Dursley! ¿Y se la ha ocultado durante todos estos años?

—¿Qué es lo que me han ocultado? —dijo Harry en tono anhelante.

—¡DETÉNGASE! ¡SE LO PROHÍBO! —rugió tío Vernon aterrado.

Tía Petunia dejó escapar un gemido de horror.

—Voy a romperles la cabeza —dijo Hagrid—. Harry, debes saber que eres un mago.

Se produjo un silencio en la cabaña. Sólo podía oírse el mar y el silbido del viento.

—¿Que soy qué? —dijo Harry con voz entrecortada.

—Un mago —respondió Hagrid, sentándose otra vez en el sofá, que crujió y se hundió—. Y muy bueno, debo añadir, en cuanto te hayas entrenado un poco. Con unos padres como los tuyos ¿qué otra cosa podías ser? Y creo que ya es hora de que leas la carta.

Harry extendió la mano para coger, finalmente, el sobre amarillento, dirigido, con tinta verde esmeralda al «Señor H. Potter, El Suelo de la Cabaña en la Roca, El Mar». Sacó la carta y leyó:

COLEGIO HOGWARTS DE MAGIA

Director: Albus Dumbledore
(Orden de Merlín, Primera Clase,
Gran Hechicero, Jefe de Magos,
Jefe Supremo, Confederación
Internacional de Magos).

Querido señor Potter:
Tenemos el placer de informarle de que dispone de un puesto en el Colegio Hogwarts de Magia. Por favor, observe la lista del equipo y los libros necesarios.
Las clases comienzan el 1 de septiembre. Esperamos su lechuza antes del 31 de julio.

Muy cordialmente,
Minerva McGonagall
Directora adjunta

Las preguntas estallaban en la cabeza de Harry como fuegos artificiales, y no sabía cuál era la primera. Después de unos minutos, tartamudeó:

—¿Qué quiere decir eso de que esperan mi lechuza?

—Gorgonas galopantes, ahora me acuerdo —dijo Hagrid, golpeándose la frente con tanta fuerza como para derribar un caballo. De otro bolsillo sacó una lechuza (una lechuza de verdad, viva y con las plumas algo erizadas), una gran pluma y un rollo de pergamino. Con la lengua entre los dientes, escribió una nota que Harry pudo leer al revés.

Querido señor Dumbledore:
Entregué a Harry su carta. Lo llevo mañana a comprar sus cosas.
El tiempo es horrible. Espero que usted esté bien.

Hagrid

Hagrid enrolló la nota y se la dio a la lechuza, que la cogió con el pico. Después fue hasta la puerta y lanzó a la lechuza en la tormenta. Entonces volvió y se sentó, como si aquello fuera tan normal como hablar por teléfono.

Harry se dio cuenta de que tenía la boca abierta y la cerró rápidamente.

—¿Por dónde iba? —dijo Hagrid. Pero en aquel momento tío Vernon, todavía con el rostro color ceniza, pero muy enfadado, se acercó a la chimenea.

—Él no irá —dijo.

Hagrid gruñó.

—Me gustaría ver a un gran muggle como usted deteniéndolo a él —dijo.

—¿Un qué? —preguntó interesado Harry.

—Un muggle —respondió Hagrid—. Es como llamamos a la gente «no-mágica» como ellos. Y tuviste la mala suerte de crecer en una familia de los más grandes muggles que haya visto.

—Cuando lo adoptamos, juramos que íbamos a detener toda esa porquería —dijo tío Vernon—. ¡Juramos que la íbamos a sacar de él! ¡Un mago, ni más ni menos!

—¿Ustedes sabían? —preguntó Harry—. ¿Ustedes sabían que yo era... un mago?

—¡Saber! —chilló de pronto tía Petunia—. ¡Saber! ¡Por supuesto que lo sabíamos! ¿Cómo no ibas a serlo, siendo lo que era mi condenada hermana? Oh, ella recibió una carta como ésta de ese... ese colegio, y desapareció, y volvía a casa para las vacaciones con los bolsillos llenos de ranas, y convertía las tazas de té en ratas. Yo era la única que la veía tal como era: ¡una monstruosidad! Pero para mi madre y mi padre, oh no, para ellos era «Lily hizo esto» y «Lily hizo esto otro». ¡Estaban orgullosos de tener una bruja en la familia!

Se detuvo para respirar profundamente y luego continuó. Parecía que hacía años que deseaba decir todo aquello.

—Luego conoció a ese Potter en el colegio y se fueron y se casaron y te tuvieron a ti, y por supuesto que yo sabía que ibas a ser igual, igual de raro, un... un anormal. ¡Y luego, como si no fuera poco, hubo esa explosión y nosotros tuvimos que quedarnos contigo!

Harry se había puesto muy pálido. Tan pronto como recuperó la voz, preguntó:

—¿Explosión? ¡Me dijeron que habían muerto en un accidente de coche!

—¿ACCIDENTE DE COCHE? —rugió Hagrid dando un salto, tan enfadado que los Dursley volvieron al rincón—. ¿Cómo iban a poder morir Lily y James Potter en un accidente de coche? ¡Eso es un ultraje! ¡Un escándalo! ¡Que Harry Potter no conozca su propia historia, cuando cada chico de nuestro mundo conoce su nombre!

—Pero ¿por qué? ¿Qué sucedió? —preguntó Harry con tono de apremio.

La furia se desvaneció del rostro de Hagrid. De pronto parecía nervioso.

—Nunca habría esperado algo así —dijo en voz baja y con aire preocupado—. No tenía ni idea. Cuando Dumbledore me dijo que podía tener problemas para llegar a ti, no sabía que sería hasta este punto. Ah, Harry, no sé si soy la persona apropiada para decírtelo, pero alguien debe hacerlo. No puedes ir a Hogwarts sin saberlo.

Lanzó una mirada despectiva a los Dursley.

—Bueno, es mejor que sepas todo lo que yo puedo decirte... porque no puedo decírtelo todo. Es un gran misterio, al menos una parte...

Se sentó, miró fijamente al fuego durante unos instantes, y luego continuó.

—Comienza, supongo, con... con una persona llamada... pero es increíble que no sepas su nombre, todos en nuestro mundo lo saben...

—¿Quién?

—Bueno... no me gusta decir el nombre si puedo evitarlo. Nadie lo dice.

—¿Por qué no?

—Gárgolas galopantes, Harry, la gente todavía tiene miedo. Vaya, esto es difícil. Mira, había un mago que se volvió... malo. Tan malo como te puedas imaginar. Peor. Peor que peor. Su nombre era...

Hagrid tragó, pero no le salía la voz.

—¿Quiere escribirlo? —sugirió Harry.

—No... no sé cómo se escribe. Está bien... Voldemort. —Hagrid se estremeció—. No me lo hagas repetir. De todos modos, este... este mago, hace unos veinte años, comenzó a buscar seguidores. Y los consiguió. Algunos porque le tenían miedo, otros sólo querían un poco de su poder, porque él iba consiguiendo poder. Eran días negros, Harry. No se sabía en quién confiar, uno no se animaba a hacerse amigo de magos o brujas desconocidos... Sucedían cosas terribles. Él se estaba apoderando de todo. Por supuesto, algunos se le opusieron y él los mató. Horrible. Uno de los pocos lugares seguros era Hogwarts. Hay que considerar que Dumbledore era el único al que Quien-tú-sabes temía. No se atrevía a apoderarse del colegio, no entonces, al menos.

»Ahora bien, tu madre y tu padre eran la mejor bruja y el mejor mago que yo he conocido nunca. ¡En su época de Hogwarts eran los primeros! Supongo que el misterio es por qué Quien-tú-sabes nunca había tratado de ponerlos de su parte... Probablemente sabía que estaban demasiado cerca de Dumbledore para querer tener algo que ver con el Lado Oscuro.

»Tal vez pensó que podía persuadirlos... O quizá simplemente quería quitarlos de en medio. Lo que todos saben es que él apareció en el pueblo donde ustedes vivían, el día de Halloween, hace diez años. Tú tenías un año. Él fue a tu casa y... y...

De pronto, Hagrid sacó un pañuelo muy sucio y se sonó la nariz con un sonido como el de una corneta.

—Lo siento —dijo—. Pero es tan triste... pensar que tu madre y tu padre, la mejor gente del mundo que podrías encontrar...

»Quien-tú-sabes los mató. Y entonces... y ése es el verdadero misterio del asunto... también trató de matarte a ti. Supongo que quería hacer un trabajo limpio, o tal vez, para entonces, disfrutaba matando. Pero no pudo hacerlo. ¿Nunca te preguntaste cómo te hiciste esa marca en la frente? No es un corte común. Sucedió cuando una poderosa maldición diabólica te tocó. Fue la que terminó con tu madre, tu padre y la casa, pero no funcionó contigo, y por eso eres famoso, Harry. Nadie a quien él hubiera decidido matar sobrevivió, nadie excepto tú, y eso que acabó con algunas de las mejores brujas y de los mejores magos de la época (los McKinnons, los Bones, los Prewetts...) y tú eras muy pequeño. Pero sobreviviste.

Algo muy doloroso estaba sucediendo en la mente de Harry. Mientras Hagrid iba terminando la historia, vio otra vez la cegadora luz verde con más claridad de lo que la había recordado antes y, por primera vez en su vida, se acordó de algo más, de una risa cruel, aguda y fría.

Hagrid lo miraba con tristeza.

—Yo mismo te saqué de la casa en ruinas, por orden de Dumbledore. Y te llevé con esta gente...

—Tonterías —dijo tío Vernon.

Harry dio un respingo. Casi había olvidado que los Dursley estaban allí. Tío Vernon parecía haber recuperado su valor. Miraba con rabia a Hagrid y tenía los puños cerrados.

—Ahora escucha esto, chico —gruñó—: acepto que haya algo extraño acerca de ti, probablemente nada que unos buenos golpes no curen. Y todo eso sobre tus padres... Bien, eran raros, no lo niego y, en mi opinión, el mundo está mejor sin ellos... Recibieron lo que buscaban, al mezclarse con esos brujos... Es lo que yo esperaba: siempre supe que iban a terminar mal...

Pero en aquel momento Hagrid se levantó del sofá y sacó de su abrigo un paraguas rosado. Apuntando a tío Vernon, como con una espada, dijo:

—Le prevengo, Dursley, le estoy avisando, una palabra más y...

Ante el peligro de ser atravesado por la punta de un paraguas empuñado por un gigante barbudo, el valor de tío Vernon desapareció otra vez. Se aplastó contra la pared y permaneció en silencio.

—Así está mejor —dijo Hagrid, respirando con dificultad y sentándose otra vez en el sofá, que aquella vez se aplastó hasta el suelo.

Harry, entre tanto, todavía tenía preguntas que hacer, cientos de ellas.

—Pero ¿qué sucedió con Vol... perdón, quiero decir con Quién-usted-sabe?

—Buena pregunta, Harry. Desapareció. Se desvaneció. La misma noche que trató de matarte. Eso te hizo aún más famoso. Ése es el mayor misterio, sabes... Se estaba volviendo más y más poderoso... ¿Por qué se fue?

»Algunos dicen que murió. No creo que le quede lo suficiente de humano para morir. Otros dicen que todavía está por ahí, esperando el momento, pero no lo creo. La gente que estaba de su lado volvió con nosotros. Algunos salieron como de un trance. No creen que pudieran volver a hacerlo si él regresara.

»La mayor parte de nosotros cree que todavía está en alguna parte, pero que perdió sus poderes. Que está demasiado débil para seguir adelante. Porque algo relacionado contigo, Harry, acabó con él. Algo sucedió aquella noche que él no contaba con que sucedería, no sé qué fue, nadie lo sabe... Pero algo relacionado contigo lo confundió.

Hagrid miró a Harry con afecto y respeto, pero Harry, en lugar de sentirse complacido y orgulloso, estaba casi seguro de que había una terrible equivocación. ¿Un mago? ¿Él? ¿Cómo era posible? Había estado toda la vida bajo los golpes de Dudley y el miedo que le inspiraban tía Petunia y tío Vernon. Si realmente era un mago, ¿por qué no los había convertido en sapos llenos de verrugas cada vez que lo encerraban en la alacena? Si alguna vez derrotó al más grande brujo del mundo, ¿cómo es que Dudley siempre podía pegarle patadas como si fuera una pelota?

—Hagrid —dijo con calma—, creo que está equivocado. No creo que yo pueda ser un mago.

Para su sorpresa, Hagrid se rió entre dientes.

—No eres un mago, ¿eh? ¿Nunca haces que sucedan cosas cuando estás asustado o enfadado?

Harry contempló el fuego. Si pensaba en ello... todas las cosas raras que habían hecho que sus tíos se enfadaran con él, habían sucedido cuando él, Harry, estaba molesto o enfadado: perseguido por la banda de Dudley, de golpe se había encontrado fuera de su alcance; temeroso de ir al colegio con aquel ridículo corte de pelo, éste le había crecido de nuevo y, la última vez que Dudley le pegó, ¿no se vengó de él, aunque sin darse cuenta de que lo estaba haciendo? ¿No le había soltado encima la boa constrictor?

Harry miró de nuevo a Hagrid, sonriendo, y vio que el gigante lo miraba radiante.

—¿Te das cuenta? —dijo Hagrid—. Conque Harry Potter no es un mago... Ya verás, serás muy famoso en Hogwarts.

Pero tío Vernon no iba a rendirse sin luchar.

—¿No le hemos dicho que no irá? —dijo con desagrado—. Irá a la escuela secundaria Stonewall y nos dará las gracias por ello. Ya he leído esas cartas y necesitará toda clase de porquerías: libros de hechizos, varitas y...

—Si él quiere ir, un gran muggle como usted no lo detendrá —gruñó Hagrid—. ¡Detener al hijo de Lily y James Potter para que no vaya a Hogwarts! Está loco. Su nombre está apuntado casi desde que nació. Irá al mejor colegio de magia del mundo. Siete años allí y no se conocerá a sí mismo. Estará con jóvenes de su misma clase, lo que será un cambio. Y estará con el más grande director que Hogwarts haya tenido: Albus Dumbled...

—¡NO VOY A PAGAR PARA QUE ALGÚN CHIFLADO VIEJO TONTO LE ENSEÑE TRUCOS DE MAGIA! —gritó tío Vernon.

Pero aquella vez había ido demasiado lejos. Hagrid empuñó su paraguas y lo agitó sobre su cabeza.

—¡NUNCA... —bramó— INSULTE-A-ALBUS-DUMBLEDORE-EN-MI-PRESENCIA!

Agitó el paraguas en el aire para apuntar a Dudley. Se produjo un relámpago de luz violeta, un sonido como de un petardo, un agudo chillido y, al momento siguiente, Dudley saltaba, con las manos sobre su gordo trasero, mientras gemía de dolor. Cuando les dio la espalda, Harry vio una rizada cola de cerdo que salía a través de un agujero en los pantalones.

Tío Vernon rugió. Empujó a tía Petunia y a Dudley a la otra habitación, lanzó una última mirada aterrorizada a Hagrid y cerró con fuerza la puerta detrás de ellos.

Hagrid miró su paraguas y se tiró de la barba.

—No debería enfadarme —dijo con pesar—, pero a lo mejor no ha funcionado. Quise convertirlo en un cerdo, pero supongo que ya se parece mucho a un cerdo y no había mucho por hacer.

Miró de reojo a Harry, bajo sus cejas pobladas.

—Te agradecería que no le mencionaras esto a nadie de Hogwarts —dijo—. Yo... bien, no me está permitido hacer magia, hablando estrictamente. Conseguí permiso para hacer un poquito, para que te llegaran las cartas y todo eso... Era una de las razones por las que quería este trabajo...

—¿Por qué no le está permitido hacer magia? —preguntó Harry.

—Bueno... yo fui también a Hogwarts y, si he de ser franco, me expulsaron. En el tercer año. Me rompieron la varita en dos. Pero Dumbledore dejó que me quedara como guardabosques. Es un gran hombre.

—¿Por qué lo expulsaron?

—Se está haciendo tarde y tenemos muchas cosas que hacer mañana —dijo Hagrid en voz alta—. Tenemos que ir a la ciudad y conseguirte los libros y todo lo demás.

Se quitó su grueso abrigo negro y se lo entregó a Harry.

—Puedes taparte con esto —dijo—. No te preocupes si algo se agita. Creo que todavía tengo lirones en un bolsillo.

5

El callejón Diagon

Harry se despertó temprano aquella mañana. Aunque sabía que ya era de día, mantenía los ojos muy cerrados.

«Ha sido un sueño —se dijo con firmeza—. Soñé que un gigante llamado Hagrid vino a decirme que voy a ir a un colegio de magos. Cuando abra los ojos estaré en casa, en mi alacena.»

Se produjo un súbito golpeteo.

«Y ésa es tía Petunia llamando a la puerta», pensó Harry con el corazón abrumado. Pero todavía no abrió los ojos. Había sido un sueño tan bonito...

Toc. Toc. Toc.

—Está bien —rezongó Harry—. Ya me levanto.

Se incorporó y se le cayó el pesado abrigo negro de Hagrid. La cabaña estaba iluminada por el sol, la tormenta había pasado, Hagrid estaba dormido en el sofá y había una lechuza golpeando con su pata en la ventana, con un periódico en el pico.

Harry se puso de pie, tan feliz como si un gran globo se expandiera en su interior. Fue directamente a la ventana y la abrió. La lechuza bajó en picada y dejó el periódico sobre Hagrid, que no se despertó. Entonces la lechuza se posó en el suelo y comenzó a atacar el abrigo de Hagrid.

—No hagas eso.

Harry trató de apartar a la lechuza, pero ésta cerró el pico amenazadoramente y continuó atacando el abrigo.

—¡Hagrid! —dijo Harry en voz alta—. Aquí hay una lechuza...

—Págale —gruñó Hagrid desde el sofá.

—¿Qué?

—Quiere que le pagues por traer el periódico. Busca en los bolsillos.

El abrigo de Hagrid parecía hecho de bolsillos, con contenidos de todo tipo: manojos de llaves, proyectiles de metal, bombones de menta, saquitos de té... Finalmente Harry sacó un puñado de monedas de aspecto extraño.

—Dale cinco *knuts* —dijo soñoliento Hagrid.

—¿Knuts?

—Esas pequeñas de bronce.

Harry contó las cinco monedas y la lechuza extendió la pata, para que Harry pudiera meter las monedas en una bolsita de cuero que llevaba atada. Y salió volando por la ventana abierta.

Hagrid bostezó con fuerza, se sentó y se desperezó.

—Es mejor que nos demos prisa, Harry. Tenemos muchas cosas que hacer hoy. Debemos ir a Londres a comprar todas las cosas del colegio.

Harry estaba dando la vuelta a las monedas mágicas y observándolas. Acababa de pensar en algo que le hizo sentir que el globo de felicidad en su interior acababa de pincharse.

—Mm... ¿Hagrid?

—¿Sí? —dijo Hagrid, que se estaba calzando sus colosales botas.

—Yo no tengo dinero y ya oíste a tío Vernon anoche, no va a pagar para que vaya a aprender magia.

—No te preocupes por eso —dijo Hagrid, poniéndose de pie y golpeándose la cabeza—. ¿No creerás que tus padres no te dejaron nada?

—Pero si su casa fue destruida...

—¡Ellos no guardaban el oro en la casa, muchacho! No, la primera parada para nosotros es Gringotts. El banco de los magos. Come una salchicha, frías no están mal, y no me negaré a un pedacito de tu pastel de cumpleaños.

—¿Los magos tienen bancos?

—Sólo uno. Gringotts. Lo dirigen los duendes.

Harry dejó caer el pedazo de salchicha que le quedaba.

—¿Duendes?

—Ajá... Así uno tendría que estar loco para intentar robarlos, puedo decírtelo. Nunca te metas con los duendes, Harry. Gringotts es el lugar más seguro del mundo para lo que quieras guardar, excepto tal vez Hogwarts. Por otra parte, tenía que visitar Gringotts de todos modos. Por Dumbledore. Asuntos de Hogwarts. —Hagrid se irguió con orgullo—. En general, me utiliza para asuntos importantes. Buscarte a ti... sacar cosas de Gringotts... él sabe que puede confiar en mí. ¿Lo tienes todo? Pues vamos.

Harry siguió a Hagrid fuera de la cabaña. El cielo estaba ya claro y el mar brillaba a la luz del sol. El bote que tío Vernon había alquilado todavía estaba allí, con el fondo lleno de agua después de la tormenta.

—¿Cómo llegaste aquí? —preguntó Harry, mirando alrededor, buscando otro bote.

—Volando —dijo Hagrid.

—¿Volando?

—Sí... pero vamos a regresar en esto. No debo utilizar la magia, ahora que ya te encontré.

Subieron al bote. Harry todavía miraba a Hagrid, tratando de imaginárselo volando.

—Sin embargo, me parece una lástima tener que remar —dijo Hagrid, dirigiendo a Harry una mirada de soslayo—. Si yo... apresuro las cosas un poquito, ¿te importaría no mencionarlo en Hogwarts?

—Por supuesto que no —respondió Harry, deseoso de ver más magia. Hagrid sacó otra vez el paraguas rosado, dio dos golpes en el borde del bote y salieron a toda velocidad hacia la orilla.

—¿Por qué tendría que estar uno loco para intentar robar en Gringotts? —preguntó Harry.

—Hechizos... encantamientos —dijo Hagrid, desdoblando su periódico mientras hablaba—... Dicen que hay dragones custodiando las cámaras de máxima seguridad. Y además, hay que saber encontrar el camino. Gringotts está a cientos de kilómetros por debajo de Londres, ¿sabes? Muy por debajo del metro. Te morirías de hambre tratando de salir, aunque hubieras podido robar algo.

Harry permaneció sentado pensando en aquello, mientras Hagrid leía su periódico, *El Profeta*. Harry había aprendido de su tío Vernon que a las personas les gustaba que las dejaran tranquilas cuando hacían eso, pero era muy difícil, porque nunca había tenido tantas preguntas que hacer en su vida.

—El Ministerio de Magia está confundiendo las cosas, como de costumbre —murmuró Hagrid, dando la vuelta a la hoja.

—¿Hay un Ministerio de Magia? —preguntó Harry, sin poder contenerse.

—Por supuesto —respondió Hagrid—. Querían que Dumbledore fuera el ministro, claro, pero él nunca dejará Hogwarts, así que el viejo Cornelius Fudge consiguió el trabajo. Nunca ha existido nadie tan torpe. Así que envía lechuzas a Dumbledore cada mañana, pidiendo consejos.

—Pero ¿qué hace un Ministerio de Magia?

—Bueno, su trabajo principal es impedir que los muggles sepan que todavía hay brujas y magos por todo el país.

—¿Por qué?

—¿Por qué? Vaya, Harry, todos querrían soluciones mágicas para sus problemas. No, mejor que nos dejen tranquilos.

En aquel momento, el bote dio un leve golpe contra la pared del muelle. Hagrid dobló su periódico y subieron los escalones de piedra hacia la calle.

Los transeúntes miraban mucho a Hagrid, mientras recorrían el pueblecito camino de la estación, y Harry no se lo podía reprochar: Hagrid no sólo era el doble de alto que cualquiera, sino que señalaba cosas totalmente corrientes, como los parquímetros, diciendo en voz alta:

—¿Ves eso, Harry? Las cosas que esos muggles inventan, ¿verdad?

—Hagrid —dijo Harry, jadeando un poco mientras correteaba para seguirlo—, ¿no dijiste que había dragones en Gringotts?

—Bueno, eso dicen —respondió Hagrid—. Me gustaría tener un dragón.

—¿Te gustaría tener uno?

—Quiero uno desde que era niño... Ya estamos.

Habían llegado a la estación. Salía un tren para Londres cinco minutos más tarde. Hagrid, que no entendía «el dinero muggle», como lo llamaba, dio las monedas a Harry para que comprara los billetes.

La gente los miraba más que nunca en el tren. Hagrid ocupó dos asientos y comenzó a tejer lo que parecía una carpa de circo color amarillo canario.

—¿Todavía tienes la carta, Harry? —preguntó, mientras contaba los puntos.

Harry sacó del bolsillo el sobre de pergamino.

—Bien —dijo Hagrid—. Hay una lista con todo lo que necesitas.

Harry desdobló otra hoja, que no había visto la noche anterior, y leyó:

COLEGIO HOGWARTS DE MAGIA

UNIFORME

Los alumnos de primer año necesitarán:

- Tres túnicas sencillas de trabajo (negras).
- Un sombrero puntiagudo (negro) para uso diario.
- Un par de guantes protectores (piel de dragón o semejante).
- Una capa de invierno (negra, con broches plateados).

(Todas las prendas de los alumnos deben llevar etiquetas con su nombre.)

LIBROS

Todos los alumnos deben tener un ejemplar de los siguientes libros:

- *Libro reglamentario de hechizos, primer curso*, Miranda Goshawk.
- *Historia de la magia*, Bathilda Bagshot.
- *Teoría mágica*, Adalbert Waffling.
- *Guía de transformación para principiantes*, Emeric Switch.
- *Mil hierbas y hongos mágicos*, Phyllida Spore.
- *Filtros y pociones mágicas*, Arsenius Jigger.
- *Animales fantásticos y dónde encontrarlos*, Newt Scamander.
- *Las Fuerzas Oscuras. Una guía para la autoprotección*, Quentin Trimble.

RESTO DEL EQUIPO

1 varita.

1 caldero (peltre, medida 2).

1 juego de frascos de vidrio o cristal.

1 telescopio.

1 balanza de latón.

Los alumnos también pueden traer una lechuza, un gato o un sapo.

SE RECUERDA A LOS PADRES QUE A LOS DE PRIMER AÑO NO SE LES PERMITE TENER ESCOBAS PROPIAS.

—¿Podemos comprar todo esto en Londres? —se preguntó Harry en voz alta.

—Sí, si sabes adónde ir —respondió Hagrid.

Harry no había estado antes en Londres. Aunque Hagrid parecía saber adónde iban, era evidente que no estaba acostumbrado a hacerlo de la forma ordinaria. Se quedó atascado en el torniquete de entrada al metro y se quejó en voz alta porque los asientos eran muy pequeños y los trenes muy lentos.

—No sé cómo los muggles se las arreglan sin magia —comentó, mientras subían por una escalera mecánica estropeada que los condujo a una calle llena de tiendas.

Hagrid era tan corpulento que separaba fácilmente a la muchedumbre. Lo único que Harry tenía que hacer era mantenerse detrás de él. Pasaron ante librerías y tiendas de música, ante hamburgueserías y cines, pero en ningún lado parecía que vendieran varitas mágicas. Era una calle normal, llena de gente normal. ¿De verdad habría cantidades de oro de magos enterradas debajo de ellos? ¿Había allí realmente tiendas que vendían libros de hechizos y escobas? ¿No sería una broma pesada preparada por los Dursley? Si Harry no hubiera sabido que los Dursley carecían de sentido del humor, podría haberlo pensado. Sin embargo, aunque todo lo que le había dicho Hagrid era increíble, Harry no podía dejar de confiar en él.

—Es aquí —dijo Hagrid deteniéndose—. El Caldero Chorreante. Es un lugar famoso.

Era un bar diminuto y de aspecto mugriento. Si Hagrid no lo hubiera señalado, Harry no lo habría visto. La gente, que pasaba apresurada, ni lo miraba. Sus ojos iban de la gran librería, a un lado, a la tienda de música, al otro, como si no pudieran ver el Caldero Chorreante. En realidad, Harry tuvo la extraña sensación de que sólo él y Hagrid lo veían. Antes de que pudiera decirlo, Hagrid lo hizo entrar.

Para ser un lugar famoso, estaba muy oscuro y destartalado. Unas ancianas estaban sentadas en un rincón, tomando copitas de jerez. Una de ellas fumaba una larga pipa. Un hombre pequeño que llevaba un sombrero de copa hablaba con el viejo cantinero, que era completamente calvo y parecía una nuez blanda. El suave murmullo de las charlas se detuvo cuando ellos entraron. Todos parecían conocer a Hagrid. Lo saludaban con la mano y le sonreían, y el cantinero buscó un vaso diciendo:

—¿Lo de siempre, Hagrid?

—No puedo, Tom, estoy aquí por asuntos de Hogwarts —respondió Hagrid, poniendo la mano en el hombro de Harry y obligándole a doblar las rodillas.

—Buen Dios —dijo el cantinero, mirando atentamente a Harry—. ¿Es éste... puede ser...?

El Caldero Chorreante había quedado súbitamente inmóvil y en silencio.

—Válgame Dios —susurró el cantinero—. Harry Potter... todo un honor.

Salió rápidamente del mostrador, corrió hacia Harry y le estrechó la mano, con los ojos llenos de lágrimas.

—Bienvenido, Harry, bienvenido.

Harry no sabía qué decir. Todos lo miraban. La anciana de la pipa seguía chupando, sin darse cuenta de que se le había apagado. Hagrid estaba radiante.

Entonces se produjo un gran movimiento de sillas y, al minuto siguiente, Harry se encontró estrechando la mano de todos los del Caldero Chorreante.

—Doris Crockford, Harry. No puedo creer que por fin te haya conocido.

—Estoy orgullosa, Harry, muy orgullosa.

—Siempre quise estrechar tu mano... estoy muy complacido.

—Encantado, Harry, no puedo decirte cuánto. Mi nombre es Diggle, Dedalus Diggle.

—¡Yo lo he visto antes! —dijo Harry, mientras Dedalus Diggle dejaba caer su sombrero a causa de la emoción—. Usted me saludó una vez en una tienda.

—¡Me recuerda! —gritó Dedalus Diggle, mirando a todos—. ¿Han oído eso? ¡Se acuerda de mí!

Harry estrechó manos una y otra vez. Doris Crockford volvió a repetir el saludo.

Un joven pálido se adelantó, muy nervioso. Tenía un tic en el ojo.

—¡Profesor Quirrell! —dijo Hagrid—. Harry, el profesor Quirrell te dará clases en Hogwarts.

—P-P-Potter —tartamudeó el profesor Quirrell, apretando la mano de Harry—. N-no pue-e-do decirte l-lo contento que-e estoy de co-conocerte.

—¿Qué clase de magia enseña usted, profesor Quirrell?

—D-Defensa Contra las Artes O-Oscuras —murmuró el profesor Quirrell, como si no quisiera pensar en ello—. N-no es al-algo que t-tú n-necesites, ¿verdad, P-Potter? —Soltó una risa nerviosa—. Estás reuniendo el e-equipo, s-supongo. Yo tengo que b-buscar otro l-libro de va-vampiros. —Pareció aterrorizado ante la simple mención.

Pero los demás no permitieron que el profesor Quirrell acaparara a Harry. Éste tardó más de diez minutos en despedirse de ellos. Al fin, Hagrid se hizo oír.

—Tenemos que irnos. Hay mucho que comprar. Vamos, Harry.

Doris Crockford estrechó la mano de Harry una última vez y Hagrid se lo llevó a través del bar hasta un pequeño patio cerrado, donde no había más que un cubo de basura y hierbajos.

Hagrid miró sonriente a Harry.

—Te lo dije, ¿verdad? Te dije que eras famoso. Hasta el profesor Quirrell temblaba al conocerte, aunque te diré que habitualmente tiembla.

—¿Está siempre tan nervioso?

—Oh, sí. Pobre hombre. Una mente brillante. Estaba bien mientras estudiaba esos libros de vampiros, pero entonces cogió un año de vacaciones, para tener experiencias directas... Dicen que encontró vampiros en la Selva Negra y que tuvo un desagradable problema con una hechicera... Y desde entonces no es el mismo. Se asusta de los alumnos, tiene miedo de su propia asignatura... Ahora ¿adónde vamos, paraguas?

¿Vampiros? ¿Hechiceras? La cabeza de Harry era un torbellino. Hagrid, mientras tanto, contaba ladrillos en la pared, encima del cubo de basura.

—Tres arriba... dos horizontales... —murmuraba—. Correcto. Un paso atrás, Harry.

Dio tres golpes a la pared, con la punta de su paraguas.

El ladrillo que había tocado se estremeció, se retorció y en el medio apareció un pequeño agujero, que se hizo cada vez más ancho. Un segundo más tarde estaban contemplando un pasaje abovedado lo bastante grande hasta para Hagrid, un paso que llevaba a una calle con adoquines, que serpenteaba hasta quedar fuera de la vista.

—Bienvenido —dijo Hagrid— al callejón Diagon.

Sonrió ante el asombro de Harry. Entraron en el pasaje. Harry miró rápidamente por encima de su hombro y vio que la pared volvía a cerrarse.

El sol brillaba iluminando numerosos calderos, en la puerta de la tienda más cercana. «Calderos - Todos los Tamaños - Latón, Cobre, Peltre, Plata - Automáticos - Plegables», decía un rótulo que colgaba sobre ellos.

—Sí, vas a necesitar uno —dijo Hagrid— pero mejor que vayamos primero a conseguir el dinero.

Harry deseó tener ocho ojos más. Movía la cabeza en todas direcciones mientras iban calle arriba, tratando de mirar todo al mismo tiempo: las tiendas, las cosas que estaban fuera y la gente haciendo compras. Una mujer regordeta negaba con la cabeza en la puerta de una droguería cuando ellos pasaron, diciendo: «Hígado de dragón a diecisiete *sickles* la onza, están locos...».

Un suave ulular llegaba de una tienda oscura que tenía un rótulo que decía: «Emporio de la Lechuza. Color pardo, castaño, gris y blanco». Varios chicos de la edad de Harry pegaban la nariz contra un escaparate lleno de escobas. «Mirad —oyó Harry que decía uno—, la nueva Nimbus 2.000, la más veloz.» Algunas tiendas vendían ropa; otras, telescopios y extraños instrumentos de plata que Harry nunca había visto. Escaparates repletos de bazos de murciélagos y ojos de anguilas, tambaleantes montones de libros de encantamientos, plumas y rollos de pergamino, frascos con pociones, globos con mapas de la luna...

—Gringotts —dijo Hagrid.

Habían llegado a un edificio, blanco como la nieve, que se alzaba sobre las pequeñas tiendas. Delante de las puertas de bronce pulido, con un uniforme carmesí y dorado, había...

—Sí, eso es un duende —dijo Hagrid en voz baja, mientras subían por los escalones de piedra blanca. El duende era una cabeza más bajo que Harry. Tenía un rostro moreno e inteligente, una barba puntiaguda y, Harry pudo notarlo, dedos y pies muy largos. Cuando entraron los saludó. Entonces encontraron otras puertas dobles, esta vez de plata, con unas palabras grabadas encima de ellas.

Entra, desconocido, pero ten cuidado
con lo que le espera al pecado de la codicia,
porque aquellos que cogen, pero no se lo han ganado,
deberán pagar en cambio mucho más,
así que si buscas por debajo de nuestro suelo
un tesoro que nunca fue tuyo,
ladrón, te hemos advertido, ten cuidado
de encontrar aquí algo más que un tesoro.

—Como te dije, hay que estar loco para intentar robar aquí —dijo Hagrid.

Dos duendes los hicieron pasar por las puertas plateadas y se encontraron en un amplio vestíbulo de mármol. Un centenar de duendes estaban sentados en altos taburetes, detrás de un largo mostrador, escribiendo en grandes libros de cuentas, pesando monedas en balanzas de cobre y examinando piedras preciosas con lentes. Las puertas de salida del vestíbulo eran demasiadas para contarlas, y otros duendes guiaban a la gente para entrar y salir. Hagrid y Harry se acercaron al mostrador.

—Buenos días —dijo Hagrid a un duende desocupado—. Hemos venido a sacar algún dinero de la caja de seguridad del señor Harry Potter.

—¿Tiene su llave, señor?

—La tengo por aquí —dijo Hagrid, y comenzó a vaciar sus bolsillos sobre el mostrador, desparramando un puñado de galletas de perro sobre el libro de cuentas del duende. Éste frunció la nariz. Harry observó al duende que tenía a la derecha, que pesaba unos rubíes tan grandes como carbones brillantes.

—Aquí está —dijo finalmente Hagrid, enseñando una pequeña llave dorada.

El duende la examinó de cerca.

—Parece estar todo en orden.

—Y también tengo una carta del profesor Dumbledore —dijo Hagrid, dándose importancia—. Es sobre lo-que-usted-sabe, en la cámara setecientos trece.

El duende leyó la carta cuidadosamente.

—Muy bien —dijo, devolviéndosela a Hagrid—. Voy a hacer que alguien los acompañe abajo, a las dos cámaras. ¡Griphook!

Griphook era otro duende. Cuando Hagrid guardó todas las galletas de perro en sus bolsillos, él y Harry siguieron a Griphook hacia una de las puertas de salida del vestíbulo.

—¿Qué es lo-que-usted-sabe en la cámara setecientos trece? —preguntó Harry.

—No te lo puedo decir —dijo misteriosamente Hagrid—. Es algo muy secreto. Un asunto de Hogwarts. Dumbledore me lo confió.

Griphook les abrió la puerta. Harry, que había esperado más mármoles, se sorprendió. Estaban en un estrecho pasillo de piedra, iluminado con antorchas. Se inclinaba hacia abajo y había unos rieles en el suelo. Griphook silbó y un pequeño carro llegó rápidamente por los rieles. Subieron (Hagrid con cierta dificultad) y se pusieron en marcha.

Al principio fueron rápidamente a través de un laberinto de retorcidos pasillos. Harry trató de recordar, izquierda, derecha, derecha, izquierda, una bifurcación, derecha, izquierda, pero era imposible. El veloz carro parecía conocer su camino, porque Griphook no lo dirigía.

A Harry le ardían los ojos de las ráfagas de aire frío, pero los mantuvo muy abiertos. En una ocasión, le pareció ver un estallido de fuego al final del pasillo y se dio la vuelta para ver si era un dragón, pero era demasiado tarde. Iban cada vez más abajo, pasando por un lago subterráneo en el que había gruesas estalactitas y estalagmitas saliendo del techo y del suelo.

—Nunca lo he sabido —gritó Harry a Hagrid, para hacerse oír sobre el estruendo del carro—. ¿Cuál es la diferencia entre una estalactita y una estalagmita?

—Las estalagmitas tienen una eme —dijo Hagrid—. Y no me hagas preguntas ahora, creo que voy a marearme.

Su cara se había puesto verde y, cuando el carro por fin se detuvo, ante la pequeña puerta de la pared del pasillo, Hagrid se bajó y tuvo que apoyarse contra la pared, para que dejaran de temblarle las rodillas.

Griphook abrió la cerradura de la puerta. Una oleada de humo verde los envolvió. Cuando se aclaró, Harry estaba jadeando. Dentro había montículos de monedas de oro. Montones de monedas de plata. Montañas de pequeños knuts de bronce.

—Todo tuyo —dijo Hagrid sonriendo.

Todo de Harry, era increíble. Los Dursley no debían de saberlo, o se habrían apoderado de todo en un abrir y cerrar de ojos. ¿Cuántas veces se habían quejado de lo que les costaba mantener a Harry? Y durante todo aquel tiempo, una pequeña fortuna enterrada debajo de Londres le pertenecía.

Hagrid ayudó a Harry a poner una cantidad en una bolsa.

—Las de oro son galeones —explicó—. Diecisiete sickles de plata hacen un galeón y veintinueve knuts equivalen a un sickle, es muy fácil. Bueno, esto será suficiente para un curso o dos, dejaremos el resto guardado para ti. —Se volvió hacia Griphook—. Ahora, por favor, la cámara setecientos trece. ¿Y podemos ir un poco más despacio?

—Una sola velocidad - contestó Griphook.

Fueron más abajo y a mayor velocidad. El aire se volvió cada vez más frío, mientras doblaban por estrechos recodos. Llegaron entre sacudidas al otro lado de una hondonada subterránca, y Harry se inclinó hacia un lado para ver qué había en el fondo oscuro, pero Hagrid gruñó y lo enderezó, cogiéndolo del cuello.

La cámara setecientos trece no tenía cerradura.

—Un paso atrás —dijo Griphook, dándose importancia. Tocó la puerta con uno de sus largos dedos y ésta desapareció—. Si alguien que no sea un duende de Gringotts lo intenta, será succionado por la puerta y quedará atrapado —añadió.

—¿Cada cuánto tiempo comprueban que no se haya quedado nadie dentro? —quiso saber Harry.

—Más o menos cada diez años —dijo Griphook, con una sonrisa maligna.

Algo realmente extraordinario tenía que haber en aquella cámara de máxima seguridad, Harry estaba seguro, y se inclinó anhelante, esperando ver por lo menos joyas fabulosas, pero la primera impresión era que estaba vacía. Entonces vio el sucio paquetito, envuelto en papel marrón, que estaba en el suelo. Hagrid lo cogió y lo guardó en las profundidades de su abrigo. A Harry le hubiera gustado conocer su contenido, pero sabía que era mejor no preguntar.

—Vamos, regresemos en ese carro infernal y no me hables durante el camino; será mejor que mantengas la boca cerrada —dijo Hagrid.

Después de la veloz trayectoria, salieron parpadeando a la luz del sol, fuera de Gringotts. Harry no sabía adónde ir primero con su bolsa llena de dinero. No necesitaba saber cuántos galeones había en una libra, para darse cuenta de que tenía más dinero que nunca, más dinero incluso que el que Dudley tendría jamás.

—Tendrías que comprarte el uniforme —dijo Hagrid, señalando hacia «Madame Malkin, túnicas para todas las ocasiones»—. Oye, Harry, ¿te importa que me dé una vuelta por el Caldero Chorreante? Detesto los carros de Gringotts. —Todavía parecía mareado, así que Harry entró solo en la tienda de Madame Malkin, sintiéndose algo nervioso.

Madame Malkin era una bruja sonriente y regordeta, vestida de color malva.

—¿Hogwarts, guapo? —dijo, cuando Harry empezó a hablar—. Tengo muchos aquí... En realidad, otro muchacho se está probando ahora.

En el fondo de la tienda, un niño de rostro pálido y puntiagudo estaba de pie sobre un banquito, mientras otra bruja le ponía alfileres en la larga túnica negra. Madame Malkin puso a Harry en otro banquito, le deslizó por la cabeza una larga túnica y comenzó a marcarle el largo apropiado.

—Hola —dijo el muchacho—. ¿También Hogwarts?

—Sí —respondió Harry.

—Mi padre está en la tienda de al lado, comprando mis libros, y mi madre ha ido calle arriba para mirar las varitas —dijo el chico. Tenía voz de aburrido y arrastraba las palabras—. Luego voy a arrastrarlos a mirar escobas de carreras. No sé por qué los de primer año no pueden tener una propia. Creo que voy a molestar a mi padre hasta que me compre una y la meteré de contrabando de alguna manera.

Harry recordaba a Dudley.

—¿Tú tienes escoba propia? —continuó el muchacho.

—No —dijo Harry.

—¿Juegas al menos al *quidditch*?

—No —dijo de nuevo Harry, preguntándose qué diablos sería el quidditch.

—Yo sí. Papá dice que sería un crimen que no me eligieran para jugar por mi casa, y la verdad es que estoy de acuerdo. ¿Ya sabes en qué casa vas a estar?

—No —dijo Harry, sintiéndose cada vez más tonto.

—Bueno, nadie lo sabrá realmente hasta que lleguemos allí, pero yo sé que seré de Slytherin, porque toda mi familia fue de allí. ¿Te imaginas estar en Hufflepuff? Yo creo que me iría, ¿no te parece?

—Mmm —contestó Harry, deseando poder decir algo más interesante.

—¡Oye, mira a ese hombre! —dijo súbitamente el chico, señalando hacia la vidriera de delante. Hagrid estaba allí, sonriendo a Harry y señalando dos grandes helados, para que viera por qué no entraba.

—Ése es Hagrid —dijo Harry, contento de saber algo que el otro no sabía—. Trabaja en Hogwarts.

—Oh —dijo el muchacho—, he oído hablar de él. Es una especie de sirviente, ¿no?

—Es el guardabosques —dijo Harry. Cada vez le gustaba menos aquel chico.

—Sí, claro. He oído decir que es una especie de salvaje, que vive en una cabaña en los terrenos del colegio y que de vez en cuando se emborracha. Trata de hacer magia y termina prendiendo fuego a su cama.

—Yo creo que es estupendo —dijo Harry con frialdad.

—¿Eso crees? —preguntó el chico en tono burlón—. ¿Por qué está aquí contigo? ¿Dónde están tus padres?

—Están muertos —respondió en pocas palabras. No tenía ganas de hablar de ese tema con él.

—Oh, lo siento —dijo el otro, aunque no pareció que le importara—. Pero eran de nuestra clase, ¿no?

—Eran un mago y una bruja, si es eso a lo que te refieres.

—Realmente creo que no deberían dejar entrar a los otros, ¿no te parece? No son como nosotros, no los educaron para conocer nuestras costumbres. Algunos nunca habían oído hablar de Hogwarts hasta que recibieron la carta, ya te imaginarás. Yo creo que debería quedar todo en las familias de antiguos magos. Y, a propósito, ¿cuál es tu apellido?

Pero antes de que Harry pudiera contestar, Madame Malkin dijo:

—Ya está listo lo tuyo, guapo.

Y Harry, sin lamentar tener que dejar de hablar con el chico, bajó del banquito.

—Bien, te veré en Hogwarts, supongo —dijo el muchacho.

Harry estaba muy silencioso, mientras comía el helado que Hagrid le había comprado (chocolate y frambuesa con trozos de nueces).

—¿Qué sucede? —preguntó Hagrid.

—Nada —mintió Harry. Se detuvieron a comprar pergamino y plumas. Harry se animó un poco cuando encontró un frasco de tinta que cambiaba de color al escribir. Cuando salieron de la tienda, preguntó:

—Hagrid, ¿qué es el quidditch?

—Vaya, Harry, sigo olvidando lo poco que sabes... ¡No saber qué es el quidditch!

—No me hagas sentir peor —dijo Harry. Le contó a Hagrid lo del chico pálido de la tienda de Madame Malkin.

—... y dijo que la gente de familia de muggles no deberían poder ir...

—Tú no eres de una familia muggle. Si hubiera sabido quién eres... Él ha crecido conociendo tu nombre, si sus padres son magos. Ya lo has visto en el Caldero Chorreante. De todos modos, qué sabe él, algunos de los mejores que he conocido eran los únicos con magia en una larga línea de muggles. ¡Mira tu madre! ¡Y mira la hermana que tuvo!

—Entonces ¿qué es el quidditch?

—Es nuestro deporte. Deporte de magos. Es... como el fútbol en el mundo muggle, todos lo siguen. Se juega en el aire, con escobas, y hay cuatro pelotas... Es difícil explicarte las reglas.

—¿Y qué son Slytherin y Hufflepuff?

—Casas del colegio. Hay cuatro. Todos dicen que en Hufflepuff son todos inútiles, pero...

—Seguro que yo estaré en Hufflepuff —dijo Harry desanimado.

—Es mejor Hufflepuff que Slytherin —dijo Hagrid con tono lúgubre—. Las brujas y los magos que se volvieron malos habían estado todos en Slytherin. Quien-tú-sabes fue uno.

—¿Vol... perdón... Quien-tú-sabes estuvo en Hogwarts?

—Hace muchos años —respondió Hagrid.

Compraron los libros de Harry en una tienda llamada Flourish y Blotts, en donde los estantes estaban llenos de libros hasta el techo. Había unos grandiosos forrados en piel, otros del tamaño de un sello, con tapas de seda, otros llenos de símbolos raros y unos pocos sin nada impreso en sus páginas. Hasta Dudley, que nunca leía nada, habría deseado tener alguno de aquellos libros. Hagrid casi tuvo que arrastrar a Harry para que dejara *Hechizos y contrahechizos (encante a sus amigos y confunda a sus enemigos con las más recientes venganzas: Pérdida de Cabello, Piernas de Mantequilla, Lengua Atada y más, mucho más)*, del profesor Vindictus Viridian.

—Estaba tratando de averiguar cómo hechizar a Dudley.

—No estoy diciendo que no sea una buena idea, pero no puedes utilizar la magia en el mundo muggle, excepto en circunstancias muy especiales —dijo Hagrid—. Y, de todos modos, no podrías hacer ningún hechizo todavía, necesitarás mucho más estudio antes de llegar a ese nivel.

Hagrid tampoco dejó que Harry comprara un sólido caldero de oro (en la lista decía de peltre) pero consiguieron una bonita balanza para pesar los ingredientes de las pociones y un telescopio plegable de cobre. Luego visitaron la droguería, tan fascinante como para hacer olvidar el horrible hedor, una mezcla de huevos pasados y repollo podrido. En el suelo había barriles llenos de una sustancia viscosa y botes con hierbas. Raíces secas y polvos brillantes llenaban las paredes, y manojos de plumas e hileras de colmillos y garras colgaban del techo. Mientras Hagrid preguntaba al hombre que estaba detrás del mostrador por un surtido de ingredientes básicos para pociones, Harry examinaba cuernos de unicornio plateados, a veintiún galeones cada uno, y minúsculos ojos negros y brillantes de escarabajos (cinco knuts la cucharada).

Fuera de la droguería, Hagrid miró otra vez la lista de Harry.

—Sólo falta la varita... Ah, sí, y todavía no te he buscado un regalo de cumpleaños.

Harry sintió que se ruborizaba.

—No tienes que...

—Sé que no tengo que hacerlo. Te diré qué será, te compraré un animal. No un sapo, los sapos pasaron de moda hace años, se burlarán... y no me gustan los gatos, me hacen estornudar. Te voy a regalar una lechuza. Todos los chicos quieren tener una lechuza. Son muy útiles, llevan tu correspondencia y todo lo demás.

Veinte minutos más tarde, salieron del Emporio de la Lechuza, que era oscuro y lleno de ojos brillantes, susurros y aleteos. Harry llevaba una gran jaula con una hermosa lechuza blanca, medio dormida, con la cabeza debajo de un ala. Y no dejó de agradecer el regalo, tartamudeando como el profesor Quirrell.

—Ni lo menciones —dijo Hagrid con aspereza—. No creo que los Dursley te hagan muchos regalos. Ahora nos queda solamente Ollivander, el único lugar donde venden varitas, y tendrás la mejor.

Una varita mágica... Eso era lo que Harry realmente había estado esperando.

La última tienda era estrecha y de mal aspecto. Sobre la puerta, en letras doradas, se leía: «Ollivander: fabricantes de excelentes varitas desde el 382 a.C.». En el polvoriento escaparate, sobre un cojín de desteñido color púrpura, se veía una única varita.

Cuando entraron, una campanilla resonó en el fondo de la tienda. Era un lugar pequeño y vacío, salvo por una silla larguirucha donde Hagrid se sentó a esperar. Harry se sentía algo extraño, como si hubieran entrado en una biblioteca muy estricta. Se tragó una cantidad de preguntas que se le acababan de ocurrir, y en lugar de eso, miró las miles de estrechas cajas, amontonadas cuidadosamente hasta el techo. Por alguna razón, sintió una comezón en la nuca. El polvo y el silencio parecían hacer que le picara por alguna magia secreta.

—Buenas tardes —dijo una voz amable.

Harry dio un salto. Hagrid también debió sobresaltarse porque se oyó un crujido y se levantó rápidamente de la silla.

Un anciano estaba ante ellos; sus ojos, grandes y pálidos, brillaban como lunas en la penumbra del local.

—Hola —dijo Harry con torpeza.

—Ah, sí —dijo el hombre—. Sí, sí, pensaba que iba a verte pronto. Harry Potter. —No era una pregunta—. Tienes los ojos de tu madre. Parece que fue ayer el día en que ella vino aquí, a comprar su primera varita. Veintiséis centímetros de largo, elástica, de sauce. Una preciosa varita para encantamientos.

El señor Ollivander se acercó a Harry. El muchacho deseó que el hombre parpadeara. Aquellos ojos plateados eran un poco lúgubres.

—Tu padre, por otra parte, prefirió una varita de caoba. Veintiocho centímetros y medio. Flexible. Un poquito más poderosa y excelente para transformaciones. Bueno, he dicho que tu padre la prefirió, pero en realidad es la varita la que elige al mago.

El señor Ollivander estaba tan cerca que él y Harry casi estaban nariz contra nariz. Harry podía ver su reflejo en aquellos ojos velados.

—Y aquí es donde...

El señor Ollivander tocó la luminosa cicatriz de la frente de Harry, con un largo dedo blanco.

—Lamento decir que yo vendí la varita que hizo eso —dijo amablemente—. Treinta y cuatro centímetros y cuarto. Una varita poderosa, muy poderosa, y en las manos equivocadas... Bueno, si hubiera sabido lo que esa varita iba a hacer en el mundo...

Negó con la cabeza y entonces, para alivio de Harry, fijó su atención en Hagrid.

—¡Rubeus! ¡Rubeus Hagrid! Me alegro de verlo otra vez... Roble, cuarenta centímetros y medio, flexible... ¿Era así?

—Así era, sí, señor —dijo Hagrid.

—Buena varita. Pero supongo que la partieron en dos cuando lo expulsaron —dijo el señor Ollivander, súbitamente severo.

—Eh..., sí, eso hicieron, sí —respondió Hagrid, arrastrando los pies—. Sin embargo, todavía tengo los pedazos —añadió con vivacidad.

—Pero no los utiliza, ¿verdad? —preguntó en tono severo.

—Oh, no, señor —dijo Hagrid rápidamente. Harry se dio cuenta de que sujetaba con fuerza su paraguas rosado.

—Mmm —dijo el señor Ollivander, lanzando una mirada inquisidora a Hagrid—. Bueno, ahora, Harry... Déjame ver. —Sacó de su bolsillo una cinta métrica, con marcas plateadas—. ¿Con qué brazo coges la varita?

—Eh... bien, soy diestro —respondió Harry.

—Extiende tu brazo. Eso es. —Midió a Harry del hombro al dedo, luego de la muñeca al codo, del hombro al suelo, de la rodilla a la axila y alrededor de su cabeza. Mientras medía, dijo—: Cada varita Ollivander tiene un núcleo central de una poderosa sustancia mágica, Harry. Utilizamos pelos de unicornio, plumas de cola de fénix y nervios de corazón de dragón. No hay dos varitas Ollivander iguales, como no hay dos unicornios, dragones o aves fénix iguales. Y, por supuesto, nunca obtendrás tan buenos resultados con la varita de otro mago.

De pronto, Harry se dio cuenta de que la cinta métrica, que en aquel momento le medía entre las fosas nasales, lo hacía sola. El señor Ollivander estaba revoloteando entre los estantes, sacando cajas.

—Esto ya está —dijo, y la cinta métrica se enrolló en el suelo—. Bien, Harry. Prueba ésta. Madera de haya y nervios de corazón de dragón. Veintitrés centímetros. Bonita y flexible. Cógela y agítala.

Harry cogió la varita y (sintiéndose tonto) la agitó a su alrededor, pero el señor Ollivander se la quitó casi de inmediato.

—Arce y pluma de fénix. Diecisiete centímetros y cuarto. Muy elástica. Prueba...

Harry probó, pero tan pronto como levantó el brazo el señor Ollivander se la quitó.

—No, no... Ésta. Ébano y pelo de unicornio, veintiún centímetros y medio. Elástica. Vamos, vamos, inténtalo.

Harry lo intentó. No tenía ni idea de lo que estaba buscando el señor Ollivander. Las varitas ya probadas, que estaban sobre la silla, aumentaban por momentos, pero cuantas más varitas sacaba el señor Ollivander, más contento parecía estar.

—Qué cliente tan difícil, ¿no? No te preocupes, encontraremos a tu pareja perfecta por aquí, en algún lado. Me pregunto... sí, por qué no, una combinación poco usual, acebo y pluma de fénix, veintiocho centímetros, bonita y flexible.

Harry tocó la varita. Sintió un súbito calor en los dedos. Levantó la varita sobre su cabeza, la hizo bajar por el aire polvoriento, y una corriente de chispas rojas y doradas estallaron en la punta como fuegos artificiales, arrojando manchas de luz que bailaban en las paredes. Hagrid lo vitoreó y aplaudió y el señor Ollivander dijo:

—¡Oh, bravo! Oh, sí, oh, muy bien. Bien, bien, bien... Qué curioso... Realmente qué curioso...

Puso la varita de Harry en su caja y la envolvió en papel de embalar, todavía murmurando: «Curioso... muy curioso».

—Perdón —dijo Harry—. Pero ¿qué es tan curioso?

El señor Ollivander fijó en Harry su mirada pálida.

—Recuerdo cada varita que he vendido, Harry Potter. Cada una de las varitas. Y resulta que la cola de fénix de donde salió la pluma que está en tu varita dio otra pluma, sólo una más. Y realmente es muy curioso que estuvieras destinado a esa varita, cuando fue su hermana la que te hizo esa cicatriz.

Harry tragó, sin poder hablar.

—Sí, veintiocho centímetros. Ajá. Realmente curioso cómo suceden estas cosas. La varita escoge al mago, recuérdalo... Creo que debemos esperar grandes cosas de ti, Harry Potter... Después de todo, El-que-no-debe-ser-nombrado hizo grandes cosas... Terribles, sí, pero grandiosas.

Harry se estremeció. No estaba seguro de que el señor Ollivander le gustara mucho. Pagó siete galeones de oro por su varita y el señor Ollivander los acompañó hasta la puerta de su tienda.

Al atardecer, con el sol muy bajo en el cielo, Harry y Hagrid emprendieron su camino otra vez por el callejón Diagon, a través de la pared, y de nuevo por el Caldero Chorreante, ya vacío. Harry no habló mientras salían a la calle y ni siquiera notó la cantidad de gente que se quedaba con la boca abierta al verlos en el metro, cargados con una serie de paquetes de formas raras y con la lechuza dormida en el regazo de Harry. Subieron por la escalera mecánica y entraron en la estación de Paddington. Harry acababa de darse cuenta de dónde estaban cuando Hagrid le golpeó el hombro.

—Tenemos tiempo para que comas algo antes de que salga el tren —dijo.

Le compró una hamburguesa a Harry y se sentaron a comer en unas sillas de plástico. Harry miró a su alrededor. De alguna manera, todo le parecía muy extraño.

—¿Estás bien, Harry? Te veo muy silencioso —dijo Hagrid.

Harry no estaba seguro de poder explicarlo. Había tenido el mejor cumpleaños de su vida y, sin embargo, masticó su hamburguesa, intentando encontrar las palabras.

—Todos creen que soy especial —dijo finalmente—. Toda esa gente del Caldero Chorreante, el profesor Quirrell, el señor Ollivander... Pero yo no sé nada sobre magia. ¿Cómo pueden esperar grandes cosas? Soy famoso y ni siquiera puedo recordar por qué soy famoso. No sé qué sucedió cuando Vol... Perdón, quiero decir, la noche en que mis padres murieron.

Hagrid se inclinó sobre la mesa. Detrás de la barba enmarañada y las espesas cejas había una sonrisa muy bondadosa.

—No te preocupes, Harry. Aprenderás muy rápido. Todos son principiantes cuando empiezan en Hogwarts. Vas a estar muy bien. Sencillamente sé tú mismo. Sé que es difícil. Has estado lejos y eso siempre es duro. Pero vas a pasarlo muy bien en Hogwarts, yo lo pasé y, en realidad, todavía lo paso.

Hagrid ayudó a Harry a subir al tren que lo llevaría hasta la casa de los Dursley y luego le entregó un sobre.

—Tu billete para Hogwarts —dijo—. El uno de septiembre, en Kings Cross. Está todo en el billete. Cualquier problema con los Dursley y me envías una carta con tu lechuza, ella sabrá encontrarme... Te veré pronto, Harry.

El tren arrancó de la estación. Harry deseaba ver a Hagrid hasta que se perdiera de vista. Se levantó del asiento y apretó la nariz contra la ventanilla, pero parpadeó y Hagrid ya no estaba.

6

El viaje desde el andén nueve y tres cuartos

El último mes de Harry con los Dursley no fue divertido. Es cierto que Dudley le tenía miedo y no se quedaba con él en la misma habitación, y que tía Petunia y tío Vernon no lo encerraban en la alacena ni lo obligaban a hacer nada ni le gritaban. En realidad, ni siquiera le dirigían la palabra. Mitad aterrorizados, mitad furiosos, se comportaban como si la silla que Harry ocupaba estuviera vacía. Aunque aquello significaba una mejora en muchos aspectos, después de un tiempo resultaba un poco deprimente.

Harry se quedaba en su habitación, con su nueva lechuza por compañía. Decidió llamarla *Hedwig*, un nombre que encontró en *Una historia de la magia*. Los libros del colegio eran muy interesantes. Por la noche leía en la cama hasta tarde, mientras *Hedwig* entraba y salía a su antojo por la ventana abierta. Era una suerte que tía Petunia ya no entrara en la habitación, porque *Hedwig* llevaba ratones muertos. Cada noche, antes de dormir, Harry marcaba otro día en la hoja de papel que tenía en la pared, hasta el uno de septiembre.

El último día de agosto pensó que era mejor hablar con sus tíos para poder ir a la estación de King's Cross, al día siguiente. Así que bajó al salón, donde estaban viendo la televisión. Se aclaró la garganta, para que supieran que estaba allí, y Dudley gritó y salió corriendo.

—Hum... ¿Tío Vernon?

Tío Vernon gruñó, para demostrar que lo escuchaba.

—Hum... necesito estar mañana en King's Cross para... para ir a Hogwarts.

79

Tío Vernon gruñó otra vez.

—¿Podría ser que me lleves hasta allí?

Otro gruñido. Harry interpretó que quería decir sí.

—Muchas gracias.

Estaba a punto de volver a subir la escalera, cuando tío Vernon finalmente habló.

—Qué forma curiosa de ir a una escuela de magos, en tren. ¿Las alfombras mágicas estarán todas pinchadas?

Harry no contestó nada.

—¿Y dónde queda ese colegio, de todos modos?

—No lo sé —dijo Harry, dándose cuenta de eso por primera vez. Sacó del bolsillo el billete que Hagrid le había dado—. Tengo que coger el tren que sale del andén nueve y tres cuartos, a las once de la mañana —leyó.

Sus tíos lo miraron asombrados.

—¿Andén qué?

—Nueve y tres cuartos.

—No digas estupideces —dijo tío Vernon—. No hay ningún andén nueve y tres cuartos.

—Eso dice mi billete.

—Equivocados —dijo tío Vernon—. Totalmente locos, todos ellos. Ya lo verás. Tú espera. Muy bien, te llevaremos a King's Cross. De todos modos, tenemos que ir a Londres mañana. Si no, no me molestaría.

—¿Por qué van a Londres? —preguntó Harry, tratando de mantener el tono amistoso.

—Llevamos a Dudley al hospital —gruñó tío Vernon—. Para que le quiten esa maldita cola antes de que vaya a Smeltings.

A la mañana siguiente, Harry se despertó a las cinco, tan emocionado e ilusionado que no pudo volver a dormir. Se levantó y se puso los *jeans:* no quería andar por la estación con su túnica de mago, ya se cambiaría en el tren. Miró otra vez su lista de Hogwarts para estar seguro de que tenía todo lo necesario, se ocupó de meter a *Hedwig* en su jaula y luego se paseó por la habitación, esperando que los Dursley se levantaran. Dos horas más tarde, el pesado baúl de Harry estaba cargado en el coche de los Dursley y tía Petunia había hecho que Dudley se sentara con Harry, para poder marchar.

Llegaron a King's Cross a las diez y media. Tío Vernon cargó el baúl de Harry en un carrito y lo llevó por la estación. Harry pensó que era una rara amabilidad, hasta que tío Vernon se detuvo, mirando los andenes con una sonrisa perversa.

—Bueno, aquí estás, muchacho. Andén nueve, andén diez... Tu andén debería estar en el medio, pero parece que aún no lo han construido, ¿no?

Tenía razón, por supuesto. Había un gran número nueve, de plástico, sobre un andén, un número diez sobre el otro y, en el medio, nada.

—Que tengas un buen curso —dijo tío Vernon con una sonrisa aún más torva. Se marchó sin decir una palabra más. Harry se volvió y vio que los Dursley se alejaban. Los tres se reían. Harry sintió la boca seca. ¿Qué haría? Estaba llamando la atención, a causa de *Hedwig*. Tendría que preguntarle a alguien.

Detuvo a un guarda que pasaba, pero no se atrevió a mencionar el andén nueve y tres cuartos. El guarda nunca había oído hablar de Hogwarts, y cuando Harry no pudo decirle en qué parte del país quedaba, comenzó a molestarse, como si pensara que Harry se hacía el tonto a propósito. Sin saber qué hacer, Harry le preguntó por el tren que salía a las once, pero el guarda le dijo que no había ninguno. Al final, el guarda se alejó, murmurando algo sobre la gente que hacía perder el tiempo. Según el gran reloj que había sobre la tabla de horarios de llegada, tenía diez minutos para coger el tren a Hogwarts y no tenía idea de qué podía hacer. Estaba en medio de la estación con un baúl que casi no podía transportar, un bolsillo lleno de monedas de mago y una jaula con una lechuza.

Hagrid debió olvidar decirle algo que tenía que hacer, como dar un golpe al tercer ladrillo de la izquierda para entrar en el callejón Diagon. Se preguntó si debería sacar su varita y comenzar a golpear la taquilla, entre los andenes nueve y diez.

En aquel momento, un grupo de gente pasó por su lado y captó unas pocas palabras.

—... lleno de muggles, por supuesto...

Harry se volvió para verlos. La que hablaba era una mujer regordeta, que se dirigía a cuatro muchachos, todos con pelo de llameante color rojo. Cada uno empujaba un baúl, como Harry, y llevaban una lechuza.

Con el corazón palpitante, Harry empujó el carrito detrás de ellos. Se detuvieron y los imitó, parándose lo bastante cerca para escuchar lo que decían.

—Y ahora, ¿cuál es el número del andén? —dijo la madre.

—¡Nueve y tres cuartos! —dijo la voz aguda de una niña, también pelirroja, que iba de la mano de la madre—. Mamá, ¿no puedo ir...?

—No tienes edad suficiente, Ginny. Ahora estáte quieta. Muy bien, Percy, tú primero.

El que parecía el mayor de los chicos se dirigió hacia los andenes nueve y diez. Harry observaba, procurando no parpadear para no perderse nada. Pero justo cuando el muchacho llegó a la división de los dos andenes, una larga caravana de turistas pasó frente a él y, cuando se alejaron, el muchacho había desaparecido.

—Fred, eres el siguiente —dijo la mujer regordeta.

—No soy Fred, soy George —dijo el muchacho—. ¿De veras, mujer, puedes llamarte nuestra madre? ¿No te das cuenta de que yo soy George?

—Lo siento, George, cariño.

—Estaba bromeando, soy Fred —dijo el muchacho, y se alejó. Debió pasar, porque un segundo más tarde ya no estaba. Pero ¿cómo lo había hecho? Su hermano gemelo fue tras él: el tercer hermano iba rápidamente hacia la taquilla (estaba casi allí) y luego, súbitamente, no estaba en ninguna parte.

No había nadie más.

—Discúlpeme —dijo Harry a la mujer regordeta.

—Hola, querido —dijo—. Primer año en Hogwarts, ¿no? Ron también es nuevo.

Señaló al último y menor de sus hijos varones. Era alto, flacucho y pecoso, con manos y pies grandes y una larga nariz.

—Sí —dijo Harry—. Lo que pasa es que... es que no sé cómo...

—¿Como entrar en el andén? —preguntó bondadosamente, y Harry asintió con la cabeza.

—No te preocupes —dijo—. Lo único que tienes que hacer es andar recto hacia la barrera que está entre los dos andenes. No te detengas y no tengas miedo de chocar, eso es muy importante. Lo mejor es ir deprisa, si estás nervioso. Ve ahora, ve antes que Ron.

—Hum... De acuerdo —dijo Harry.

Empujó su carrito y se dirigió hacia la barrera. Parecía muy sólida.

Comenzó a andar. La gente que andaba a su alrededor iba al andén nueve o al diez. Fue más rápido. Iba a chocar contra la taquilla y tendría problemas. Se inclinó sobre el carrito y comenzó a correr (la barrera se acercaba cada vez más). Ya no podía detenerse (el carrito estaba fuera de control), ya estaba allí... Cerró los ojos, preparado para el choque...

Pero no llegó. Siguió rodando. Abrió los ojos.

Una locomotora de vapor, de color escarlata, esperaba en el andén lleno de gente. Un rótulo decía: «Expreso de Hogwarts, 11 h». Harry miró hacia atrás y vio una arcada de hierro donde debía estar la taquilla, con las palabras «Andén Nueve y Tres Cuartos».

Lo había logrado.

El humo de la locomotora se elevaba sobre las cabezas de la ruidosa multitud, mientras que gatos de todos los colores iban y venían entre las piernas de la gente. Las lechuzas se llamaban unas a otras, con un malhumorado ulular, por encima del ruido de las charlas y el movimiento de los pesados baúles.

Los primeros vagones ya estaban repletos de estudiantes, algunos asomados por las ventanillas para hablar con sus familiares, otros discutiendo sobre los asientos que iban a ocupar. Harry empujó su carrito por el andén, buscando un asiento vacío. Pasó al lado de un chico de cara redonda que decía:

—Abuelita, he vuelto a perder mi sapo.

—Oh, Neville —oyó que suspiraba la anciana.

Un muchacho de pelos tiesos estaba rodeado por un grupo.

—Déjanos mirar, Lee, vamos.

El muchacho levantó la tapa de la caja que llevaba en los brazos, y los que lo rodeaban gritaron cuando del interior salió una larga cola peluda.

Harry se abrió paso hasta que encontró un compartimiento vacío, cerca del final del tren. Primero puso a *Hed-*

wig y luego comenzó a empujar el baúl hacia la puerta del vagón. Trató de subirlo por los escalones, pero sólo lo pudo levantar un poco antes de que se cayera golpeándole un pie.

—¿Quieres que te eche una mano? —Era uno de los gemelos pelirrojos, a los que había seguido a través de la barrera de los andenes.

—Sí, por favor —jadeó Harry.

—¡Eh, Fred! ¡Ven a ayudar!

Con la ayuda de los gemelos, el baúl de Harry finalmente quedó en un rincón del compartimiento.

—Gracias —dijo Harry, quitándose de los ojos el pelo húmedo.

—¿Qué es eso? —dijo de pronto uno de los gemelos, señalando la brillante cicatriz de Harry.

—Vaya —dijo el otro gemelo—. ¿Eres tú...?

—Es él —dijo el primero—. Eres tú, ¿no? —se dirigió a Harry.

—¿Quién? —preguntó Harry.

—Harry Potter —respondieron a coro.

—Oh, él —dijo Harry—. Quiero decir, sí, soy yo.

Los dos muchachos lo miraron boquiabiertos y Harry sintió que se ruborizaba. Entonces, para su alivio, una voz llegó a través de la puerta abierta del compartimiento.

—¿Fred? ¿George? ¿Están ahí?

—Ya vamos, mamá.

Con una última mirada a Harry, los gemelos saltaron del vagón.

Harry se sentó al lado de la ventanilla. Desde allí, medio oculto, podía observar a la familia de pelirrojos en el andén y oír lo que decían. La madre acababa de sacar un pañuelo.

—Ron, tienes algo en la nariz.

El menor de los varones trató de esquivarla, pero la madre lo sujetó y comenzó a frotarle la punta de la nariz.

—Mamá, déjame —exclamó apartándose.

—¿Ah, el pequeñito Ronnie tiene algo en su naricita? —dijo uno de los gemelos.

—Cállate —dijo Ron.

—¿Dónde está Percy? —preguntó la madre.

—Ahí viene.

El mayor de los muchachos se acercaba a ellos. Ya se había puesto la ondulante túnica negra de Hogwarts, y Harry notó que tenía una insignia plateada en el pecho, con la letra P.

—No me puedo quedar mucho, mamá —dijo—. Estoy adelante, los prefectos tenemos dos compartimientos...

—Oh, ¿tú eres un prefecto, Percy? —dijo uno de los gemelos, con aire de gran sorpresa—. Tendrías que habérnoslo dicho, no teníamos idea.

—Espera, creo que recuerdo que nos dijo algo —dijo el otro gemelo—. Una vez...

—O dos...

—Un minuto...

—Todo el verano...

—Oh, cállense —dijo Percy, el prefecto.

—Y, de todos modos, ¿por qué Percy tiene túnica nueva? —dijo uno de los gemelos.

—Porque él es un prefecto —dijo afectuosamente la madre—. Muy bien, cariño, que tengas un buen año. Envíame una lechuza cuando llegues allá.

Besó a Percy en la mejilla y el muchacho se fue. Luego se volvió hacia los gemelos.

—Ahora, ustedes dos... Este año se tienen que portar bien. Si recibo una lechuza más diciéndome que han hecho... estallar un inodoro o...

—¿Hacer estallar un inodoro? Nosotros nunca hemos hecho nada de eso.

—Pero es una gran idea, mamá. Gracias.

—No tiene gracia. Y cuiden de Ron.

—No te preocupes, el pequeño Ronnie estará seguro con nosotros.

—Cállate —dijo otra vez Ron. Era casi tan alto como los gemelos y su nariz todavía estaba rosada, en donde su madre la había frotado.

—Eh, mamá, ¿adivinas a quién acabamos de ver en el tren?

Harry se agachó rápidamente para que no lo descubrieran.

—¿Se acuerdan de ese muchacho de pelo negro que estaba cerca de nosotros, en la estación? ¿Saben quién es?

—¿Quién?

—¡Harry Potter!

Harry oyó la voz de la niña.

—Mamá, ¿puedo subir al tren para verlo? ¡Oh, mamá, por favor...!

—Ya lo has visto, Ginny y, además, el pobre chico no es algo para que lo mires como en el zoológico. ¿Es él realmente, Fred? ¿Cómo lo sabes?

—Se lo pregunté. Vi su cicatriz. Está realmente allí... como iluminada.

—Pobrecillo... No es raro que esté solo. Fue tan amable cuando me preguntó cómo llegar al andén...

—Eso no importa. ¿Crees que él recuerda cómo era Quien-tú-sabes?

La madre, súbitamente, se puso muy seria.

—Te prohíbo que le preguntes, Fred. No, no te atrevas. Como si necesitara que le recuerden algo así en su primer día de colegio.

—Está bien, quédate tranquila.

Se oyó un silbido.

—Apúrense —dijo la madre, y los tres chicos subieron al tren. Se asomaron por la ventanilla para que los besara y la hermanita menor comenzó a llorar.

—No llores, Ginny, vamos a enviarte muchas lechuzas.

—Y un inodoro de Hogwarts.

—¡George!

—Era una broma, mamá.

El tren comenzó a moverse. Harry vio a la madre de los muchachos agitando la mano y a la hermanita, mitad llorando, mitad riendo, corriendo para seguir al tren, hasta que éste comenzó a acelerar y entonces se quedó saludando.

Harry observó a la madre y la hija hasta que desaparecieron, cuando el tren giró. Las casas pasaban a toda velocidad por la ventanilla. Harry sintió una ola de excitación. No sabía lo que iba a pasar... pero sería mejor que lo que dejaba atrás.

La puerta del compartimiento se abrió y entró el menor de los pelirrojos.

—¿Hay alguien sentado ahí? —preguntó, señalando el asiento opuesto a Harry—. Todos los demás vagones están llenos.

Harry negó con la cabeza y el muchacho se sentó. Lanzó una mirada a Harry y luego desvió la vista rápidamente hacia la ventanilla, como si no lo hubiera estado observando. Harry notó que todavía tenía una mancha negra en la nariz.

—Eh, Ron.

Los gemelos habían vuelto.

—Mira, nosotros nos vamos a la mitad del tren, porque Lee Jordan tiene una tarántula gigante y vamos a verla.

—De acuerdo —murmuró Ron.

—Harry —dijo el otro gemelo—, ¿te hemos dicho quiénes somos? Fred y George Weasley. Y él es Ron, nuestro hermano. Nos veremos después, entonces.

—Hasta luego —dijeron Harry y Ron. Los gemelos salieron y cerraron la puerta.

—¿Eres realmente Harry Potter? —dejó escapar Ron.

Harry asintió.

—Oh... bien, pensé que podía ser una de las bromas de Fred y George —dijo Ron—. ¿Y realmente te hiciste eso... ya sabes...?

Señaló la frente de Harry.

Harry se levantó el flequillo para enseñarle la luminosa cicatriz. Ron la miró con atención.

—¿Así que eso es lo que Quien-tú-sabes...?

—Sí —dijo Harry—, pero no puedo recordarlo.

—¿Nada? —dijo Ron en tono anhelante.

—Bueno... recuerdo una luz verde muy intensa, pero nada más.

—Vaya —dijo Ron. Contempló a Harry durante unos instantes y luego, como si se diera cuenta de lo que estaba haciendo, con rapidez volvió a mirar por la ventanilla.

—¿Ustedes son una familia de magos? —preguntó Harry, ya que encontraba a Ron tan interesante como Ron lo encontraba a él.

—Oh, sí, eso creo —respondió Ron—. Me parece que mamá tiene un primo segundo que es contador, pero nunca hablamos de él.

—Entonces ya debes saber mucho sobre magia.

Era evidente que los Weasley eran una de esas antiguas familias de magos de las que había hablado el pálido muchacho del callejón Diagon.

—Oí que te habías ido a vivir con muggles —dijo Ron—. ¿Cómo son?

—Horribles... Bueno, no todos ellos. Mi tía, mi tío y mi primo sí lo son. Me hubiera gustado tener tres hermanos magos.

—Cinco —corrigió Ron. Por alguna razón parecía deprimido—. Soy el sexto en nuestra familia que va a asistir a Hogwarts. Podrías decir que voy a tener que ser muy bueno. Bill y Charlie ya han terminado. Bill era delegado de clase y Charlie era capitán de quidditch. Ahora Percy es prefecto. Fred y George son muy revoltosos, pero a pesar de eso sacan muy buenas notas y todos los consideran muy divertidos. Todos esperan que me vaya tan bien como a los otros, pero si lo hago tampoco será gran cosa, porque ellos ya lo hicieron primero. Además, nunca tienes nada nuevo, con cinco hermanos. Me dieron la túnica vieja de Bill, la varita vieja de Charles y la vieja rata de Percy.

Ron buscó en su chaqueta y sacó una gorda rata gris, que estaba dormida.

—Se llama *Scabbers* y no sirve para nada, casi nunca se despierta. A Percy, papá le regaló una lechuza, porque lo hicieron prefecto, pero no podían comp... Quiero decir, por eso me dieron a *Scabbers*.

Las orejas de Ron enrojecieron. Parecía pensar que había hablado demasiado, porque otra vez miró por la ventanilla.

Harry no creía que hubiera nada malo en no poder comprar una lechuza. Después de todo, él nunca había tenido dinero en toda su vida, hasta un mes atrás, así que le contó a Ron que había tenido que llevar la ropa vieja de Dudley y que nunca le hacían regalos de cumpleaños. Eso pareció animar a Ron.

—... y hasta que Hagrid me lo contó, yo no tenía idea de que era mago, ni sabía nada de mis padres o Voldemort...

Ron bufó.

—¿Qué? —dijo Harry.

—Has pronunciado el nombre de Quien-tú-sabes —dijo Ron, tan conmocionado como impresionado—. Yo creí que tú, entre todas las personas...

—No estoy tratando de hacerme el valiente, ni nada por el estilo, al decir el nombre —dijo Harry—. Es que no sabía que no debía decirlo. ¿Ves lo que te decía? Tengo muchísimas cosas que aprender... Seguro —añadió, diciendo por primera vez en voz alta algo que últimamente lo preocupaba mucho—, seguro que seré el peor de la clase.

—No será así. Hay mucha gente que viene de familias muggles y aprende muy deprisa.

Mientras conversaban, el tren había pasado por campos llenos de vacas y ovejas. Se quedaron mirando un rato, en silencio, el paisaje.

A eso de las doce y media se produjo un alboroto en el pasillo, y una mujer de cara sonriente, con hoyuelos, se asomó y les dijo:

—¿Quieren algo del carrito, guapos?

Harry, que no había desayunado, se levantó de un salto, pero las orejas de Ron se pusieron otra vez coloradas y murmuró que había llevado bocadillos. Harry salió al pasillo.

Cuando vivía con los Dursley nunca había tenido dinero para comprarse golosinas y, puesto que tenía los bolsillos repletos de monedas de oro, plata y bronce, estaba listo para comprarse todas las barras de chocolate que pudiera llevar. Pero la mujer no tenía Mars. En cambio, tenía Pepas Bertie Bott de Todos los Sabores, chicle, ranas de chocolate, empanada de calabaza, pasteles en forma de caldero, varitas de regaliz y otra cantidad de cosas extrañas que Harry no había visto en su vida. Como no deseaba perderse nada, compró un poco de todo y pagó a la mujer once sickles de plata y siete knuts de bronce.

Ron lo miraba asombrado, mientras Harry depositaba sus compras sobre un asiento vacío.

—Tenías hambre, ¿verdad?

—Muchísima —dijo Harry, dando un mordisco a una empanada de calabaza.

Ron había sacado un arrugado paquete, con cuatro sándwiches. Separó uno y dijo:

—Mi madre siempre olvida que no me gusta la carne en conserva.

—Te la cambio por uno de éstos —dijo Harry, alcanzándole un pastel—. Sírvete...

—No te va a gustar, está seca —dijo Ron—. Ella no tiene mucho tiempo —añadió rápidamente—... Ya sabes, con nosotros cinco.

—Vamos, sírvete un pastel —dijo Harry, que nunca había tenido nada que compartir o, en realidad, nadie con quien compartir nada. Era una agradable sensación, estar sentado allí con Ron, comiendo pasteles y dulces (los sándwiches habían quedado olvidados).

—¿Qué son éstos? —preguntó Harry a Ron, cogiendo un envase de ranas de chocolate—. No son ranas de verdad, ¿no? —Comenzaba a sentir que nada podía sorprenderlo.

—No —dijo Ron—. Pero mira qué lámina tiene. A mí me falta Agripa.

—¿Qué?

—Oh, por supuesto, no debes saber... Las ranas de chocolate llevan láminas, ya sabes, para coleccionar, de brujas y magos famosos. Yo tengo como quinientos, pero no consigo ni a Agripa ni a Ptolomeo.

Harry desenvolvió su rana de chocolate y sacó la lámina. En ella estaba impreso el rostro de un hombre. Llevaba gafas de media luna, tenía una nariz larga y encorvada, cabello plateado suelto, barba y bigotes. Debajo de la foto estaba el nombre: *Albus Dumbledore.*

—¡Así que éste es Dumbledore! —dijo Harry.

—¡No me digas que nunca has oído hablar de Dumbledore! —dijo Ron—. ¿Puedo servirme una rana? Podría encontrar a Agripa... Gracias...

Harry dio la vuelta a la tarjeta y leyó:

Albus Dumbledore, actualmente director de Hogwarts. Considerado por casi todo el mundo como el más grande mago del tiempo presente, Dumbledore es particularmente famoso por derrotar al mago tenebroso Grindelwald en 1945, por el descubrimiento de las doce aplicaciones de la sangre de dragón, y por su trabajo en alquimia con su compañero Nicolás Flamel. El profesor Dumbledore es aficionado a la música de cámara y a los bolos.

Harry dio la vuelta otra vez a la lámina y vio, para su asombro, que el rostro de Dumbledore había desaparecido.

—¡Ya no está!

—Bueno, no iba a estar ahí todo el día —dijo Ron—. Ya volverá. Vaya, me ha salido otra vez Morgana y ya la tengo seis veces repetida... ¿No la quieres? Puedes empezar a coleccionarlas.

Los ojos de Ron se perdieron en las ranas de chocolate, que esperaban que las desenvolvieran.

—Sírvete —dijo Harry—. Pero oye, en el mundo de los muggles la gente se queda en las fotos.

—¿Eso hacen? Cómo, ¿no se mueven? —Ron estaba atónito—. ¡Qué raro!

Harry miró asombrado, mientras Dumbledore regresaba al cromo y le dedicaba una sonrisita. Ron estaba más interesado en comer las ranas de chocolate que en buscar magos y brujas famosos, pero Harry no podía apartar la vista de ellos. Muy pronto tuvo no sólo a Dumbledore y Morgana, sino también a Ramón Llull, al rey Salomón, Circe, Paracelso y Merlín. Hasta que finalmente apartó la vista de la druida Cliodna, que se rascaba la nariz, para abrir una bolsa de pepas de todos los sabores.

—Tienes que tener cuidado con ésas —lo previno Ron—. Cuando dice «todos los sabores», es eso lo que quiere decir. Ya sabes, tienes todos los comunes, como chocolate, menta y naranja, pero también puedes encontrar espinacas, hígado y callos. George dice que una vez encontró una con sabor a duende.

Ron eligió una verde, la observó con cuidado y mordió un pedacito.

—Puaj... ¿Ves? Coles.

Pasaron un buen rato comiendo las pepas de todos los sabores. Harry encontró tostadas, coco, alverjas cocidas, fresa, curry, hierbas, café, sardinas y fue lo bastante valiente para morder la punta de una gris, que Ron no quiso tocar y resultó ser pimienta.

En aquel momento, el paisaje que se veía por la ventanilla se hacía más agreste. Habían desaparecido los campos cultivados y aparecían bosques, ríos serpenteantes y colinas de color verde oscuro.

Se oyó un golpe en la puerta del compartimiento, y entró el muchacho de cara redonda que Harry había visto al pasar por el andén nueve y tres cuartos. Parecía muy afligido.

—Perdón —dijo—. ¿Por casualidad no habrán visto un sapo?

Cuando los dos negaron con la cabeza, gimió.

—¡Lo he perdido! ¡Se me escapa todo el tiempo!

—Ya aparecerá —dijo Harry.

—Sí —dijo el muchacho apesadumbrado—. Bueno, si lo ven...

Se fue.

—No sé por qué está tan triste —comentó Ron—. Si yo hubiera traído un sapo, lo habría perdido lo más rápidamente posible. Aunque en realidad he traído a *Scabbers*, así que no puedo hablar.

La rata seguía durmiendo en las rodillas de Ron.

—Podría estar muerta y no notarías la diferencia —dijo Ron con disgusto—. Ayer traté de volverla amarilla para hacerla más interesante, pero el hechizo no funcionó. Te lo voy a enseñar, mira...

Revolvió en su baúl y sacó una varita muy gastada. En algunas partes estaba astillada y, en la punta, brillaba algo blanco.

—Los pelos de unicornio casi se salen. De todos modos...

Acababa de coger la varita cuando la puerta del compartimiento se abrió otra vez. Había regresado el chico del sapo, pero llevaba a una niña con él. La muchacha ya llevaba la túnica de Hogwarts.

—¿Alguien ha visto un sapo? Neville perdió uno —dijo. Tenía voz de mandona, mucho pelo color castaño y los dientes de adelante bastante largos.

—Ya le hemos dicho que no —dijo Ron, pero la niña no lo escuchaba. Estaba mirando la varita que tenía en la mano.

—Oh, ¿estás haciendo magia? Entonces vamos a verlo.

Se sentó. Ron pareció desconcertado.

—Eh... de acuerdo. —Se aclaró la garganta—. «Rayo de sol, margaritas, volved amarilla a esta tonta ratita.»

Agitó la varita, pero no sucedió nada. *Scabbers* siguió durmiendo, tan gris como siempre.

—¿Estás seguro de que es el hechizo apropiado? —preguntó la niña—. Bueno, no es muy efectivo, ¿no? Yo probé unos pocos sencillos, sólo para practicar, y funcionaron. Nadie en mi familia es mago, fue toda una sorpresa cuando recibí mi carta, pero también estaba muy contenta, por supuesto, ya que ésta es la mejor escuela de magia, por lo que sé. Ya me he aprendido todos los libros de memoria, desde luego, espero que eso sea suficiente... Yo soy Hermione Granger. ¿Y ustedes quiénes son?

Dijo todo aquello muy rápidamente.

Harry miró a Ron y se calmó al ver en su rostro aturdido que él tampoco se había aprendido todos los libros de memoria.

—Yo soy Ron Weasley —murmuró Ron.

—Harry Potter —dijo Harry.

—¿Eres tú realmente? —dijo Hermione—. Lo sé todo sobre ti, por supuesto, conseguí unos pocos libros extra para prepararme más y tú figuras en *Historia de la magia moderna*, *Defensa contra las Artes Oscuras* y *Grandes eventos mágicos del siglo XX*.

—¿Estoy yo? —dijo Harry, sintiéndose mareado.

—Dios mío, no lo sabes. Yo en tu lugar habría buscado todo lo que pudiera —dijo Hermione—. ¿Saben a qué casa van a ir? Estuve preguntando por ahí y espero estar en Gryffindor, parece la mejor de todas. Oí que Dumbledore estuvo allí, pero supongo que Ravenclaw no será tan mala... De todos modos, es mejor que sigamos buscando el sapo de Neville. Y ustedes dos deberían cambiarse ya, vamos a llegar pronto.

Y se marchó, llevándose al chico sin sapo.

—Cualquiera que sea la casa que me toque, espero que ella no esté —dijo Ron. Arrojó su varita al baúl—. Qué hechizo más estúpido, me lo dijo George. Seguro que era falso.

—¿En qué casa están tus hermanos? —preguntó Harry.

—Gryffindor —dijo Ron. Otra vez parecía deprimido—. Mamá y papá también estuvieron allí. No sé qué van a decir si yo no estoy. No creo que Ravenclaw sea tan mala, pero imagina si me ponen en Slytherin.

—¿Ésa es la casa en la que Vol... quiero decir Quien-tú-sabes... estaba?

—Ajá —dijo Ron. Se echó hacia atrás en el asiento, con aspecto abrumado.

—¿Sabes? Me parece que las puntas de los bigotes de *Scabbers* están un poco más claras —dijo Harry, tratando de apartar la mente de Ron del tema de las casas—. Y, a propósito, ¿qué hacen ahora tus hermanos mayores?

Harry se preguntaba qué hacía un mago, una vez que terminaba el colegio.

—Charlie está en Rumania, estudiando dragones, y Bill está en África, ocupándose de asuntos para Gringotts —explicó Ron—. ¿Te enteraste de lo que pasó en Gringotts? Salió en *El Profeta*, pero no creo que las casas de los muggles lo reciban: trataron de robar en una cámara de alta seguridad.

Harry se sorprendió.

—¿De verdad? ¿Y qué les ha sucedido?

—Nada, por eso son noticias tan importantes. No los han atrapado. Mi padre dice que tiene que haber un poderoso mago tenebroso para entrar en Gringotts, pero lo que es raro es que parece que no se llevaron nada. Por supuesto, todos se asustan cuando sucede algo así, ante la posibilidad de que Quien-tú-sabes esté detrás de ello.

Harry repasó las noticias en su cabeza. Había comenzado a sentir una punzada de miedo cada vez que mencionaban a Quien-tú-sabes. Suponía que aquello era una parte de entrar en el mundo mágico, pero era mucho más agradable poder decir «Voldemort» sin preocuparse.

—¿Cuál es tu equipo de quidditch? —preguntó Ron.

—Eh... no conozco ninguno —confesó Harry.

—¿Cómo? —Ron pareció atónito—. Oh, ya verás, es el mejor juego del mundo... —Y se dedicó a explicarle todo sobre las cuatro pelotas y las posiciones de los siete jugadores, describiendo famosas jugadas que había visto con sus hermanos y la escoba que le gustaría comprar si tuviera el dinero. Le estaba explicando los mejores puntos del juego, cuando otra vez se abrió la puerta del compartimiento, pero esta vez no era Neville, el chico sin sapo, ni Hermione Granger.

Entraron tres muchachos, y Harry reconoció de inmediato al del medio: era el chico pálido de la tienda de túnicas de Madame Malkin. Miraba a Harry con mucho más interés que el que había demostrado en el callejón Diagon.

—¿Es verdad? —preguntó—. Por todo el tren están diciendo que Harry Potter está en este compartimento. Así que eres tú, ¿no?

—Sí —respondió Harry. Observó a los otros muchachos. Ambos eran corpulentos y parecían muy vulgares. Situados a ambos lados del chico pálido, parecían guardaespaldas.

—Oh, éste es Crabbe y éste Goyle —dijo el muchacho pálido con despreocupación, al darse cuenta de que Harry los miraba—. Y mi nombre es Malfoy, Draco Malfoy.

Ron dejó escapar una débil tos, que podía estar ocultando una risita. Draco (dragón) Malfoy lo miró.

—Te parece que mi nombre es divertido, ¿no? No necesito preguntarte quién eres. Mi padre me dijo que todos los Weasley son pelirrojos, con pecas y con más hijos que los que pueden mantener.

Se volvió hacia Harry.

—Muy pronto descubrirás que algunas familias de magos son mucho mejores que otras, Potter. No querrás hacerte amigo de los de la clase indebida. Yo puedo ayudarte en eso.

Extendió la mano, para estrechar la de Harry, pero Harry no la aceptó.

—Creo que puedo darme cuenta solo de cuáles son los indebidos, gracias —dijo con frialdad.

Draco Malfoy no se ruborizó, pero un tono rosado apareció en sus pálidas mejillas.

—Yo tendría cuidado, si fuera tú, Potter —dijo con calma—. A menos que seas un poco más amable, vas a ir por el mismo camino que tus padres. Ellos tampoco sabían lo que era bueno para ellos. Tú sigue con gentuza como los Weasley y ese Hagrid y terminarás como ellos.

Harry y Ron se levantaron al mismo tiempo. El rostro de Ron estaba tan rojo como su pelo.

—Repite eso —dijo.

—Oh, vas a pelear con nosotros, ¿eh? —se burló Malfoy.

—Si no se van ahora mismo... —dijo Harry, con más valor que el que sentía, porque Crabbe y Goyle eran mucho más fuertes que él y Ron.

—Pero nosotros no tenemos ganas de irnos, ¿no es cierto, muchachos? Nos hemos comido todo lo que llevábamos y ustedes parece que todavía tienen algo.

Goyle se inclinó para coger una rana de chocolate del lado de Ron. El pelirrojo saltó hacia él, pero antes de que pudiera tocar a Goyle, el muchacho dejó escapar un aullido terrible.

Scabbers, la rata, colgaba del dedo de Goyle, con los agudos dientes clavados profundamente en sus nudillos. Crabbe y Malfoy retrocedieron mientras Goyle agitaba la mano para desprenderse de la rata, gritando de dolor, hasta que, finalmente, *Scabbers* salió volando, chocó contra la ventanilla y los tres muchachos desaparecieron. Tal vez pensaron que había más ratas entre las golosinas, o quizás oyeron los pasos porque, un segundo más tarde, Hermione Granger volvió a entrar.

—¿Qué ha pasado? —preguntó, mirando las golosinas tiradas por el suelo y a Ron que cogía a *Scabbers* por la cola.

—Creo que se ha desmayado —dijo Ron a Harry. Miró más de cerca a la rata—. No, no puedo creerlo, ya se ha vuelto a dormir.

Y era así.

—¿Conocías ya a Malfoy?

Harry le explicó el encuentro en el callejón Diagon.

—Oí hablar sobre su familia —dijo Ron en tono lúgubre—. Son algunos de los primeros que volvieron a nuestro lado después de que Quien-tú-sabes desapareció. Dijeron que los habían hechizado. Mi padre no se lo cree. Dice que el padre de Malfoy no necesita una excusa para pasarse al Lado Oscuro. —Se volvió hacia Hermione—. ¿Podemos ayudarte en algo?

—Mejor que se apresuren y se cambien de ropa. Acabo de ir a la locomotora, le pregunté al conductor y me dijo que ya casi estamos llegando. No se estarían peleando, ¿verdad? ¡Se van a meter en líos antes de que lleguemos!

—*Scabbers* se estuvo peleando, no nosotros —dijo Ron, mirándola con rostro severo—. ¿Te importaría salir para que nos cambiemos?

—Muy bien... Vine aquí porque afuera están haciendo chiquilladas y corriendo por los pasillos —dijo Hermione en tono despectivo—. A propósito, ¿te has dado cuenta de que tienes sucia la nariz?

Ron le lanzó una mirada de furia mientras ella salía. Harry miró por la ventanilla. Estaba oscureciendo. Podía ver montañas y bosques, bajo un cielo de un profundo color púrpura. El tren parecía aminorar la marcha.

Él y Ron se quitaron las camisas y se pusieron las largas túnicas negras. La de Ron era un poco corta para él, y se le podían ver los pantalones de gimnasia.

Una voz retumbó en el tren.

—Llegaremos a Hogwarts dentro de cinco minutos. Por favor, dejen su equipaje en el tren, se lo llevarán por separado al colegio.

El estómago de Harry se retorcía de nervios y Ron, podía verlo, estaba pálido debajo de sus pecas. Llenaron sus bolsillos con lo que quedaba de las golosinas y se reunieron con el resto del grupo que llenaba los pasillos.

El tren aminoró la marcha, hasta que finalmente se detuvo. Todos se empujaban para salir al pequeño y oscuro andén. Harry se estremeció bajo el frío aire de la noche. Entonces apareció una lámpara moviéndose sobre las cabezas de los alumnos, y Harry oyó una voz conocida:

—¡Primer año! ¡Los de primer año por aquí! ¿Todo bien por ahí, Harry?

La gran cara peluda de Hagrid rebosaba alegría sobre el mar de cabezas.

—Ven, sígueme... ¿Hay más de primer año? Miren bien dónde pisan. ¡Los de primer año, síganme!

Resbalando y a tientas, siguieron a Hagrid por lo que parecía un estrecho sendero. Estaba tan oscuro que Harry pensó que debía haber árboles muy tupidos a ambos lados. Nadie hablaba mucho. Neville, el chico que había perdido su sapo, lloriqueaba de vez en cuando.

—En un segundo, tendrán la primera visión de Hogwarts —exclamó Hagrid por encima del hombro—, justo al doblar esta curva.

Se produjo un fuerte ¡ooooooh!

El sendero estrecho se abría súbitamente al borde de un gran lago negro. En la punta de una alta montaña, al otro lado, con sus ventanas brillando bajo el cielo estrellado, había un impresionante castillo con muchas torres y torrecillas.

—¡No más de cuatro por bote! —gritó Hagrid, señalando a una flota de botecitos alineados en el agua, al lado de la orilla. Harry y Ron subieron a uno, seguidos por Neville y Hermione.

—¿Todos han subido? —continuó Hagrid, que tenía un bote para él solo—. ¡Vamos! ¡ADELANTE!

Y la pequeña flota de botes se movió al mismo tiempo, deslizándose por el lago, que era tan liso como el cristal. Todos estaban en silencio, contemplando el gran castillo que se elevaba sobre sus cabezas mientras se acercaban cada vez más al risco donde se erigía.

—¡Bajen las cabezas! —exclamó Hagrid, mientras los primeros botes alcanzaban el peñasco. Todos agacharon la cabeza y los botecitos los llevaron a través de una cortina de hiedra, que escondía una ancha abertura en la parte delantera del peñasco. Fueron por un túnel oscuro que parecía conducirlos justo por debajo del castillo, hasta que llegaron a una especie de muelle subterráneo, donde treparon por entre las rocas y los guijarros.

—¡Eh, tú, el de allí! ¿Es éste tu sapo? —dijo Hagrid, mientras vigilaba los botes y la gente que bajaba de ellos.

—¡*Trevor*! —gritó Neville, muy contento, extendiendo las manos. Luego subieron por un pasadizo en la roca, detrás de la lámpara de Hagrid, saliendo finalmente a un césped suave y húmedo, a la sombra del castillo.

Subieron por unos escalones de piedra y se reunieron ante la gran puerta de roble.

—¿Están todos aquí? Tú, ¿todavía tienes tu sapo?

Hagrid levantó un gigantesco puño y llamó tres veces a la puerta del castillo.

7

El sombrero seleccionador

La puerta se abrió de inmediato. Una bruja alta, de cabello negro y túnica verde esmeralda, esperaba allí. Tenía un rostro muy severo, y el primer pensamiento de Harry fue que se trataba de alguien con quien era mejor no tener problemas.

—Los de primer año, profesora McGonagall —dijo Hagrid.

—Muchas gracias, Hagrid. Yo los llevaré desde aquí.

Abrió bien la puerta. El vestíbulo de entrada era tan grande que hubieran podido meter toda la casa de los Dursley en él. Las paredes de piedra estaban iluminadas con resplandecientes antorchas como las de Gringotts, el techo era tan alto que no se veía y una magnífica escalera de mármol, frente a ellos, conducía a los pisos superiores.

Siguieron a la profesora McGonagall a través de un camino señalado en el suelo de piedra. Harry podía oír el ruido de cientos de voces, que salían de un portal situado a la derecha (el resto del colegio debía estar allí), pero la profesora McGonagall llevó a los de primer año a una pequeña habitación vacía, fuera del vestíbulo. Se reunieron allí, más cerca unos de otros de lo que estaban acostumbrados, mirando con nerviosismo a su alrededor.

—Bienvenidos a Hogwarts —dijo la profesora McGonagall—. El banquete de comienzo de año se celebrará dentro de poco, pero antes de que ocupen sus lugares en el Gran Comedor deben ser seleccionados para sus casas. La Selección es una ceremonia muy importante porque, mientras estén aquí, sus casas serán como su familia en Hogwarts.

Tendrán clases con el resto de la casa que les toque, dormirán en los dormitorios de sus casas y pasarán el tiempo libre en la sala común de la casa.

»Las cuatro casas se llaman Gryffindor, Hufflepuff, Ravenclaw y Slytherin. Cada casa tiene su propia noble historia y cada una ha producido notables brujas y magos. Mientras estén en Hogwarts, sus triunfos conseguirán que las casas ganen puntos, mientras que cualquier infracción de las reglas hará que los pierdan. Al finalizar el año, la casa que obtenga más puntos será premiada con la Copa de las Casas, un gran honor. Espero que todos ustedes sean un orgullo para la casa que les toque.

»La Ceremonia de Selección tendrá lugar dentro de pocos minutos, frente al resto del colegio. Les sugiero que, mientras esperan, se arreglen lo mejor posible.

Los ojos de la profesora se detuvieron un momento en la capa de Neville, que estaba atada bajo su oreja izquierda, y en la nariz manchada de Ron. Con nerviosismo, Harry trató de aplastar su cabello.

—Volveré cuando lo tengamos todo listo para la ceremonia —dijo la profesora McGonagall—. Por favor, esperen tranquilos.

Salió de la habitación. Harry tragó con dificultad.

—¿Cómo se las arreglan exactamente para seleccionarnos? —preguntó a Ron.

—Creo que es una especie de prueba. Fred dice que duele mucho, pero creo que era una broma.

El corazón de Harry dio un terrible salto. ¿Una prueba? ¿Delante de todo el colegio? Pero él no sabía nada de magia todavía... ¿Qué haría? No esperaba algo así, justo en el momento en que acababan de llegar. Miró temblando a su alrededor y vio que los demás también parecían aterrorizados. Nadie hablaba mucho, salvo Hermione Granger, que susurraba muy deprisa todos los hechizos que había aprendido y se preguntaba cuál necesitaría. Harry intentó no escucharla. Nunca había estado tan nervioso, nunca, ni siquiera cuando tuvo que llevar a los Dursley un informe del colegio que decía que él, de alguna manera, había vuelto azul la peluca de su maestro. Mantuvo los ojos fijos en la puerta. En cualquier momento, la profesora McGonagall regresaría y lo llevaría a su juicio final.

Entonces sucedió algo que le hizo dar un salto en el aire... Muchos de los que estaban atrás gritaron.

—¿Qué es...?

Resopló. Lo mismo hicieron los que estaban alrededor. Unos veinte fantasmas acababan de pasar a través de la pared de atrás. De un color blanco perla y ligeramente transparentes, se deslizaban por la habitación, hablando unos con otros, casi sin mirar a los de primer año. Por lo visto, estaban discutiendo. El que parecía un monje gordo y pequeño, decía:

—Perdonar y olvidar. Yo digo que deberíamos darle una segunda oportunidad...

—Mi querido Fraile, ¿no le hemos dado a Peeves todas las oportunidades que merece? Nos ha dado mala fama a todos y, usted lo sabe, ni siquiera es un fantasma de verdad... ¿Y qué están haciendo todos ustedes aquí?

El fantasma, con gorguera y medias, se había dado cuenta de pronto de la presencia de los de primer año.

Nadie respondió.

—¡Alumnos nuevos! —dijo el Fraile Gordo, sonriendo a todos—. Están esperando la selección, ¿no?

Algunos asintieron.

—¡Espero verlos en Hufflepuff! —continuó el Fraile—. Mi antigua casa, ya saben.

—En marcha —dijo una voz aguda—. La Ceremonia de Selección va a comenzar.

La profesora McGonagall había vuelto. Uno a uno, los fantasmas flotaron a través de la pared opuesta.

—Ahora formen una hilera —dijo la profesora a los de primer año— y síganme.

Con la extraña sensación de que sus piernas eran de plomo, Harry se puso detrás de un chico de pelo claro, con Ron tras él. Salieron de la habitación, volvieron a cruzar el vestíbulo, pasaron por unas puertas dobles y entraron en el Gran Comedor.

Harry nunca habría imaginado un lugar tan extraño y espléndido. Estaba iluminado por miles y miles de velas, que flotaban en el aire sobre cuatro grandes mesas, donde los demás estudiantes ya estaban sentados. En las mesas había platos, cubiertos y copas de oro. En una tarima, en la cabecera del comedor, había otra gran mesa, donde se sentaban los profesores. La profesora McGonagall condujo allí a los alumnos de primer año y los hizo detenerse y formar una fila delante de los otros alumnos, con los profesores a sus espaldas. Los cientos de rostros que los miraban parecían pálidas linternas bajo la luz brillante de las velas. Situados entre los estudiantes, los fantasmas tenían un neblinoso brillo plateado. Para evitar todas las miradas, Harry levantó la vista y vio un techo de terciopelo negro, salpicado de estrellas. Oyó susurrar a Hermione: «Es un hechizo para que parezca como el cielo de fuera, lo leí en *Historia de Hogwarts*».

Era difícil creer que allí hubiera techo y que el Gran Comedor no se abriera directamente a los cielos.

Harry bajó la vista rápidamente, mientras la profesora McGonagall ponía en silencio un taburete de cuatro patas frente a los de primer año. Encima del taburete puso un sombrero puntiagudo de mago. El sombrero estaba remendado, raído y muy sucio. Tía Petunia no lo habría admitido en su casa.

Tal vez tenían que intentar sacar un conejo del sombrero, pensó Harry algo irreflexivamente, eso era lo típico de... Al darse cuenta de que todos los del comedor contemplaban el sombrero, Harry también lo hizo. Durante unos pocos segundos, se hizo un silencio completo. Entonces el sombrero se movió. Una rasgadura cerca del borde se abrió, ancha como una boca, y el sombrero comenzó a cantar:

> *Oh, podrás pensar que no soy bonito,*
> *pero no juzgues por lo que ves.*
> *Me comeré a mí mismo si puedes encontrar*
> *un sombrero más inteligente que yo.*
> *Puedes tener bombines negros,*
> *sombreros altos y elegantes.*
> *Pero yo soy el Sombrero Seleccionador de Hogwarts*
> *y puedo superar a todos.*
> *No hay nada escondido en tu cabeza*
> *que el Sombrero Seleccionador no pueda ver.*
> *Así que pruébame y te diré*
> *dónde debes estar.*
> *Puedes pertenecer a Gryffindor,*
> *donde habitan los valientes.*
> *Su osadía, temple y caballerosidad*
> *ponen aparte a los de Gryffindor.*

Puedes pertenecer a Hufflepuff,
donde son justos y leales.
Esos perseverantes Hufflepuff
de verdad no temen el trabajo pesado.
O tal vez a la antigua sabiduría de Ravenclaw,
si tienes una mente dispuesta,
porque los de inteligencia y erudición
siempre encontrarán allí a sus semejantes.
O tal vez en Slytherin
harás tus verdaderos amigos.
Esa gente astuta utiliza cualquier medio
para lograr sus fines.
¡Así que pruébame! ¡No tengas miedo!
¡Y no recibirás una bofetada!
Estás en buenas manos (aunque yo no las tenga).
Porque soy el Sombrero Pensante.

Todo el comedor estalló en aplausos cuando el sombrero terminó su canción. Éste se inclinó hacia las cuatro mesas y luego se quedó rígido otra vez.

—¡Entonces sólo hay que probarse el sombrero! —susurró Ron a Harry—. Voy a matar a Fred.

Harry sonrió débilmente. Sí, probarse el sombrero era mucho mejor que tener que hacer un encantamiento, pero habría deseado no tener que hacerlo en presencia de todos. El sombrero parecía exigir mucho, y Harry no se sentía valiente ni ingenioso ni nada de eso, por el momento. Si el sombrero hubiera mencionado una casa para la gente que se sentía un poco indispuesta, ésa habría sido la suya.

La profesora McGonagall se adelantaba con un gran rollo de pergamino.

—Cuando yo los llame, deberán ponerse el sombrero y sentarse en el taburete para que los seleccionen —dijo—. ¡Abbott, Hannah!

Una niña de rostro rosado y trenzas rubias salió de la fila, se puso el sombrero, que la tapó hasta los ojos, y se sentó. Un momento de pausa.

—¡HUFFLEPUFF! —gritó el sombrero.

La mesa de la derecha aplaudió mientras Hannah iba a sentarse con los de Hufflepuff. Harry vio al fantasma del Fraile Gordo saludando con alegría a la niña.

—¡Bones, Susan!

—¡HUFFLEPUFF! —gritó otra vez el sombrero, y Susan se apresuró a sentarse al lado de Hannah.

—¡Boot, Terry!

—¡RAVENCLAW!

La segunda mesa a la izquierda aplaudió esta vez. Varios Ravenclaws se levantaron para estrechar la mano de Terry, mientras se reunía con ellos.

Brocklehurst, Mandy también fue a Ravenclaw, pero Brown, Lavender resultó la primera nueva Gryffindor, en la mesa más alejada de la izquierda, que estalló en vivas. Harry pudo ver a los hermanos gemelos de Ron, silbando.

Bulstrode, Millicent fue a Slytherin. Tal vez era la imaginación de Harry, después de todo lo que había oído sobre Slytherin, pero le pareció que era un grupo desagradable.

Comenzaba a sentirse decididamente mal. Recordó lo que pasaba en las clases de gimnasia de su antiguo colegio, cuando se escogían a los jugadores para los equipos. Siempre había sido el último en ser elegido, no porque fuera malo, sino porque nadie deseaba que Dudley pensara que lo querían.

—¡Finch-Fletchley, Justin!

—¡HUFFLEPUFF!

Harry notó que, algunas veces, el sombrero gritaba el nombre de la casa de inmediato, pero otras tardaba un poco en decidirse.

—Finnigan, Seamus. —El muchacho de cabello arenoso, que estaba al lado de Harry en la fila, estuvo sentado un minuto entero, antes de que el sombrero lo declarara un Gryffindor.

—Granger, Hermione.

Hermione casi corrió hasta el taburete y se puso el sombrero, muy nerviosa.

—¡GRYFFINDOR! —gritó el sombrero. Ron gruñó.

Un horrible pensamiento atacó a Harry, uno de aquellos horribles pensamientos que aparecen cuando uno está muy intranquilo. ¿Y si a él no lo elegían para ninguna casa? ¿Y si se quedaba sentado con el sombrero sobre los ojos, durante horas, hasta que la profesora McGonagall se lo quitara de la cabeza para decirle que era evidente que se habían equivocado y que era mejor que volviera en el tren?

Cuando Neville Longbottom, el chico que perdía su sapo, fue llamado, se tropezó con el taburete. El sombrero tardó un largo rato en decidirse. Cuando finalmente gritó: ¡GRYFFINDOR!, Neville salió corriendo, todavía con el sombrero puesto, y tuvo que devolverlo, entre las risas de todos, a MacDougal, Morag.

Malfoy se adelantó al oír su nombre y de inmediato obtuvo su deseo: el sombrero apenas tocó su cabeza y gritó: ¡SLYTHERIN!

Malfoy fue a reunirse con sus amigos Crabbe y Goyle, con aire de satisfacción.

Ya no quedaba mucha gente.

Moon... Nott... Parkinson... Después unas gemelas, Patil y Patil... Más tarde Perks, Sally-Anne... y, finalmente:

—¡Potter, Harry!

Mientras Harry se adelantaba, los murmullos se extendieron súbitamente como fuegos artificiales.

—¿Ha dicho Potter?

—¿Ese Harry Potter?

Lo último que Harry vio, antes de que el sombrero le tapara los ojos, fue el comedor lleno de gente que trataba de verlo bien. Al momento siguiente, miraba el oscuro interior del sombrero. Esperó.

—Mm —dijo una vocecita en su oreja—. Difícil. Muy difícil. Lleno de valor, lo veo. Tampoco la mente es mala. Hay talento, oh vaya, sí, y una buena disposición para probarse a sí mismo, esto es muy interesante... Entonces, ¿dónde te pondré?

Harry se aferró a los bordes del taburete y pensó: «En Slytherin no, en Slytherin no».

—En Slytherin no, ¿eh? —dijo la vocecita—. ¿Estás seguro? Podrías ser muy grande, sabes, lo tienes todo en tu cabeza y Slytherin te ayudaría en el camino hacia la grandeza. No hay dudas, ¿verdad? Bueno, si estás seguro, mejor que seas ¡GRYFFINDOR!

Harry oyó al sombrero gritar la última palabra a todo el comedor. Se quitó el sombrero y anduvo, algo mareado, hacia la mesa de Gryffindor. Estaba tan aliviado de que lo hubiera elegido y no lo hubiera puesto en Slytherin, que casi no se dio cuenta de que recibía los saludos más calurosos hasta el momento. Percy el prefecto se puso de pie y le estrechó la mano vigorosamente, mientras los gemelos Weasley gritaban: «¡Tenemos a Potter! ¡Tenemos a Potter!». Harry se sentó en el lado opuesto al fantasma que había visto antes. Éste le dio una palmada en el brazo, dándole la horrible sensación de haberlo metido en un cubo de agua helada.

Podía ver bien la mesa de los profesores. En la punta, cerca de él, estaba Hagrid, que lo miró y levantó los pulgares. Harry le sonrió. Y allí, en el centro de la mesa, en una gran silla de oro, estaba sentado Albus Dumbledore. Harry lo reconoció de inmediato, por la lámina de las ranas de chocolate. El cabello plateado de Dumbledore era lo único que brillaba tanto como los fantasmas. Harry también vio al profesor Quirrell, el nervioso joven del Caldero Chorreante. Estaba muy extravagante, con un gran turbante púrpura.

Y ya quedaban solamente tres alumnos para seleccionar. A Turpin, Lisa le tocó Ravenclaw, y después le llegó el turno a Ron. Tenía una palidez verdosa y Harry cruzó los dedos debajo de la mesa. Un segundo más tarde, el sombrero gritó: ¡GRYFFINDOR!

Harry aplaudió con fuerza, junto con los demás, mientras que Ron se desplomaba en la silla más próxima.

—Bien hecho, Ron, excelente —dijo pomposamente Percy Weasley, por encima de Harry, mientras que Zabini, Blaise era seleccionado para Slytherin. La profesora McGonagall enrolló el pergamino y se llevó el Sombrero Seleccionador.

Harry miró su plato de oro vacío. Acababa de darse cuenta de lo hambriento que estaba. Los pasteles le parecían algo del pasado.

Albus Dumbledore se había puesto de pie. Miraba con expresión radiante a los alumnos, con los brazos muy abiertos, como si nada pudiera gustarle más que verlos allí.

—¡Bienvenidos! —dijo—. ¡Bienvenidos a un año nuevo en Hogwarts! Antes de comenzar nuestro banquete, quiero decir unas pocas palabras. Y aquí están, ¡Papanatas! ¡Llorones! ¡Baratijas! ¡Pellizco!... ¡Muchas gracias!

Se volvió a sentar. Todos aplaudieron y vitorearon. Harry no sabía si reír o no.

—Está... un poquito loco, ¿no? —preguntó con aire inseguro a Percy.

—¿Loco? —dijo Percy con frivolidad—. ¡Es un genio! ¡El mejor mago del mundo! Pero está un poco loco, sí. ¿Papas, Harry?

Harry se quedó con la boca abierta. Los platos que había frente a él de pronto estuvieron llenos de comida. Nunca había visto tantas cosas que le gustara comer sobre una mesa: carne asada, pollo asado, chuletas de cerdo y de ternera, salchichas, tocino y filetes, papas cocidas, asadas y fritas, pudín, guisantes, zanahorias, salsa de carne, salsa de tomate y, por alguna extraña razón, bombones de menta.

Los Dursley nunca habían matado de hambre a Harry, pero tampoco le habían permitido comer todo lo que quería. Dudley siempre se servía lo que Harry deseaba, aunque no le gustara. Harry llenó su plato con un poco de todo, salvo los bombones de menta, y comenzó a comer. Todo estaba delicioso.

—Eso tiene muy buen aspecto —dijo con tristeza el fantasma de la gola, observando a Harry mientras éste cortaba su filete.

—¿No puede...?

—No he comido desde hace unos quinientos años --dijo el fantasma—. No lo necesito, por supuesto, pero uno lo echa de menos. Creo que no me he presentado, ¿verdad? Sir Nicholas de Mimsy-Porpington a su servicio. Fantasma Residente de la Torre de Gryffindor.

—¡Yo sé quién es usted! —dijo súbitamente Ron—. Mi hermano me lo contó. ¡Usted es Nick Casi Decapitado!

—Yo preferiría que me llamaran Sir Nicholas de Mimsy... —comenzó a decir el fantasma con severidad, pero lo interrumpió Seamus Finnigan, el del pelo color arena.

—¿Casi Decapitado? ¿Cómo se puede estar casi decapitado?

Sir Nicholas pareció muy molesto, como si su conversación no resultara como la había planeado.

—Así —dijo enfadado. Se agarró la oreja izquierda y tiró. Toda su cabeza se separó de su cuello y cayó sobre su hombro, como si tuviera una bisagra. Era evidente que alguien había tratado de decapitarlo, pero que no lo había hecho bien. Pareció complacido ante las caras de asombro y volvió a ponerse la cabeza en su sitio, tosió y dijo—: ¡Así que nuevos Gryffindors! Espero que este año nos ayuden a ganar el campeonato para la casa. Gryffindor nunca ha estado tanto tiempo sin ganar. ¡Slytherin ha ganado la copa seis veces seguidas! El Barón Sanguinario se ha vuelto insoportable... Él es el fantasma de Slytherin.

Harry miró hacia la mesa de Slytherin y vio un fantasma horrible sentado allí, con ojos fijos y sin expresión, un rostro demacrado y las ropas manchadas de sangre plateada. Estaba justo al lado de Malfoy que, como Harry vio con mucho gusto, no parecía muy contento con su presencia.

—¿Cómo es que está todo lleno de sangre? —preguntó Seamus con gran interés.

—Nunca se lo he preguntado —dijo con delicadeza Nick Casi Decapitado.

Cuando hubieron comido todo lo que quisieron, los restos de comida desaparecieron de los platos, dejándolos tan limpios como antes. Un momento más tarde aparecieron los postres. Trozos de helados de todos los gustos que uno se pudiera imaginar, pasteles de manzana, tartas de melaza, relámpagos de chocolate, rosquillas de mermelada, bizcochos borrachos, fresas, jalea, arroz con leche...

Mientras Harry se servía una tarta, la conversación se centró en las familias.

—Yo soy mitad y mitad —dijo Seamus—. Mi padre es muggle. Mamá no le dijo que era una bruja hasta que se casaron. Fue una sorpresa algo desagradable para él.

Los demás rieron.

—¿Y tú, Neville? —dijo Ron.

—Bueno, mi abuela me crió y ella es una bruja —dijo Neville—, pero la familia creyó que yo era todo un muggle, durante años. Mi tío abuelo Algie trataba de sorprenderme descuidado y forzarme a que saliera algo de magia de mí. Una vez casi me ahoga, cuando quiso tirarme al agua en el puerto de Blackpool, pero no pasó nada hasta que cumplí ocho años. El tío abuelo Algie había ido a tomar el té y me tenía cogido de los tobillos y colgando de una ventana del piso de arriba, cuando mi tía abuela Enid le ofreció un merengue y él, accidentalmente, me soltó. Pero yo reboté, todo el camino, en el jardín y la calle. Todos se pusieron muy contentos. Mi abuela estaba tan feliz que lloraba. Y tendrían que haber visto sus caras cuando vine aquí. Creían que no sería tan mágico como para venir. El tío abuelo Algie estaba tan contento que me compró mi sapo.

Al otro lado de Harry, Percy Weasley y Hermione estaban hablando de las clases. («Espero que empiecen en seguida, hay mucho que aprender, yo estoy particularmente interesada en Transformaciones, ya sabes, convertir algo en otra cosa, por supuesto parece que es muy difícil. Hay que empezar con cosas pequeñas, como fósforos en agujas y todo eso...»)

Harry, que comenzaba a sentirse reconfortado y soñoliento, miró otra vez hacia la mesa de los profesores. Hagrid bebía copiosamente de su copa. McGonagall hablaba con el profesor Dumbledore. El profesor Quirrell, con su absurdo turbante, conversaba con un profesor de grasiento pelo negro, nariz ganchuda y piel cetrina.

Todo sucedió muy rápidamente. El profesor de nariz ganchuda miró por encima del turbante de Quirrell, directamente a los ojos de Harry... y un dolor agudo golpeó a Harry en la cicatriz de la frente.

—¡Ay! —Harry se llevó una mano a la cabeza.

—¿Qué ha pasado? —preguntó Percy.

—N-nada.

El dolor desapareció tan súbitamente como había aparecido. Era difícil olvidar la sensación que tuvo Harry cuando el profesor lo miró, una sensación que no le gustó en absoluto.

—¿Quién es el que está hablando con el profesor Quirrell? —preguntó a Percy.

—Oh, ¿ya conocías a Quirrell, entonces? No es raro que parezca tan nervioso, ése es el profesor Snape. Su materia es Pociones, pero no le gusta... Todo el mundo sabe que quiere el puesto de Quirrell. Snape sabe muchísimo sobre las Artes Oscuras.

Harry vigiló a Snape durante un rato, pero el profesor no volvió a mirarlo.

Por último, también desaparecieron los postres, y el profesor Dumbledore se puso nuevamente de pie. Todo el salón permaneció en silencio.

—Ejem... sólo unas pocas palabras más, ahora que todos hemos comido y bebido. Tengo unos pocos anuncios que hacerles para el comienzo del año.

»Los de primer año deben tener en cuenta que los bosques del área del castillo están prohibidos para todos los alumnos. Y unos pocos de nuestros antiguos alumnos también deberán recordarlo.

Los ojos relucientes de Dumbledore apuntaron en dirección a los gemelos Weasley.

—El señor Filch, el celador, me ha pedido que les recuerde que no deben hacer magia en los recreos ni en los pasillos.

»Las pruebas de quidditch tendrán lugar en la segunda semana del curso. Los que estén interesados en jugar para los equipos de sus casas, deben ponerse en contacto con la señora Hooch.

»Y por último, quiero decirles que este año el pasillo del tercer piso, del lado derecho, está fuera de los límites permitidos para todos los que no deseen una muerte muy dolorosa.

Harry rió, pero fue uno de los pocos que lo hizo.

—¿Lo decía en serio? —murmuró a Percy.

—Eso creo —dijo Percy, mirando ceñudo a Dumbledore—. Es raro, porque habitualmente nos dice el motivo por el que no podemos ir a algún lugar. Por ejemplo, el bosque está lleno de animales peligrosos, todos lo saben. Creo que, al menos, debió avisarnos a nosotros, los prefectos.

—¡Y ahora, antes de que vayamos a acostarnos, cantemos la canción del colegio! —exclamó Dumbledore. Harry notó que las sonrisas de los otros profesores se habían vuelto algo forzadas.

Dumbledore agitó su varita, como si tratara de atrapar una mosca, y una larga tira dorada apareció, se elevó sobre las mesas, se agitó como una serpiente y se transformó en palabras.

—¡Que cada uno elija su melodía favorita! —dijo Dumbledore—. ¡Y allá vamos!

Y todo el colegio vociferó:

Hogwarts, Hogwarts, Hogwarts,
enséñanos algo, por favor.
Aunque seamos viejos y calvos
o jóvenes con rodillas sucias,
nuestras mentes pueden ser llenadas
con algunas materias interesantes.
Porque ahora están vacías y llenas de aire,
pulgas muertas y un poco de pelusa.
Así que enséñanos cosas que valga la pena saber,
haz que recordemos lo que olvidamos,
hazlo lo mejor que puedas, nosotros haremos el resto,
y aprenderemos hasta que nuestros cerebros se consuman.

Cada uno terminó la canción en tiempos diferentes. Al final, sólo los gemelos Weasley seguían cantando, con la melodía de una lenta marcha fúnebre. Dumbledore los dirigió hasta las últimas palabras, con su varita y, cuando terminaron, fue uno de los que aplaudió con más entusiasmo.

—¡Ah, la música! —dijo, enjugándose los ojos—. ¡Una magia más allá de todo lo que hacemos aquí! Y ahora, es hora de ir a la cama. ¡Salgan al trote!

Los de primer año de Gryffindor siguieron a Percy a través de grupos bulliciosos, salieron del Gran Comedor y subieron por la escalera de mármol. Las piernas de Harry otra vez parecían de plomo, pero sólo por el exceso de cansancio y comida. Estaba tan dormido que ni se sorprendió al ver que la gente de los retratos, a lo largo de los pasillos, susurraba y los señalaba al pasar, o cuando Percy en dos oportunidades los hizo pasar por puertas ocultas detrás de paneles corredizos y tapices que colgaban de las paredes. Subieron más escaleras, bostezando y arrastrando los pies y, cuando Harry comenzaba a preguntarse cuánto tiempo más deberían seguir, se detuvieron súbitamente.

Unos bastones flotaban en el aire, por encima de ellos, y cuando Percy se acercó comenzaron a caer contra él.

—Peeves —susurró Percy a los de primer año—. Es un *poltergeist.* —Levantó la voz—: Peeves, aparece.

La respuesta fue un ruido fuerte y grosero, como si se desinflara un globo.

—¿Quieres que vaya a buscar al Barón Sanguinario?

Se produjo un chasquido y un hombrecito, con ojos oscuros y perversos y una boca ancha, apareció, flotando en el aire con las piernas cruzadas y empuñando los bastones.

—¡Oooooh! —dijo, con un maligno cacareo—. ¡Los horribles novatos! ¡Qué divertido!

De pronto se abalanzó sobre ellos. Todos se agacharon.

—Vete, Peeves, o el Barón se enterará de esto. ¡Lo digo en serio! —gritó enfadado Percy.

Peeves hizo sonar su lengua y desapareció, dejando caer los bastones sobre la cabeza de Neville. Lo oyeron alejarse con un zumbido, haciendo resonar las armaduras al pasar.

—Tienen que tener cuidado con Peeves —dijo Percy, mientras seguían avanzando—. El Barón Sanguinario es el único que puede controlarlo, ni siquiera nos escucha a los prefectos. Ya llegamos.

Al final del pasillo colgaba un retrato de una mujer muy gorda, con un vestido de seda rosa.

—¿Santo y seña? —preguntó.

—*Caput draconis* —dijo Percy, y el retrato se balanceó hacia delante y dejó ver un agujero redondo en la pared. Todos se amontonaron para pasar (Neville necesitó ayuda) y se encontraron en la sala común de Gryffindor, una habitación redonda y acogedora, llena de cómodos sillones.

Percy condujo a las niñas a través de una puerta, hacia sus dormitorios, y a los niños por otra puerta. Al final de una escalera de caracol (era evidente que estaban en una de las torres) encontraron, por fin, sus camas, cinco camas con cuatro postes cada una y cortinas de terciopelo rojo oscuro. Sus baúles ya estaban allí. Demasiado cansados para conversar, se pusieron sus pijamas y se metieron en la cama.

—Una comida increíble, ¿no? —murmuró Ron a Harry, a través de las cortinas—. ¡Fuera, *Scabbers*! Te estás comiendo mis sábanas.

Harry estaba a punto de preguntar a Ron si le quedaba alguna tarta de melaza, pero se quedó dormido de inmediato.

Tal vez Harry había comido demasiado, porque tuvo un sueño muy extraño. Tenía puesto el turbante del profesor Quirrell, que le hablaba y le decía que debía pasarse a Slytherin de inmediato, porque ése era su destino. Harry contestó al turbante que no quería estar en Slytherin y el turbante se volvió cada vez más pesado. Harry intentó quitárselo, pero le apretaba dolorosamente, y entonces apareció Malfoy, que se burló de él mientras luchaba para quitarse el turbante. Luego Malfoy se convirtió en el profesor de nariz ganchuda, Snape, cuya risa se volvía cada vez más fuerte y fría... Se produjo un estallido de luz verde y Harry se despertó, temblando y empapado en sudor.

Se dio la vuelta y se volvió a dormir. Al día siguiente, cuando se despertó, no recordaba nada de aquel sueño.

8

El profesor de pociones

—Allí, mira.

—¿Dónde?

—Al lado del chico alto y pelirrojo.

—¿El de gafas?

—¿Has visto su cara?

—¿Has visto su cicatriz?

Los murmullos siguieron a Harry desde el momento en que, al día siguiente, salió del dormitorio. Los alumnos que esperaban fuera de las aulas se ponían de puntillas para mirarlo, o se daban la vuelta en los pasillos, observándolo con atención. Harry deseaba que no lo hicieran, porque intentaba concentrarse para encontrar el camino de su clase.

En Hogwarts había 142 escaleras, algunas amplias y despejadas, otras estrechas y destartaladas. Algunas llevaban a un lugar diferente los viernes. Otras tenían un escalón que desaparecía a mitad de camino y había que recordarlo para saltar. Después, había puertas que no se abrían, a menos que uno lo pidiera con amabilidad o les hiciera cosquillas en el lugar exacto, y puertas que, en realidad, no eran sino sólidas paredes que fingían ser puertas. También era muy difícil recordar dónde estaba todo, ya que parecía que las cosas cambiaban de lugar continuamente. Las personas de los retratos seguían visitándose unos a otros, y Harry estaba seguro de que las armaduras podían andar.

Los fantasmas tampoco ayudaban. Siempre era una desagradable sorpresa que alguno se deslizara súbitamente a través de la puerta que se intentaba abrir. Nick Casi Decapitado

113

siempre se sentía contento de señalar el camino indicado a los nuevos Gryffindors, pero Peeves el *poltergeist* se encargaba de poner puertas cerradas y escaleras con trampas en el camino de los que llegaban tarde a clase. También les tiraba papeleras a la cabeza, corría las alfombras debajo de los pies del que pasaba, les tiraba tizas o, invisible, se deslizaba por detrás, cogía la nariz de alguno y gritaba: ¡TENGO TU NARIZ!

Pero aún peor que Peeves, si eso era posible, era el celador, Argus Filch. Harry y Ron se las arreglaron para chocar con él, en la primera mañana. Filch los encontró tratando de pasar por una puerta que, desgraciadamente, resultó ser la entrada al pasillo prohibido del tercer piso. No les creyó cuando dijeron que estaban perdidos, estaba convencido de que querían entrar a propósito y los amenazó con encerrarlos en los calabozos, hasta que el profesor Quirrell, que pasaba por allí, los rescató.

Filch tenía una gata llamada *Señora Norris*, una criatura flacucha y de color polvoriento, con ojos saltones como linternas, iguales a los de Filch. Patrullaba sola por los pasillos. Si uno infringía una regla delante de ella, o ponía un pie fuera de la línea permitida, se escabullía para buscar a Filch, el cual aparecía dos segundos más tarde. Filch conocía todos los pasadizos secretos del colegio mejor que nadie (excepto tal vez los gemelos Weasley), y podía aparecer tan súbitamente como cualquiera de los fantasmas. Todos los estudiantes lo detestaban, y la más soñada ambición de muchos era darle una buena patada a la *Señora Norris*.

Y después, cuando por fin habían encontrado las aulas, estaban las clases. Había mucho más que magia, como Harry descubrió muy pronto, mucho más que agitar la varita y decir unas palabras graciosas.

Tenían que estudiar los cielos nocturnos con sus telescopios, cada miércoles a medianoche, y aprender los nombres de las diferentes estrellas y los movimientos de los planetas. Tres veces por semana iban a los invernaderos de detrás del castillo a estudiar Herbología, con una bruja pequeña y regordeta llamada profesora Sprout, y aprendían a cuidar de todas las plantas extrañas y hongos y a descubrir para qué debían utilizarlas.

Pero la asignatura más aburrida era Historia de la Magia, la única clase dictada por un fantasma. El profesor Binns ya era muy viejo cuando se quedó dormido frente a la chimenea del cuarto de profesores y se levantó a la mañana siguiente para dar clase, dejando atrás su cuerpo. Binns hablaba monótonamente, mientras escribía nombres y fechas, y hacía que Elmerico *el Malvado* y Ulrico *el Chiflado* se confundieran.

El profesor Flitwick, el de la clase de Encantamientos, era un brujo diminuto que tenía que subirse a unos cuantos libros para ver por encima de su escritorio. Al comenzar la primera clase, sacó la lista y, cuando llegó al nombre de Harry, dio un chillido de excitación y desapareció de la vista.

La profesora McGonagall era siempre diferente. Harry había tenido razón al pensar que no era una profesora con quien se pudiera tener problemas. Estricta e inteligente, les habló en el primer momento en que se sentaron, el día de su primera clase.

—Transformaciones es una de las magias más complejas y peligrosas que aprenderán en Hogwarts —dijo—. Cualquiera que pierda el tiempo en mi clase tendrá que irse y no podrá volver. Ya están prevenidos.

Entonces transformó un escritorio en un cerdo y luego le devolvió su forma original. Todos estaban muy impresionados y no aguantaban las ganas de empezar, pero muy pronto se dieron cuenta de que pasaría mucho tiempo antes de que pudieran transformar muebles en animales. Después de hacer una cantidad de complicadas anotaciones, les dio a cada uno una cerilla para que intentaran convertirla en una aguja. Al final de la clase, sólo Hermione Granger había hecho algún cambio en la cerilla. La profesora McGonagall mostró a todos cómo se había vuelto plateada y puntiaguda, y dedicó a la niña una excepcional sonrisa.

La clase que todos esperaban era Defensa Contra las Artes Oscuras, pero las lecciones de Quirrell resultaron ser casi una broma. Su aula tenía un fuerte olor a ajo, y todos decían que era para protegerse de un vampiro que había conocido en Rumania y del que tenía miedo de que volviera a buscarlo. Su turbante, les dijo, era un regalo de un príncipe africano como agradecimiento por haberlo liberado de un molesto zombi, pero ninguno creía demasiado en su historia. Por un lado, porque cuando Seamus Finnigan se mostró deseoso de saber cómo había derrotado al zombi, el profesor Quirrell se ruborizó y comenzó a hablar del tiempo, y por el otro, porque habían notado que el curioso olor salía del turbante, y los gemelos Weasley insistían en que estaba lleno de ajo, para proteger a Quirrell cuando el vampiro apareciera.

Harry se sintió muy aliviado al descubrir que no estaba mucho más atrasado que los demás. Muchos procedían de familias muggles y, como él, no tenían ni idea de que eran brujas y magos. Había tantas cosas por aprender que ni siquiera un chico como Ron tenía mucha ventaja.

El viernes fue un día importante para Harry y Ron. Por fin encontraron el camino hacia el Gran Comedor a la hora del desayuno, sin perderse ni una vez.

—¿Qué tenemos hoy? —preguntó Harry a Ron, mientras echaba azúcar en sus cereales.

—Pociones Dobles con los de Slytherin —respondió Ron—. Snape es el jefe de la casa Slytherin. Dicen que siempre los favorece a ellos... Ahora veremos si es verdad.

—Ojalá McGonagall nos favoreciera a nosotros —dijo Harry. La profesora McGonagall era la jefa de la casa Gryffindor, pero eso no le había impedido darles una gran cantidad de deberes el día anterior.

Justo en aquel momento llegó el correo. Harry ya se había acostumbrado, pero la primera mañana se impresionó un poco cuando unas cien lechuzas entraron súbitamente en el Gran Comedor durante el desayuno, volando sobre las mesas hasta encontrar a sus dueños, para dejarles caer encima cartas y paquetes.

Hedwig no le había llevado nada hasta aquel día. Algunas veces volaba para mordisquearle una oreja y conseguir una tostada, antes de volver a dormir en la lechucería, con las otras lechuzas del colegio. Sin embargo, aquella mañana pasó volando entre la mermelada y la azucarera y dejó caer un sobre en el plato de Harry. Éste lo abrió de inmediato.

> *Querido Harry* (decía con letra desigual),
> *sé que tienes las tardes del viernes libres, así que ¿te gustaría venir a tomar una taza de té conmigo, a eso de las tres? Quiero que me cuentes todo lo de tu primera semana. Envíame la respuesta con Hedwig.*
>
> *Hagrid*

Harry cogió prestada la pluma de Ron y contestó: «*Sí, gracias, nos veremos más tarde*», en la parte de atrás de la nota, y la envió con *Hedwig*.

Fue una suerte que Hagrid hubiera invitado a Harry a tomar el té, porque la clase de Pociones resultó ser la peor cosa que le había ocurrido allí, hasta entonces.

Al comenzar el banquete de la primera noche, Harry había pensado que no le caía bien al profesor Snape. Pero al final de la primera clase de Pociones supo que no se había equivocado. No era sólo que a Snape no le gustara Harry: lo detestaba.

Las clases de Pociones se daban abajo, en un calabozo. Hacía mucho más frío allí que arriba, en la parte principal del castillo, y habría sido igualmente tétrico sin todos aquellos animales conservados, flotando en frascos de vidrio, por todas las paredes.

Snape, como Flitwick, comenzó la clase pasando lista y, como Flitwick, se detuvo ante el nombre de Harry.

—Ah, sí —murmuró—. Harry Potter. Nuestra nueva... celebridad.

Draco Malfoy y sus amigos Crabbe y Goyle rieron tapándose la boca. Snape terminó de pasar lista y miró a la clase. Sus ojos eran tan negros como los de Hagrid, pero no tenían nada de su calidez. Eran fríos y vacíos y hacían pensar en túneles oscuros.

—Ustedes están aquí para aprender la sutil ciencia y el arte exacto de hacer pociones —comenzó. Hablaba casi en un susurro, pero se le entendía todo. Como la profesora McGonagall, Snape tenía el don de mantener a la clase en silencio, sin ningún esfuerzo—. Aquí habrá muy poco de estúpidos movimientos de varita y muchos de ustedes dudarán que esto sea magia. No espero que lleguen a entender la belleza de un caldero hirviendo suavemente, con sus vapores relucientes, el delicado poder de los líquidos que se deslizan a través de las venas humanas, hechizando la mente, engañando los sentidos... Puedo enseñarles cómo embotellar la fama, preparar la gloria, hasta detener la muerte... si son algo más que los alcornoques a los que habitualmente tengo que enseñar.

Más silencio siguió a aquel pequeño discurso. Harry y Ron intercambiaron miradas con las cejas levantadas. Hermione Granger estaba sentada en el borde de la silla, y parecía desesperada por empezar a demostrar que ella no era un alcornoque.

—¡Potter! —dijo de pronto Snape—. ¿Qué obtendré si añado polvo de raíces de asfódelo a una infusión de ajenjo?

¿Raíz en polvo de qué a una infusión de qué? Harry miró de reojo a Ron, que parecía tan desconcertado como él. La mano de Hermione se agitaba en el aire.

—No lo sé, señor —contestó Harry.

Los labios de Snape se curvaron en un gesto burlón.

—Bah, bah... es evidente que la fama no lo es todo.

No hizo caso de la mano de Hermione.

—Vamos a intentarlo de nuevo, Potter. ¿Dónde buscarías si te digo que me encuentres un bezoar?

Hermione agitaba la mano tan alta en el aire que no necesitaba levantarse del asiento para que la vieran, pero Harry no tenía la menor idea de lo que era un bezoar. Trató de no mirar a Malfoy y a sus amigos, que se desternillaban de risa.

—No lo sé, señor.

—Parece que no has abierto ni un libro antes de venir. ¿No es así, Potter?

Harry se obligó a seguir mirando directamente aquellos ojos fríos. Sí había mirado sus libros en casa de los Dursley, pero ¿cómo esperaba Snape que se acordara de todo lo que había en *Mil hierbas mágicas y hongos*?

Snape seguía haciendo caso omiso de la mano temblorosa de Hermione.

—¿Cuál es la diferencia, Potter, entre acónito y luparia?

Ante eso, Hermione se puso de pie, con el brazo extendido hacia el techo de la mazmorra.

—No lo sé —dijo Harry con calma—. Pero creo que Hermione lo sabe. ¿Por qué no se lo pregunta a ella?

Unos pocos rieron. Harry captó la mirada de Seamus, que le guiñó un ojo. Snape, sin embargo, no estaba complacido.

—Siéntate —gritó a Hermione—. Para tu información, Potter, asfódelo y ajenjo producen una poción para dormir tan poderosa que es conocida como Filtro de Muertos en Vida. Un bezoar es una piedra sacada del estómago de una cabra y sirve para salvarte de la mayor parte de los venenos. En lo que se refiere a acónito y luparia, es la misma planta. Bueno, ¿por qué no lo están apuntando todo?

Se produjo un súbito movimiento de plumas y pergaminos. Por encima del ruido, Snape dijo:

—Y se le restará un punto a la casa Gryffindor por tu descaro, Potter.

Las cosas no mejoraron para los Gryffindors a medida que continuaba la clase de Pociones. Snape los puso en parejas, para que mezclaran una poción sencilla para curar forúnculos. Se paseó con su larga capa negra, observando cómo pesaban ortiga seca y aplastaban colmillos de serpiente, criticando a todo el mundo salvo a Malfoy, que parecía gustarle. En el preciso momento en que les estaba diciendo a todos que miraran la perfección con que Malfoy había cocinado a fuego lento los pedazos de cuernos, multitud de nubes de un ácido humo verde y un fuerte silbido llenaron la mazmorra. De alguna forma, Neville se las había ingeniado para convertir el caldero de Seamus en un engrudo hirviente que se derramaba sobre el suelo, quemando y haciendo agujeros en los zapatos de los alumnos. En segundos, toda la clase estaba subida a sus taburetes, mientras que Neville, que se había empapado en la poción al volcarse sobre él el caldero, gemía de dolor; por sus brazos y piernas aparecían pústulas rojas.

—¡Chico idiota! —dijo Snape con enfado, haciendo desaparecer la poción con un movimiento de su varita—. Supongo que añadiste las púas de erizo antes de sacar el caldero del fuego, ¿no?

Neville lloriqueaba, mientras las pústulas comenzaban a aparecer en su nariz.

—Llévelo a la enfermería —ordenó Snape a Seamus. Luego se acercó a Harry y Ron, que habían estado trabajando cerca de Neville.

—Tú, Harry Potter. ¿Por qué no le dijiste que no pusiera las púas? Pensaste que si se equivocaba quedarías bien, ¿no es cierto? Éste es otro punto que pierdes para Gryffindor.

Aquello era tan injusto que Harry abrió la boca para discutir, pero Ron le dio una patada por debajo del caldero.

—No lo provoques —murmuró—. He oído decir que Snape puede ser muy desagradable.

Una hora más tarde, cuando subían por la escalera para salir de las mazmorras, la mente de Harry era un torbellino y su ánimo estaba por los suelos. Había perdido dos puntos para Gryffindor en su primera semana... ¿Por qué Snape lo odiaba tanto?

—Anímate —dijo Ron—. Snape siempre le quitaba puntos a Fred y a George. ¿Puedo ir a ver a Hagrid contigo?

Salieron del castillo cinco minutos antes de las tres y cruzaron los terrenos que lo rodeaban. Hagrid vivía en una pequeña casa de madera, en el borde del bosque prohibido. Una ballesta y un par de botas de goma estaban al lado de la puerta delantera.

Cuando Harry llamó a la puerta, oyeron unos frenéticos rasguños y varios ladridos. Luego se oyó la voz de Hagrid, diciendo:

—Atrás, *Fang*, atrás.

La gran cara peluda de Hagrid apareció al abrirse la puerta.

—Entren —dijo—. Atrás, *Fang*.

Los dejó entrar, tirando del collar de un imponente perro negro.

Había una sola estancia. Del techo colgaban jamones y faisanes, una cazuela de cobre hervía en el fuego y en un rincón había una cama enorme con una manta hecha de remiendos.

—Están en su casa —dijo Hagrid, soltando a *Fang*, que se lanzó contra Ron y comenzó a lamerle las orejas. Como Hagrid, *Fang* era evidentemente mucho menos feroz de lo que parecía.

—Éste es Ron —dijo Harry a Hagrid, que estaba volcando el agua hirviendo en una gran tetera y sirviendo pedazos de pastel.

—Otro Weasley, ¿verdad? —dijo Hagrid, mirando de reojo las pecas de Ron—. Me he pasado la mitad de mi vida ahuyentando a tus hermanos gemelos del bosque.

El pastel casi les rompió los dientes, pero Harry y Ron fingieron que les gustaba, mientras le contaban a Hagrid todo lo referente a sus primeras clases. *Fang* tenía la cabeza apoyada sobre la rodilla de Harry y babeaba sobre su túnica.

Harry y Ron se quedaron fascinados al oír que Hagrid llamaba a Filch «ese viejo bobo».

—Y en lo que se refiere a esa gata, la *Señora Norris*, me gustaría presentársela un día a *Fang*. ¿Saben que cada vez que voy al colegio me sigue todo el tiempo? No me puedo librar de ella. Filch la envía a hacerlo.

Harry le contó a Hagrid lo de la clase de Snape. Hagrid, como Ron, le dijo a Harry que no se preocupara, que a Snape no le gustaba ninguno de sus alumnos.

—Pero realmente parece que me odia.

—¡Tonterías! —dijo Hagrid—. ¿Por qué iba a hacerlo?

Sin embargo, Harry no podía dejar de pensar en que Hagrid había mirado hacia otro lado cuando dijo aquello.

—¿Y cómo está tu hermano Charlie? —preguntó Hagrid a Ron—. Me gustaba mucho, era muy bueno con los animales.

Harry se preguntó si Hagrid no estaba cambiando de tema a propósito. Mientras Ron le hablaba a Hagrid del trabajo de Charles con los dragones, Harry miró el recorte del periódico que estaba sobre la mesa. Era de *El Profeta*.

RECIENTE ASALTO EN GRINGOTTS

Continúan las investigaciones del asalto que tuvo lugar en Gringotts el 31 de julio. Se cree que se debe al trabajo de oscuros magos y brujas desconocidos.

Los duendes de Gringotts insisten en que no se han llevado nada. La cámara que se registró había sido vaciada aquel mismo día.

«Pero no vamos a decirles qué había allí, así que mantengan las narices fuera de esto, si saben lo que les conviene», declaró esta tarde un duende portavoz de Gringotts.

Harry recordó que Ron le había contado en el tren que alguien había tratado de robar en Gringotts, pero su amigo no había mencionado la fecha.

—¡Hagrid! —dijo Harry—. ¡Ese robo en Gringotts sucedió el día de mi cumpleaños! ¡Pudo haber sucedido mientras estábamos allí!

Aquella vez no tuvo dudas: Hagrid decididamente evitó su mirada. Gruñó y le ofreció más pastel. Harry volvió a leer la nota. «La cámara que se registró había sido vaciada aquel mismo día.» Hagrid había vaciado la cámara setecientos trece, si puede llamarse vaciarla a sacar un paquetito arrugado. ¿Sería eso lo que estaban buscando los ladrones?

Mientras Harry y Ron regresaban al castillo para cenar, con los bolsillos llenos del pétreo pastel que fueron demasiado amables para rechazar, Harry pensaba que ninguna de las clases le había hecho reflexionar tanto como aquella merienda con Hagrid. ¿Hagrid habría sacado el paquete justo a tiempo? ¿Dónde podía estar? ¿Sabría algo sobre Snape que no quería decirle?

9

El duelo a medianoche

Harry nunca había creído que pudiera existir un chico al que detestara más que a Dudley, pero eso era antes de haber conocido a Draco Malfoy. Sin embargo, los de primer año de Gryffindor sólo compartían con los de Slytherin la clase de Pociones, así que no tenía que encontrarse mucho con él. O, al menos, así era hasta que apareció una noticia en la sala común de Gryffindor, que los hizo protestar a todos. Las lecciones de vuelo comenzarían el jueves... y Gryffindor y Slytherin aprenderían juntos.

—Perfecto —dijo en tono sombrío Harry—. Justo lo que siempre he deseado. Hacer el ridículo sobre una escoba delante de Malfoy.

Deseaba aprender a volar más que ninguna otra cosa.

—No sabes aún si vas a hacer un papelón —dijo razonablemente Ron—. De todos modos, sé que Malfoy siempre habla de lo bueno que es en quidditch, pero seguro que es pura palabrería.

La verdad es que Malfoy hablaba mucho sobre volar. Se quejaba en voz alta porque los de primer año nunca estaban en los equipos de quidditch y contaba largas y jactanciosas historias, que siempre acababan con él escapando de helicópteros pilotados por muggles. Pero no era el único: por la forma de hablar de Seamus Finnigan, parecía que había pasado toda la infancia volando por el campo con su escoba. Hasta Ron podía contar a quien quisiera oírlo que una vez casi había chocado contra un planeador con la vieja escoba de Charles. Todos los que procedían de familias de magos

123

hablaban constantemente de quidditch. Ron ya había tenido una gran discusión con Dean Thomas, que compartía el dormitorio con ellos, sobre fútbol. Ron no podía ver qué tenía de excitante un juego con una sola pelota, donde nadie podía volar. Harry había descubierto a Ron tratando de animar un cartel de Dean en que aparecía el equipo de fútbol de West Ham, para hacer que los jugadores se movieran.

Neville no había tenido una escoba en toda su vida, porque su abuela no se lo permitía. Harry pensó que ella había actuado correctamente, dado que Neville se las ingeniaba para tener un número extraordinario de accidentes, incluso con los dos pies en tierra.

Hermione Granger estaba casi tan nerviosa como Neville con el tema del vuelo. Eso era algo que no se podía aprender de memoria en los libros, aunque lo había intentado. En el desayuno del jueves, aburrió a todos con estúpidas notas sobre el vuelo que había encontrado en un libro de la biblioteca, llamado *Quidditch a través de los tiempos*. Neville estaba pendiente de cada palabra, desesperado por encontrar algo que lo ayudara más tarde con su escoba, pero todos los demás se alegraron mucho cuando la lectura de Hermione fue interrumpida por la llegada del correo.

Harry no había recibido una sola carta desde la nota de Hagrid, algo que Malfoy ya había notado, por supuesto. La lechuza de Malfoy siempre le llevaba de su casa paquetes con golosinas, que el muchacho abría con perversa satisfacción en la mesa de Slytherin.

Un lechuzón entregó a Neville un paquetito de parte de su abuela. Lo abrió excitado y les enseñó una bola de cristal, del tamaño de una gran canica, que parecía llena de humo blanco.

—¡Es una Recordadora! —explicó—. La abuela sabe que olvido cosas y esto te dice si hay algo que te has olvidado de hacer. Miren, uno la sujeta así, con fuerza, y si se vuelve roja... oh... —se puso pálido, porque la Recordadora súbitamente se tiñó de un brillo escarlata— ... es que has olvidado algo...

Neville estaba tratando de recordar qué era lo que había olvidado, cuando Draco Malfoy, que pasaba al lado de la mesa de Gryffindor, le quitó la Recordadora de las manos.

Harry y Ron saltaron de sus asientos. En realidad, deseaban tener un motivo para pelearse con Malfoy, pero la profesora McGonagall, que detectaba problemas más rápido que ningún otro profesor del colegio, ya estaba allí.

—¿Qué sucede?

—Malfoy me ha quitado mi Recordadora, profesora.

Con aire ceñudo, Malfoy dejó rápidamente la Recordadora sobre la mesa.

—Sólo la miraba —dijo, y se alejó, seguido por Crabbe y Goyle.

Aquella tarde, a las tres y media, Harry, Ron y los otros Gryffindors bajaron corriendo los escalones delanteros, hacia el parque, para asistir a su primera clase de vuelo. Era un día claro y ventoso. La hierba se agitaba bajo sus pies mientras marchaban por el terreno inclinado en dirección a un prado que estaba al otro lado del bosque prohibido, cuyos árboles se agitaban tenebrosamente en la distancia.

Los Slytherins ya estaban allí, y también las veinte escobas, cuidadosamente alineadas en el suelo. Harry había oído a Fred y a George Weasley quejarse de las escobas del colegio, diciendo que algunas comenzaban a vibrar si uno volaba muy alto, o que siempre volaban ligeramente torcidas hacia la izquierda.

Entonces llegó la profesora, la señora Hooch. Era baja, de pelo canoso y ojos amarillos como los de un halcón.

—Bueno ¿qué están esperando? —bramó—. Cada uno al lado de una escoba. Vamos, rápido.

Harry miró su escoba. Era vieja y algunas de las ramitas de paja sobresalían formando ángulos extraños.

– Extiendan la mano derecha sobre la escoba —les indicó la señora Hooch— y digan «arriba».

—¡ARRIBA! —gritaron todos.

La escoba de Harry saltó de inmediato en sus manos, pero fue uno de los pocos que lo consiguió. La de Hermione Granger no hizo más que rodar por el suelo y la de Neville no se movió en absoluto. «A lo mejor las escobas saben, como los caballos, cuándo tienes miedo», pensó Harry, y había un temblor en la voz de Neville que indicaba, demasiado claramente, que deseaba mantener sus pies en la tierra.

Luego, la señora Hooch les enseñó cómo montarse en la escoba, sin deslizarse hasta la punta, y recorrió la fila, corrigiéndoles la forma de sujetarla. Harry y Ron se alegraron muchísimo cuando la profesora dijo a Malfoy que lo había estado haciendo mal durante todos esos años.

—Ahora, cuando haga sonar mi silbato, dan una fuerte patada —dijo la señora Hooch—. Mantengan las escobas firmes, elévense un metro o dos y luego bajen inclinándose suavemente. Preparados... tres... dos...

Pero Neville, nervioso y temeroso de quedarse en tierra, dio la patada antes de que sonara el silbato.

—¡Vuelve, muchacho! —gritó, pero Neville subía en línea recta, como el corcho de una botella... Cuatro metros... seis metros... Harry le vio la cara pálida y asustada, mirando hacia el terreno que se alejaba, lo vio jadear, deslizarse hacia un lado de la escoba y...

BUM... Un ruido horrible y Neville quedó tirado en la hierba. Su escoba seguía subiendo, cada vez más alto, hasta que comenzó a torcer hacia el bosque prohibido y desapareció de la vista.

La señora Hooch se inclinó sobre Neville, con el rostro tan blanco como el del chico.

—La muñeca fracturada —la oyó murmurar Harry—. Vamos, muchacho... Está bien... A levantarse.

Se volvió hacia el resto de la clase.

—No deben moverse mientras llevo a este chico a la enfermería. Dejen las escobas donde están o estarán fuera de Hogwarts más rápido de lo que tarden en decir quidditch. Vamos, hijo.

Neville, con la cara surcada de lágrimas y agarrándose la muñeca, cojeaba al lado de la señora Hooch, que lo sostenía.

Casi antes de que pudieran marcharse, Malfoy ya se estaba riendo a carcajadas.

—¿Han visto la cara de ese gran zoquete?

Los otros Slytherins le hicieron coro.

—¡Cierra la boca, Malfoy! —dijo Parvati Patil en tono cortante.

—Oh, ¿estás enamorada de Longbottom? —dijo Pansy Parkinson, una chica de Slytherin de rostro duro—. Nunca pensé que te podían gustar los gorditos llorones, Parvati.

—¡Miren! —dijo Malfoy, agachándose y recogiendo algo de la hierba—. Es esa cosa estúpida que le mandó la abuela a Longbottom.

La Recordadora brillaba al sol cuando la cogió.

—Trae eso aquí, Malfoy —dijo Harry con calma. Todos dejaron de hablar para observarlos.

Malfoy sonrió con malignidad.

—Creo que voy a dejarla en algún sitio para que Longbottom la busque... ¿Qué les parece... en la copa de un árbol?

—¡Tráela aquí! —rugió Harry, pero Malfoy había subido a su escoba y se alejaba. No había mentido, sabía volar. Desde las ramas más altas de un roble lo llamó:

—¡Ven a buscarla, Potter!

Harry cogió su escoba.

—¡No! —gritó Hermione Granger—. La señora Hooch dijo que no nos moviéramos. Nos vas a meter en un lío.

Harry no le hizo caso. Le ardían las orejas. Se montó en su escoba, pegó una fuerte patada y subió. El aire agitaba su pelo y su túnica, silbando tras él y, en un relámpago de feroz alegría, se dio cuenta de que había descubierto algo que podía hacer sin que se lo enseñaran. Era fácil, era maravilloso. Empujó su escoba un poquito más, para volar más alto, y oyó los gritos y gemidos de las chicas que lo miraban desde abajo, y una exclamación admirada de Ron.

Dirigió su escoba para enfrentarse a Malfoy en el aire. Éste lo miró asombrado.

—¡Déjala —gritó Harry— o te bajaré de esa escoba!

—Ah, ¿sí? —dijo Malfoy, tratando de burlarse, pero con tono preocupado.

Harry sabía, de alguna manera, lo que tenía que hacer. Se inclinó hacia delante, cogió la escoba con las dos manos y se lanzó sobre Malfoy como una jabalina. Malfoy pudo apartarse justo a tiempo, Harry dio la vuelta y mantuvo firme la escoba. Abajo, algunos aplaudían.

—Aquí no están Crabbe y Goyle para salvarte, Malfoy —exclamó Harry.

Parecía que Malfoy también lo había pensado.

—¡Atrápala si puedes, entonces! —gritó. Tiró la bola de cristal hacia arriba y bajó a tierra con su escoba.

Harry vio, como si fuera a cámara lenta, que la bola se elevaba en el aire y luego comenzaba a caer. Se inclinó hacia delante y apuntó el mango de la escoba hacia abajo. Al momento siguiente, estaba ganando velocidad en la caída, persiguiendo a la bola, con el viento silbando en sus orejas mezclándose con los gritos de los que miraban. Extendió la mano y, a unos metros del suelo, la atrapó, justo a tiempo para enderezar su escoba y descender suavemente sobre la hierba, con la Recordadora a salvo.

—¡HARRY POTTER!

Su corazón latió más rápido que nunca. La profesora McGonagall corría hacia ellos. Se puso de pie, temblando.

—Nunca... en todo mis años en Hogwarts...

La profesora McGonagall estaba casi muda de la impresión, y sus gafas centelleaban de furia.

—¿Cómo te has atrevido...? Has podido romperte el cuello...

—No fue culpa de él, profesora...

—Silencio, Parvati.

—Pero Malfoy...

—Ya es suficiente, Weasley. Harry Potter, ven conmigo.

En aquel momento, Harry pudo ver el aire triunfal de Malfoy, Crabbe y Goyle, mientras andaba inseguro tras la profesora McGonagall, de vuelta al castillo. Lo iban a expulsar, lo sabía. Quería decir algo para defenderse, pero no podía controlar su voz. La profesora McGonagall andaba muy rápido, sin siquiera mirarlo. Tenía que correr para alcanzarla. Esta vez sí que lo había hecho. No había durado ni dos semanas. En diez minutos estaría haciendo su maleta. ¿Qué dirían los Dursley cuando lo vieran llegar a la puerta de su casa?

Subieron por los peldaños delanteros y después por la escalera de mármol. La profesora McGonagall seguía sin hablar. Abría puertas y andaba por los pasillos, con Harry corriendo tristemente tras ella. Tal vez lo llevaba ante Dumbledore. Pensó en Hagrid, expulsado, pero con permiso para quedarse como guardabosque. Quizá podría ser el ayudante de Hagrid. Se le revolvió el estómago al imaginarse observando a Ron y los otros convirtiéndose en magos, mientras él andaba por ahí, llevando la bolsa de Hagrid.

La profesora McGonagall se detuvo ante un aula. Abrió la puerta y asomó la cabeza.

—Discúlpeme, profesor Flitwick. ¿Puedo llevarme a Wood un momento?

«¿Wood? —pensó Harry aterrado—. ¿Wood sería el encargado de aplicar los castigos físicos?»

Pero Wood era sólo un muchacho corpulento de quinto año, que salió de la clase de Flitwick con aire confundido.

—Síganme los dos —dijo la profesora McGonagall. Avanzaron por el pasillo, Wood mirando a Harry con curiosidad.

—Aquí.

La profesora McGonagall señaló un aula en la que sólo estaba Peeves, ocupado en escribir groserías en la pizarra.

—¡Fuera, Peeves! —dijo con ira la profesora.

Peeves tiró la tiza en un cubo y se marchó maldiciendo. La profesora McGonagall cerró la puerta y se volvió para encararse con los muchachos.

—Potter, éste es Oliver Wood. Wood, te he encontrado un buscador.

La expresión de intriga de Wood se convirtió en deleite.

—¿Está segura, profesora?

—Totalmente —dijo la profesora con vigor—. Este chico tiene un talento natural. Nunca vi nada parecido. ¿Ésta ha sido tu primera vez con la escoba, Potter?

Harry asintió con la cabeza en silencio. No tenía una explicación para lo que estaba sucediendo, pero le parecía que no lo iban a expulsar y comenzaba a sentirse más seguro.

—Atrapó esa cosa con la mano, después de un vuelo de quince metros —explicó la profesora a Wood—. Ni un rasguño. Charlie Weasley no lo habría hecho mejor.

Wood parecía pensar que todos sus sueños se habían hecho realidad.

—¿Alguna vez has visto un partido de quidditch, Potter? —preguntó excitado.

—Wood es el capitán del equipo de Gryffindor —aclaró la profesora McGonagall.

—Y tiene el cuerpo indicado para ser buscador —dijo Wood, paseando alrededor de Harry y observándolo con atención—. Ligero, veloz... Vamos a tener que darle una escoba decente, profesora, una Nimbus 2.000 o una Barredora 7.

—Hablaré con el profesor Dumbledore para ver si podemos suspender la regla del primer año. Los cielos saben que necesitamos un equipo mejor que el del año pasado. Fuimos aplastados por Slytherin en ese último partido. No pude mirar a la cara a Severus Snape en varias semanas...

La profesora McGonagall observó con severidad a Harry, por encima de sus gafas.

—Quiero oír que te entrenas mucho, Potter, o cambiaré de idea sobre tu castigo.

Luego, súbitamente, sonrió.

—Tu padre habría estado orgulloso —dijo—. Era un excelente jugador de quidditch.

—Es una broma.

Era la hora de la cena. Harry había terminado de contarle a Ron todo lo sucedido cuando dejó el parque con la profesora McGonagall. Ron tenía un trozo de pastel de carne y riñones en el tenedor, pero se olvidó de llevárselo a la boca.

—¿Buscador? —dijo—. Pero los de primer año nunca... Serías el jugador más joven en...

—Un siglo —terminó Harry, metiéndose un trozo de pastel en la boca. Tenía muchísima hambre después de toda la excitación de la tarde—. Wood me lo dijo.

Ron estaba tan sorprendido e impresionado que se quedó mirándolo boquiabierto.

—Tengo que empezar a entrenarme la semana que viene —dijo Harry—. Pero no se lo digas a nadie, Wood quiere mantenerlo en secreto.

Fred y George Weasley aparecieron en el comedor, vieron a Harry y se acercaron rápidamente.

—Bien hecho —dijo George en voz baja—. Wood nos lo contó. Nosotros también estamos en el equipo. Somos golpeadores.

—Te lo aseguro, vamos a ganar la copa de quidditch este curso —dijo Fred—. No la ganamos desde que Charlie se fue, pero el equipo de este año será muy bueno. Tienes que hacerlo bien, Harry. Wood casi saltaba cuando nos lo contó.

—Bueno, tenemos que irnos. Lee Jordan cree que ha descubierto un nuevo pasadizo secreto, fuera del colegio.

—Seguro que es el que hay detrás de la estatua de Gregory Smarmy, que nosotros encontramos en nuestra primera semana.

Fred y George acababan de desaparecer, cuando se presentaron unos visitantes mucho menos agradables. Malfoy, flanqueado por Crabbe y Goyle.

130

—¿Comiendo la última cena, Potter? ¿Cuándo coges el tren para volver con los muggles?

—Eres mucho más valiente ahora que has vuelto a tierra firme y tienes a tus «amiguitos» —dijo fríamente Harry. Por supuesto que en Crabbe y Goyle no había nada que justificara el diminutivo, pero como la mesa de los profesores estaba llena, no podían hacer más que crujir los nudillos y mirarlo con el ceño fruncido.

—Nos veremos cuando quieras —dijo Malfoy—. Esta noche, si quieres. Un duelo de magos. Sólo varitas, nada de contacto. ¿Qué pasa? Nunca has oído hablar de duelos de magos, ¿verdad?

—Por supuesto que sí —dijo Ron, interviniendo—. Yo soy su padrino. ¿Cuál es el tuyo?

Malfoy miró a Crabbe y Goyle, valorándolos.

—Crabbe —respondió—. A medianoche, ¿de acuerdo? Nos encontraremos en el salón de los trofeos, nunca se cierra con llave.

Cuando Malfoy se fue, Ron y Harry se miraron.

—¿Qué es un duelo de magos? —preguntó Harry—. ¿Y qué quiere decir que seas mi segundo?

—Bueno, un segundo es el que se hace cargo, si te matan —dijo Ron sin darle importancia. Al ver la expresión de Harry, añadió rápidamente—: Pero la gente sólo muere en los duelos reales, ya sabes, con magos de verdad. Lo máximo que pueden hacer Malfoy y tú es lanzarse chispas uno al otro. Ninguno sabe suficiente magia para hacer verdadero daño. De todos modos, seguro que él esperaba que te negaras.

—¿Y si levanto mi varita y no sucede nada?

—La tiras y le das un puñetazo en la nariz —le sugirió Ron.

—Disculpen.

Los dos miraron. Era Hermione Granger.

—¿No se puede comer en paz en este lugar? —dijo Ron.

Hermione no le hizo caso y se dirigió a Harry.

—No pude dejar de oír lo que tú y Malfoy estaban diciendo...

—No esperaba otra cosa —murmuró Ron.

—... y no debes andar por el colegio de noche. Piensa en los puntos que perderás para Gryffindor si te atrapan, y lo harán. La verdad es que es muy egoísta de tu parte.

—Y la verdad es que no es asunto tuyo —respondió Harry.

—Adiós —añadió Ron.

De todos modos, pensó Harry, aquello no era lo que llamaría un perfecto final para el día. Estaba acostado, despierto, oyendo dormir a Seamus y a Dean (Neville no había regresado de la enfermería). Ron había pasado toda la velada dándole consejos del tipo de: «Si trata de maldecirte, será mejor que te escapes, porque no recuerdo cómo se hace para pararlo». Tenían grandes probabilidades de que los atraparan Filch o la *Señora Norris*, y Harry sintió que estaba abusando de su suerte al transgredir otra regla del colegio en un mismo día. Por otra parte, el rostro burlón de Malfoy se le aparecía en la oscuridad, y aquélla era la gran oportunidad de vencerlo frente a frente. No podía perderla.

—Once y media —murmuró finalmente Ron—. Mejor nos vamos ya.

Se pusieron las batas, cogieron sus varitas y se lanzaron a través del dormitorio de la torre. Bajaron la escalera de caracol y entraron en la sala común de Gryffindor. Todavía brillaban algunas brasas en la chimenea, haciendo que todos los sillones parecieran sombras negras. Ya casi habían llegado al retrato, cuando una voz habló desde un sillón cercano.

—No puedo creer que vayas a hacer esto, Harry.

Una luz brilló. Era Hermione Granger, con el rostro ceñudo y una bata rosada.

—¡Tú! —dijo Ron furioso—. ¡Vuelve a la cama!

—Estuve a punto de decírselo a tu hermano —contestó enfadada Hermione—. Percy es el prefecto y puede detenerlos.

Harry no podía creer que alguien fuera tan entrometido.

—Vamos —dijo a Ron. Empujó el retrato de la Dama Gorda y se metió por el agujero.

Hermione no iba a rendirse tan fácilmente. Siguió a Ron a través del agujero, gruñendo como una gansa enfadada.

—No les importa Gryffindor, ¿verdad? Sólo les importa lo suyo. Yo no quiero que Slytherin gane la copa de las casas y ustedes van a perder todos los puntos que yo conseguí de la profesora McGonagall por conocer los encantamientos para cambios.

132

—Vete.

—Muy bien, pero les he avisado. Recuerden todo lo que les he dicho cuando estén en el tren volviendo a casa mañana. Son tan...

Pero lo que eran no lo supieron. Hermione había retrocedido hasta el retrato de la Dama Gorda, para volver, y descubrió que la tela estaba vacía. La Dama Gorda se había ido a una visita nocturna y Hermione estaba encerrada, fuera de la torre de Gryffindor.

—¿Y ahora qué voy a hacer? —preguntó con tono agudo.

—Ése es tu problema —dijo Ron—. Nosotros tenemos que irnos o llegaremos tarde.

No habían llegado al final del pasillo cuando Hermione los alcanzó.

—Voy con ustedes —dijo.

—No lo harás.

—¿No creerán que me voy a quedar aquí, esperando a que Filch me atrape? Si nos encuentra a los tres, yo le diré la verdad, que estaba tratando de detenerlos, y ustedes me apoyarán.

—Eres una caradura —dijo Ron en voz alta.

—Cállense los dos —dijo Harry en tono cortante—. He oído algo.

Era una especie de respiración.

—¿La *Señora Norris*? —resopló Ron, tratando de ver en la oscuridad.

No era la *Señora Norris*. Era Neville. Estaba enroscado en el suelo, medio dormido, pero se despertó súbitamente al oírlos.

—¡Gracias a Dios que me han encontrado! Hace horas que estoy aquí. No podía recordar el nuevo santo y seña para irme a la cama.

—No hables tan alto, Neville. El santo y seña es «hocico de cerdo», pero ahora no te servirá, porque la Dama Gorda se ha ido no sé dónde.

—¿Cómo está tu muñeca? —preguntó Harry.

—Bien —contestó, enseñándosela—. La señora Pomfrey me la arregló en un minuto.

—Bueno, mira, Neville, tenemos que ir a otro sitio. Nos veremos más tarde...

—¡No me dejen! —dijo Neville, tambaleándose—. No quiero quedarme aquí solo. El Barón Sanguinario ya ha pasado dos veces.

Ron miró su reloj y luego echó una mirada furiosa a Hermione y Neville.

—Si nos atrapan por su culpa, no descansaré hasta aprender esa Maldición de los Demonios, de la que nos habló Quirrell, y la utilizaré contra ustedes.

Hermione abrió la boca, tal vez para decir a Ron cómo utilizar la Maldición de los Demonios, pero Harry susurró que se callara y les hizo señas para que avanzaran.

Se deslizaron por pasillos iluminados por el claro de luna, que entraba por los altos ventanales. En cada esquina, Harry esperaba chocar con Filch o la *Señora Norris*, pero tuvieron suerte. Subieron rápidamente por una escalera hasta el tercer piso y entraron de puntillas en el salón de los trofeos.

Malfoy y Crabbe todavía no habían llegado. Las vitrinas con trofeos brillaban cuando las iluminaba la luz de la luna. Copas, escudos, bandejas y estatuas, oro y plata reluciendo en la oscuridad. Fueron bordeando las paredes, vigilando las puertas en cada extremo del salón. Harry empuñó su varita, por si Malfoy aparecía de golpe. Los minutos pasaban.

—Se está retrasando, tal vez se ha acobardado —susurró Ron.

Entonces un ruido en la habitación de al lado los hizo saltar. Harry ya había levantado su varita cuando oyeron unas voces. No era Malfoy.

—Olfatea por ahí, mi tesoro. Pueden estar escondidos en un rincón.

Era Filch, hablando con la *Señora Norris*. Aterrorizado, Harry gesticuló salvajemente para que los demás lo siguieran lo más rápido posible. Se escurrieron silenciosamente hacia la puerta más alejada de la voz de Filch. Neville acababa de pasar, cuando oyeron que Filch entraba en el salón de los trofeos.

—Tienen que estar en algún lado —lo oyeron murmurar—. Probablemente se han escondido.

—¡Por aquí! —señaló Harry a los otros y, aterrados, comenzaron a atravesar una larga galería, llena de armaduras. Podían oír los pasos de Filch, acercándose a ellos.

Súbitamente, Neville dejó escapar un chillido de miedo y empezó a correr, tropezó, se aferró a la muñeca de Ron y se golpearon contra una armadura.

Los ruidos eran suficientes para despertar a todo el castillo.

—¡CORRAN! —exclamó Harry, y los cuatro se lanzaron por la galería, sin darse la vuelta para ver si Filch los seguía. Pasaron por el quicio de la puerta y corrieron de un pasillo a otro, Harry delante, sin tener ni idea de dónde estaban o adónde iban. Se metieron a través de un tapiz y se encontraron en un pasadizo oculto, lo siguieron y llegaron cerca del aula de Encantamientos, que sabían que estaba a kilómetros del salón de trofeos.

—Creo que lo hemos despistado —dijo Harry, apoyándose contra la pared fría y secándose la frente. Neville estaba doblado en dos, respirando con dificultad.

—Te... lo... dije —añadió Hermione, apretándose el pecho—. Te... lo... dije.

—Tenemos que regresar a la torre Gryffindor —dijo Ron— lo más rápido posible.

—Malfoy te engañó —dijo Hermione a Harry—. Te has dado cuenta, ¿no? No pensaba venir a encontrarse contigo. Filch sabía que iba a haber gente en el salón de los trofeos. Malfoy debió de avisarle.

Harry pensó que probablemente tenía razón, pero no iba a decírselo.

—Vamos.

No sería tan sencillo. No habían dado más de una docena de pasos, cuando se movió un pestillo y alguien salió de un aula que estaba frente a ellos.

Era Peeves. Los vio y dejó escapar un grito de alegría.

—Cállate, Peeves, por favor... Nos vas a delatar.

Peeves cacareó.

—¿Vagabundeando a medianoche, novatos? No, no, no. Malitos, malitos, los agarrarán del cuellecito.

—No, si no nos delatas, Peeves, por favor.

—Debo decírselo a Filch, debo hacerlo —dijo Peeves, con voz de santurrón, pero sus ojos brillaban malévolamente—. Es por su bien, ya lo saben.

—Quítate de en medio —ordenó Ron, y le dio un golpe a Peeves. Aquello fue un gran error.

—¡ALUMNOS FUERA DE LA CAMA! —gritó Peeves—. ¡ALUMNOS FUERA DE LA CAMA, EN EL PASILLO DE LOS ENCANTAMIENTOS!

Pasaron debajo de Peeves y corrieron como para salvar sus vidas, recto hasta el final del pasillo, donde chocaron contra una puerta... que estaba cerrada.

—¡Estamos listos! —gimió Ron, mientras empujaban inútilmente la puerta—. ¡Esto es el final!

Podían oír las pisadas: Filch corría lo más rápido que podía hacia el lugar de donde procedían los gritos de Peeves.

—Oh, muévete —ordenó Hermione. Cogió la varita de Harry, golpeó la cerradura y susurró—: ¡*Alohomora*!

El pestillo hizo un clic y la puerta se abrió. Pasaron todos, la cerraron rápidamente y se quedaron escuchando.

—¿Adónde han ido, Peeves? —decía Filch—. Rápido, dímelo.

—Di «por favor».

—No me fastidies, Peeves. Dime adónde fueron.

—No diré nada si no me lo pides por favor —dijo Peeves, con su molesta vocecita.

—Muy bien... *por favor*.

—¡NADA! Ja, ja. Te dije que no te diría nada si me lo pedías por favor. ¡Ja, ja! —Y oyeron a Peeves alejándose y a Filch maldiciendo enfurecido.

—Él cree que esta puerta está cerrada —susurró Harry—. Creo que nos vamos a escapar. ¡Suéltame, Neville! —Porque Neville le tiraba de la manga desde hacia un minuto—. ¿Qué pasa?

Harry se dio la vuelta y vio, claramente, lo que pasaba. Durante un momento, pensó que estaba en una pesadilla: aquello era demasiado, después de todo lo que había sucedido.

No estaban en una habitación, como él había pensado. Era un pasillo. El pasillo prohibido del tercer piso. Y ya sabían por qué estaba prohibido.

Estaban mirando directamente a los ojos de un perro monstruoso, un perro que llenaba todo el espacio entre el suelo y el techo. Tenía tres cabezas, seis ojos enloquecidos, tres narices que olfateaban en dirección a ellos y tres bocas chorreando saliva entre los amarillentos colmillos.

Estaba casi inmóvil, con los seis ojos fijos en ellos, y Harry supo que la única razón por la que no los había matado ya era porque la súbita aparición lo había cogido por sorpresa. Pero se recuperaba rápidamente: sus profundos gruñidos eran inconfundibles.

Harry abrió la puerta. Entre Filch y la muerte, prefería a Filch.

Retrocedieron y Harry cerró la puerta tras ellos. Corrieron, casi volaron por el pasillo. Filch debía de haber ido a buscarlos a otro lado, porque no lo vieron. Pero no les importaba: lo único que querían era alejarse del monstruo. No dejaron de correr hasta que alcanzaron el retrato de la Señora Gorda en el séptimo piso.

—¿Dónde se habían metido? —les preguntó, mirando sus rostros sudorosos y rojos y sus batas desabrochadas, colgando de sus hombros.

—No importa... «Hocico de cerdo, hocico de cerdo» —jadeó Harry, y el retrato se movió para dejarlos pasar. Se atropellaron para entrar en la sala común y se desplomaron en los sillones.

Pasó un rato antes de que nadie hablara. Neville, por otra parte, parecía que nunca más podría decir una palabra.

—¿Qué pretenden, teniendo una cosa así encerrada en el colegio? —dijo finalmente Ron—. Si algún perro necesita ejercicio, es ése.

Hermione había recuperado el aliento y el mal carácter.

—¿Es que no tienen ojos en la cara? —dijo enfadada—. ¿No vieron lo que había debajo de él?

—¿El suelo? —sugirió Harry—. No miré sus patas, estaba demasiado ocupado observando sus cabezas.

—No, el suelo no. Estaba encima de una trampilla. Es evidente que está vigilando algo.

Se puso de pie, mirándolos indignada.

—Espero que estén satisfechos. Nos podía haber matado. O peor, expulsado. Ahora, si no les importa, me voy a la cama.

Ron la contempló boquiabierto.

—No, no nos importa —dijo—. Nosotros no la hemos arrastrado, ¿no?

Pero Hermione le había dado a Harry algo más para pensar, mientras se metía en la cama. El perro vigilaba algo... ¿Qué había dicho Hagrid? Gringotts era el lugar más seguro del mundo para cualquier cosa que uno quisiera ocultar... excepto tal vez Hogwarts.

Parecía que Harry había descubierto dónde estaba el paquetito arrugado de la cámara setecientos trece.

10

Halloween

Malfoy no podía creer lo que veían sus ojos, cuando vio que Harry y Ron todavía estaban en Hogwarts al día siguiente, con aspecto cansado pero muy alegres. En realidad, por la mañana Harry y Ron pensaron que el encuentro con el perro de tres cabezas había sido una excelente aventura, y ya estaban preparados para tener otra. Mientras tanto, Harry le habló a Ron del paquete que había sido llevado de Gringotts a Hogwarts, y pasaron largo rato preguntándose qué podía ser aquello para necesitar una protección así.

—Es algo muy valioso, o muy peligroso —dijo Ron.

—O las dos cosas —opinó Harry.

Pero como lo único que sabían con seguridad del misterioso objeto era que tenía unos cinco centímetros de largo, no tenían muchas posibilidades de adivinarlo sin otras pistas.

Ni Neville ni Hermione demostraron el menor interés en lo que había debajo del perro y la trampilla. Lo único que le importaba a Neville era no volver a acercarse nunca más al animal.

Hermione se negaba a hablar con Harry y Ron, pero como era una sabihonda mandona, los chicos lo consideraron como un premio. Lo que realmente deseaban en aquel momento era poder vengarse de Malfoy y, para su gran satisfacción, la posibilidad llegó una semana más tarde, por correo.

Mientras las lechuzas volaban por el Gran Comedor, como de costumbre, la atención de todos se fijó de inmediato en un paquete largo y delgado, que llevaban seis lechuzas blancas. Harry estaba tan interesado como los demás en ver qué contenía, y se sorprendió mucho cuando las lechuzas bajaron y dejaron el paquete frente a él, tirando al suelo su tocino. Se estaban alejando, cuando otra lechuza dejó caer una carta sobre el paquete.

Harry abrió el sobre para leer primero la carta y fue una suerte, porque decía:

NO ABRAS EL PAQUETE EN LA MESA. Contiene tu nueva Nimbus 2.000, pero no quiero que todos sepan que te han comprado una escoba, porque también querrán una. Oliver Wood te esperará esta noche en el campo de quidditch a las siete, para tu primera sesión de entrenamiento.

Profesora McGonagall

Harry tuvo dificultades para ocultar su alegría, mientras le alcanzaba la nota a Ron.

—¡Una Nimbus 2.000! —gimió Ron con envidia—. Yo nunca he tocado ninguna.

Salieron rápidamente del comedor para abrir el paquete en privado, antes de la primera clase, pero a mitad de camino se encontraron con Crabbe y Goyle, que les cerraban el camino. Malfoy le quitó el paquete a Harry y lo examinó.

—Es una escoba —dijo, devolviéndoselo bruscamente, con una mezcla de celos y rencor en su cara—. Esta vez lo has hecho, Potter. Los de primer año no tienen permiso para tener una.

Ron no pudo resistirse.

—No es ninguna escoba vieja —dijo—. Es una Nimbus 2.000. ¿Cuál dijiste que tenías en casa, Malfoy, una Cometa 260? —Ron rió con aire burlón—. Las Cometa parecen veloces, pero no tienen nada que hacer con las Nimbus.

—¿Qué sabes tú, Weasley, si no puedes comprar ni la mitad del palo? —replicó Malfoy—. Supongo que tú y tus hermanos tienen que ir reuniendo la escoba ramita a ramita.

Antes de que Ron pudiera contestarle, el profesor Flitwick apareció detrás de Malfoy.

140

—No se estarán peleando, ¿verdad, chicos? —preguntó con voz chillona.

—A Potter le han enviado una escoba, profesor —dijo rápidamente Malfoy.

—Sí, sí, está muy bien —dijo el profesor Flitwick, mirando radiante a Harry—. La profesora McGonagall me habló de las circunstancias especiales, Potter. ¿Y qué modelo es?

—Una Nimbus 2.000, señor —dijo Harry, tratando de no reír ante la cara de horror de Malfoy—. Y realmente es gracias a Malfoy que la tengo.

Harry y Ron subieron por la escalera, conteniendo la risa ante la evidente furia y confusión de Malfoy.

—Bueno, es verdad —continuó Harry cuando llegaron al final de la escalera de mármol—. Si él no hubiera robado la Recordadora de Neville, yo no estaría en el equipo...

—¿Así que crees que es un premio por quebrantar las reglas? —Se oyó una voz irritada a sus espaldas. Hermione subía la escalera, mirando con aire de desaprobación el paquete de Harry.

—Pensaba que no nos hablabas —dijo Harry.

—Sí, continúa así —dijo Ron—. Es mucho mejor para nosotros.

Hermione se alejó con la nariz hacia arriba.

Durante aquel día, Harry tuvo que esforzarse por atender a las clases. Su mente volvía al dormitorio, donde su escoba nueva estaba debajo de la cama, o se iba al campo de quidditch, donde aquella misma noche aprendería a jugar. Durante la cena comió sin darse cuenta de lo que tragaba, y luego se apresuró a subir con Ron, para sacar, por fin, a la Nimbus 2.000 de su paquete.

—Oh —suspiró Ron, cuando la escoba rodó sobre la colcha de la cama de Harry.

Hasta Harry, que no sabía nada sobre las diferencias en las escobas, pensó que parecía maravillosa. Pulida y brillante, con el mango de caoba, tenía una larga cola de ramitas rectas y, escrito en letras doradas: «Nimbus 2.000».

Cerca de las siete, Harry salió del castillo y se encaminó hacia el campo de quidditch. Nunca había estado en aquel estadio deportivo. Había cientos de asientos elevados en tribunas alrededor del terreno de juego, para que los espectadores estuvieran a suficiente altura para ver lo que ocurría. En cada extremo del campo había tres postes dorados con aros en la punta. Le recordaron los palitos de plástico con los que los niños muggles hacían burbujas, sólo que éstos eran de quince metros de alto.

Demasiado deseoso de volver a volar antes de que llegara Wood, Harry montó en su escoba y dio una patada en el suelo. Qué sensación. Subió hasta los postes dorados y luego bajó con rapidez al terreno de juego. La Nimbus 2.000 iba donde él quería con sólo tocarla.

—¡Eh, Potter, baja!

Había llegado Oliver Wood. Llevaba una caja grande de madera debajo del brazo. Harry aterrizó cerca de él.

—Muy bonito —dijo Wood, con los ojos brillantes—. Ya veo lo que quería decir McGonagall, realmente tienes un talento natural. Voy a enseñarte las reglas esta noche y luego te unirás al equipo, para el entrenamiento, tres veces por semana.

Abrió la caja. Dentro había cuatro pelotas de distinto tamaño.

—Bueno —dijo Wood—. El quidditch es fácil de entender, aunque no tan fácil de jugar. Hay siete jugadores en cada equipo. Tres se llaman cazadores.

—Tres cazadores —repitió Harry, mientras Wood sacaba una pelota rojo brillante, del tamaño de un balón de fútbol.

—Esta pelota se llama *quaffle* —dijo Wood—. Los cazadores se tiran la quaffle y tratan de pasarla por uno de los aros de gol. Obtienen diez puntos cada vez que la quaffle pasa por un aro. ¿Me sigues?

—Los cazadores tiran la quaffle y la pasan por los aros de gol —recitó Harry—. Entonces es una especie de baloncesto, pero con escobas y seis canastas.

—¿Qué es el baloncesto? —preguntó Wood.

—Olvídalo —respondió rápidamente Harry.

—Hay otro jugador en cada lado, que se llama guardián. Yo soy guardián de Gryffindor. Tengo que volar alrededor de nuestros aros y detener los lanzamientos del otro equipo.

—Tres cazadores y un guardián —dijo Harry, decidido a recordarlo todo—. Y juegan con la quaffle. Perfecto, ya lo tengo. ¿Y para qué son ésas? —Señaló las tres pelotas restantes.

—Ahora te lo enseñaré —dijo Wood—. Toma esto.

Dio a Harry un pequeño palo, parecido a un bate de béisbol.

—Voy a enseñarte para qué son —dijo Wood—. Esas dos son las *bludgers*.

Enseñó a Harry dos pelotas idénticas, pero negras y un poco más pequeñas que la roja quaffle. Harry notó que parecían querer escapar de las tiras que las sujetaban dentro de la caja.

—Quédate atrás —previno Wood a Harry. Se inclinó y soltó una de las bludgers.

De inmediato, la pelota negra se elevó en el aire y se lanzó contra la cara de Harry. Harry la rechazó con el bate, para impedir que le rompiera la nariz, y la mandó volando por el aire. Pasó zumbando alrededor de ellos y luego se tiró contra Wood, que se las arregló para sujetarla contra el suelo.

—¿Ves? —dijo Wood jadeando, metiendo la pelota en la caja a la fuerza y asegurándola con las tiras—. Las bludgers andan por ahí, tratando de derribar a los jugadores de las escobas. Por eso hay dos golpeadores en cada equipo (los gemelos Weasley son los nuestros). Su trabajo es proteger a su equipo de las bludgers y desviarlas hacia el equipo contrario. ¿Lo has entendido?

—Tres cazadores tratan de hacer puntos con la quaffle, el guardián vigila los aros y los golpeadores mantienen alejadas las bludgers de su equipo —resumió Harry.

—Muy bien —dijo Wood.

—Hum... ¿han matado las bludgers alguna vez a alguien? —preguntó Harry, deseando que no se le notara la preocupación.

—Nunca en Hogwarts. Hemos tenido algunas mandíbulas rotas, pero nada peor hasta ahora. Bueno, el último miembro del equipo es el buscador. Ése eres tú. Y no tienes que preocuparte por la quaffle o las bludgers...

—A menos que me rompan la cabeza.

—Tranquilo, los Weasley son los oponentes perfectos para las bludgers. Quiero decir que ellos son como una pareja de bludgers humanos.

Wood buscó en la caja y sacó la última pelota. Comparada con las otras, era pequeña, del tamaño de una nuez grande. Era de un dorado brillante y con pequeñas alas plateadas.

—Esta dorada —continuó Wood— es la *snitch*. Es la pelota más importante de todas. Cuesta mucho atraparla por lo rápida y difícil de ver que es. El trabajo del buscador es atraparla. Tendrás que ir y venir entre cazadores, golpeadores, la quaffle y las bludgers, antes de que la coja el otro buscador, porque cada vez que un buscador la atrapa, su equipo gana ciento cincuenta puntos extra, así que prácticamente acaba siendo el ganador. Por eso molestan tanto a los buscadores. Un partido de quidditch sólo termina cuando se atrapa la snitch, así que puede durar muchísimo. Creo que el récord fue tres meses. Tenían que traer sustitutos para que los jugadores pudieran dormir... Bueno, eso es todo. ¿Alguna pregunta?

Harry negó con la cabeza. Entendía muy bien lo que tenía que hacer, el problema era conseguirlo.

—Todavía no vamos a practicar con la snitch —dijo Wood, guardándola con cuidado en la caja—. Está demasiado oscuro y podríamos perderla. Vamos a probar con unas pocas de éstas.

Sacó una bolsa con pelotas de golf de su bolsillo y, unos pocos minutos más tarde, Wood y Harry estaban en el aire. Wood tiraba las pelotas de golf lo más fuertemente que podía en todas las direcciones, para que Harry las atrapara. Éste no perdió ni una y Wood estaba muy satisfecho. Después de media hora se hizo de noche y no pudieron continuar.

—La copa de quidditch llevará nuestro nombre este año —dijo Wood lleno de alegría mientras regresaban al castillo—. No me sorprendería que resultaras ser mejor jugador que Charles Weasley. Él podría jugar en el equipo de Inglaterra si no se hubiera ido a cazar dragones.

Tal vez fue porque estaba ocupado tres noches a la semana con las prácticas de quidditch, además de todo el trabajo del colegio, la razón por la que Harry se sorprendió al comprobar que ya llevaba dos meses en Hogwarts. El castillo era mucho más su casa de lo que nunca había sido Privet Drive. Sus clases, también, eran cada vez más interesantes, una vez aprendidos los principios básicos.

En la mañana de Halloween se despertaron con el delicioso aroma de calabaza asada flotando por todos los pasillos. Pero lo mejor fue que el profesor Flitwick anunció en su clase de Encantamientos que pensaba que ya estaban listos para empezar a hacer volar objetos, algo que todos se morían por hacer, desde que vieron cómo hacía volar el sapo de Neville. El profesor Flitwick puso a la clase por parejas para que practicaran. La pareja de Harry era Seamus Finnigan (lo que fue un alivio, porque Neville había tratado de llamar su atención). Ron, sin embargo, tuvo que trabajar con Hermione Granger. Era difícil decir quién estaba más enfadado de los dos. La muchacha no les hablaba desde el día en que Harry recibió su escoba.

—Y ahora no se olviden de ese bonito movimiento de muñeca que hemos estado practicando —dijo con voz aguda el profesor, subido a sus libros, como de costumbre—. Agitar y golpear, recuerden, agitar y golpear. Y pronunciar las palabras mágicas correctamente es muy importante también, no se olviden nunca del mago Baruffio, que dijo «ese» en lugar de «efe» y se encontró tirado en el suelo con un búfalo en el pecho.

Era muy difícil. Harry y Seamus agitaron y golpearon, pero la pluma que debía volar hasta el techo no se movía del pupitre. Seamus se puso tan impaciente que la pinchó con su varita y le prendió fuego, y Harry tuvo que apagarlo con su sombrero.

Ron, en la mesa próxima, no estaba teniendo mucha más suerte.

—¡*Wingardium leviosa!* —gritó, agitando sus largos brazos como un molino.

—Lo estás diciendo mal. —Harry oyó que Hermione lo reñía—. Es Win-gar-dium levi-o-sa, pronuncia gar más claro y más largo.

—Dilo tú, entonces, si eres tan inteligente —dijo Ron con rabia.

Hermione se arremangó las mangas de su túnica, agitó la varita y dijo las palabras mágicas. La pluma se elevó del pupitre y llegó hasta más de un metro por encima de sus cabezas.

—¡Oh, bien hecho! —gritó el profesor Flitwick, aplaudiendo—. ¡Miren, Hermione Granger lo ha conseguido!

Al finalizar la clase, Ron estaba de muy mal humor.

—No es raro que nadie la aguante —dijo a Harry, cuando se abrían paso en el pasillo—. Es una pesadilla, te lo digo en serio.

Alguien chocó contra Harry. Era Hermione. Harry pudo ver su cara y le sorprendió ver que estaba llorando.

—Creo que te ha oído.

—¿Y qué? —dijo Ron, aunque parecía un poco incómodo—. Ya debe de haberse dado cuenta de que no tiene amigos.

Hermione no apareció en la clase siguiente y no la vieron en toda la tarde. De camino al Gran Comedor, para la fiesta de Halloween, Harry y Ron oyeron que Parvati Patil le decía a su amiga Lavender que Hermione estaba llorando en el cuarto de baño de las niñas y que deseaba que la dejaran sola. Ron pareció más molesto aún, pero un momento más tarde habían entrado en el Gran Comedor, donde las decoraciones de Halloween les hicieron olvidar a Hermione.

Mil murciélagos aleteaban desde las paredes y el techo, mientras que otro millar más pasaba entre las mesas, como nubes negras, haciendo temblar las velas de las calabazas. El festín apareció de pronto en los platos dorados, como había ocurrido en el banquete de principio de año.

Harry se estaba sirviendo una patata con su piel, cuando el profesor Quirrell llegó rápidamente al comedor, con el turbante torcido y cara de terror. Todos lo contemplaron mientras se acercaba al profesor Dumbledore, se apoyaba sobre la mesa y jadeaba:

—Un trol... en las mazmorras... Pensé que debía saberlo.

Y se desplomó en el suelo.

Se produjo un tumulto. Para que se hiciera el silencio, el profesor Dumbledore tuvo que hacer salir varios fuegos artificiales de su varita.

—Prefectos —exclamó—, conduzcan a sus grupos a los dormitorios, de inmediato.

Percy estaba en su elemento.

—¡Síganme! ¡Los de primer año, manténganse juntos! ¡No necesitan temer al trol si siguen mis órdenes! Ahora, vengan conmigo. Hagan sitio, tienen que pasar los de primer año. ¡Perdón, soy un prefecto!

—¿Cómo ha podido entrar aquí un trol? —preguntó Harry, mientras subían por la escalera.

—No tengo ni idea, parece que son realmente estúpidos —dijo Ron—. Tal vez Peeves lo dejó entrar, como broma de Halloween.

Pasaron entre varios grupos de alumnos que corrían en distintas direcciones. Mientras se abrían camino entre un tumulto de confundidos Hufflepuffs, Harry súbitamente se aferró al brazo de Ron.

—¡Acabo de acordarme... Hermione!

—¿Qué pasa con ella?

—No sabe nada del trol.

Ron se mordió el labio.

—Oh, bueno —dijo enfadado—. Pero que Percy no nos vea.

Se agacharon y se mezclaron con los Hufflepuffs que iban hacia el otro lado, se deslizaron por un pasillo desierto y corrieron hacia el cuarto de baño de las niñas. Acababan de doblar una esquina cuando oyeron pasos rápidos a sus espaldas.

—¡Percy! —susurró Ron, empujando a Harry detrás de un gran buitre de piedra.

Sin embargo, al mirar, no vieron a Percy, sino a Snape. Cruzó el pasillo y desapareció de la vista.

—¿Qué es lo que está haciendo? —murmuró Harry—. ¿Por qué no está en las mazmorras, con el resto de los profesores?

—No tengo la menor idea.

Lo más silenciosamente posible, se arrastraron por el otro pasillo, detrás de los pasos apagados del profesor.

—Se dirige al tercer piso —dijo Harry, pero Ron levantó la mano.

—¿No sientes un olor raro?

Harry olfateó y un aroma especial llegó a su nariz, una mezcla de calcetines sucios y baño público que nadie limpia.

Y lo oyeron, un gruñido y las pisadas inseguras de unos pies gigantescos. Ron señaló al fondo del pasillo, a la izquierda. Algo enorme se movía hacia ellos. Se ocultaron en las sombras y lo vieron surgir a la luz de la luna.

Era una visión horrible. Más de tres metros y medio de alto y tenía la piel de color gris piedra, un descomunal cuerpo deforme y una pequeña cabeza pelada. Tenía piernas cortas, gruesas como troncos de árbol, y pies achatados y deformes. El olor que despedía era increíble. Llevaba un gran bastón de madera que arrastraba por el suelo, porque sus brazos eran muy largos.

El monstruo se detuvo en una puerta y miró hacia el interior. Agitó sus largas orejas, tomando decisiones con su minúsculo cerebro, y luego entró lentamente en la habitación.

—La llave está en la cerradura —susurró Harry—. Podemos encerrarlo allí.

—Buena idea —respondió Ron con voz agitada.

Se acercaron hacia la puerta abierta con la boca seca, rezando para que el trol no decidiera salir. De un gran salto, Harry pudo empujar la puerta y echarle la llave.

—¡Sí!

Animados con la victoria, comenzaron a correr por el pasillo para volver, pero al llegar a la esquina oyeron algo que hizo que sus corazones se detuvieran: un grito agudo y aterrorizado, que procedía del lugar que acababan de cerrar con llave.

—Oh, no —dijo Ron, tan pálido como el Barón Sanguinario.

—¡Es el cuarto de baño de las chicas! —bufó Harry.

—¡Hermione! —dijeron al unísono.

Era lo último que querían hacer, pero ¿qué opción les quedaba? Volvieron a toda velocidad hasta la puerta y dieron la vuelta a la llave, resoplando de miedo. Harry empujó la puerta y entraron corriendo.

Hermione Granger estaba agazapada contra la pared opuesta, con aspecto de estar a punto de desmayarse. El personaje deforme avanzaba hacia ella, chocando contra los lavamanos.

—¡Distráelo! —gritó Harry desesperado y, tirando de un grifo, lo arrojó con toda su fuerza contra la pared.

El trol se detuvo a pocos pasos de Hermione. Se balanceó, parpadeando con aire estúpido, para ver quién había hecho aquel ruido. Sus ojitos malignos detectaron a Harry. Vaciló y luego se abalanzó sobre él, levantando su bastón.

—¡Eh, cerebro de guisante! —gritó Ron desde el otro extremo, tirándole una cañería de metal. El ser deforme no pareció notar que la cañería lo golpeaba en la espalda, pero sí oyó el aullido y se detuvo otra vez, volviendo su horrible hocico hacia Ron y dando tiempo a Harry para correr.

—¡Vamos, corre, corre! —Harry gritó a Hermione, tratando de empujarla hacia la puerta, pero la niña no se podía mover. Seguía agazapada contra la pared, con la boca abierta de miedo.

Los gritos y los golpes parecían haber enloquecido al trol. Se volvió y se enfrentó con Ron, que estaba más cerca y no tenía manera de escapar.

Entonces Harry hizo algo muy valiente y muy estúpido: corrió, dando un gran salto y se colgó, por detrás, del cuello de aquel monstruo. La atroz criatura no se daba cuenta de que Harry colgaba de su espalda, pero hasta un ser así podía sentirlo si uno le clavaba un palito de madera en la nariz, pues la varita de Harry todavía estaba en su mano cuando saltó y se había introducido directamente en uno de los orificios nasales del trol.

Chillando de dolor, el trol se agitó y sacudió su bastón, con Harry colgado de su cuello y luchando por su vida. En cualquier momento el monstruo lo destrozaría, o le daría un golpe terrible con el bastón.

Hermione estaba tirada en el suelo, aterrorizada. Ron empuñó su propia varita, sin saber qué iba a hacer, y se oyó gritar el primer hechizo que se le ocurrió:

—¡*Wingardium leviosa*!

El bastón salió volando de las manos del trol, se elevó, muy arriba, y luego dio la vuelta y se dejó caer con fuerza sobre la cabeza de su dueño. El trol se balanceó y cayó boca abajo con un ruido que hizo temblar la habitación.

Harry se puso de pie. Le faltaba el aire. Ron estaba allí, con la varita todavía levantada, contemplando su obra.

Hermione fue la que habló primero.

—¿Está... muerto?

—No lo creo —dijo Harry—. Supongo que está desmayado.

Se inclinó y retiró su varita de la nariz del trol. Estaba cubierta por una gelatina gris.

—Puaj... qué asco.

La limpió en la piel del trol.

Un súbito portazo y fuertes pisadas hicieron que los tres se sobresaltaran. No se habían dado cuenta de todo el ruido que habían hecho, pero, por supuesto, abajo debían haber oído los golpes y los gruñidos del trol. Un momento después, la profesora McGonagall entraba apresuradamente en la habitación, seguida por Snape y Quirrell, que cerraban la marcha. Quirrell dirigió una mirada al monstruo, se le escapó un gemido y se dejó caer en un inodoro, apretándose el pecho.

Snape se inclinó sobre el trol. La profesora McGonagall miraba a Ron y Harry. Nunca la habían visto tan enfadada. Tenía los labios blancos. Las esperanzas de ganar cincuenta puntos para Gryffindor se desvanecieron rápidamente de la mente de Harry.

—¿En qué estaban pensando, por todos los cielos? —dijo la profesora McGonagall, con una furia helada. Harry miró a Ron, todavía con la varita levantada—. Tienen suerte de que no los haya matado. ¿Por qué no estaban en los dormitorios?

Snape dirigió a Harry una mirada aguda e inquisidora. Harry clavó la vista en el suelo. Deseó que Ron pudiera esconder la varita.

Entonces, una vocecita surgió de las sombras.

—Por favor, profesora McGonagall... Me estaban buscando a mí.

—¡Hermione Granger!

Hermione finalmente se había puesto de pie.

—Yo vine a buscar al trol porque yo... yo pensé que podía vencerlo, porque, ya sabe, había leído mucho sobre el tema.

Ron dejó caer su varita. ¿Hermione Granger diciendo una mentira a su profesora?

—Si ellos no me hubieran encontrado, yo ahora estaría muerta. Harry le clavó su varita en la nariz y Ron lo hizo golpearse con su propio bastón. No tuvieron tiempo de ir a buscar ayuda. Estaba a punto de matarme cuando ellos llegaron.

Harry y Ron trataron de no poner cara de asombro.

—Bueno... en ese caso —dijo la profesora McGonagall, contemplando a los tres niños—... Hermione Granger, eres una tonta. ¿Cómo creías que ibas a derrotar a un trol gigante tú sola?

Hermione bajó la cabeza. Harry estaba mudo. Hermione era la última persona que haría algo contra las reglas, y allí estaba, fingiendo una infracción para librarlos a ellos del problema. Era como si Snape empezara a repartir golosinas.

—Hermione Granger, por esto Gryffindor perderá cinco puntos —dijo la profesora McGonagall—. Estoy muy desilusionada por tu conducta. Si no te ha hecho daño, mejor que vuelvas a la torre Gryffindor. Los alumnos están terminando la fiesta en sus casas.

Hermione se marchó.

La profesora McGonagall se volvió hacia Harry y Ron.

—Bueno, sigo pensando que tuvieron suerte, pero no muchos de primer año podrían derrumbar esta montaña. Han ganado cinco puntos cada uno para Gryffindor. El profesor Dumbledore será informado de esto. Pueden irse.

Salieron rápidamente y no hablaron hasta subir dos pisos. Era un alivio estar fuera del alcance del olor del trol, además del resto.

—Tendríamos que haber obtenido más de diez puntos —se quejó Ron.

—Cinco, querrás decir, una vez que se descuenten los de Hermione.

—Se portó muy bien al sacarnos de este lío —admitió Ron—. Claro que nosotros la salvamos.

—No habría necesitado que la salváramos si no hubiéramos encerrado esa cosa con ella —le recordó Harry.

Habían llegado al retrato de la Señora Gorda.

—«Hocico de cerdo» —dijeron, y entraron.

La sala común estaba llena de gente y ruidos. Todos comían lo que les habían subido. Hermione, sin embargo, estaba sola, cerca de la puerta, esperándolos. Se produjo una pausa muy incómoda. Luego, sin mirarse, todos dijeron: «Gracias» y corrieron a buscar platos para comer.

Pero desde aquel momento Hermione Granger se convirtió en su amiga. Hay algunas cosas que no se pueden compartir sin terminar unidos, y derrumbar un trol de tres metros y medio es una de esas cosas.

11

Quidditch

Cuando empezó el mes de noviembre, el tiempo se volvió muy frío. Las montañas cercanas al colegio adquirieron un tono gris de hielo y el lago parecía de acero congelado. Cada mañana, el parque aparecía cubierto de escarcha. Por las ventanas de arriba veían a Hagrid descongelando las escobas en el campo de quidditch, enfundado en un enorme abrigo de piel de topo, guantes de pelo de conejo y enormes botas de piel de castor.

Iba a comenzar la temporada de quidditch. Aquel sábado, Harry jugaría su primer partido, después de semanas de entrenamiento: Gryffindor contra Slytherin. Si Gryffindor ganaba, pasarían a ser segundos en el campeonato de las casas.

Casi nadie había visto jugar a Harry, porque Wood había decidido que sería su arma secreta. Harry también debía mantenerlo en secreto. Pero la noticia de que iba a jugar como buscador se había filtrado, y Harry no sabía qué era peor: que le dijeran que lo haría muy bien o que sería un desastre.

Era realmente una suerte que Harry tuviera a Hermione como amiga. No sabía cómo habría terminado todos sus deberes sin la ayuda de ella, con todo el entrenamiento de quidditch que Wood le exigía. La niña también le había prestado *Quidditch a través de los tiempos*, que resultó ser un libro muy interesante.

Harry se enteró de que había setecientas formas de cometer una falta y de que todas se habían consignado durante los Mundiales de 1473; que los buscadores eran habitualmente los jugadores más pequeños y veloces, y que los accidentes más graves les sucedían a ellos; que, aunque la gente no moría jugando al quidditch, se sabía de árbitros que habían desaparecido, para reaparecer meses después en el desierto del Sahara.

Hermione se había vuelto un poco más flexible en lo que se refería a quebrantar las reglas, desde que Harry y Ron la salvaron del monstruo, y era mucho más agradable. El día anterior al primer partido de Harry los tres estaban fuera, en el patio helado, durante un recreo, y la muchacha había hecho aparecer un brillante fuego azul, que podían llevar con ellos, en un frasco de mermelada. Estaban de espaldas al fuego para calentarse cuando Snape cruzó el patio. De inmediato, Harry se dio cuenta de que Snape cojeaba. Los tres chicos se apiñaron para tapar el fuego, ya que no estaban seguros de que aquello estuviera permitido. Por desgracia, algo en sus rostros culpables hizo detener a Snape. Se dio la vuelta, arrastrando la pierna. No había visto el fuego, pero parecía buscar una razón para regañarlos.

—¿Qué tienes ahí, Potter?

Era el libro sobre quidditch. Harry se lo enseñó.

—Los libros de la biblioteca no pueden sacarse fuera del colegio —dijo Snape—. Dámelo. Cinco puntos menos para Gryffindor.

—Seguro que se ha inventado esa regla —murmuró Harry con furia, mientras Snape se alejaba cojeando—. Me pregunto qué le pasa en la pierna.

—No sé, pero espero que le duela mucho —dijo Ron con amargura.

En la sala común de Gryffindor había mucho ruido aquella noche. Harry, Ron y Hermione estaban sentados juntos, cerca de la ventana. Hermione estaba repasando las tareas de Harry y Ron sobre Encantamientos. Nunca los dejaba copiar («¿cómo van a aprender?»), pero si le pedían que revisara los trabajos les explicaba las respuestas correctas.

Harry se sentía inquieto. Quería recuperar su libro sobre quidditch, para mantener la mente ocupada y no estar

153

nervioso por el partido del día siguiente. ¿Por qué iba a temer a Snape? Se puso de pie y dijo a Ron y Hermione que le preguntaría a Snape si podía devolverle el libro.

—Yo no lo haría —dijeron al mismo tiempo, pero Harry pensaba que Snape no se iba a negar, si había otros profesores presentes.

Bajó a la sala de profesores y llamó. No hubo respuesta. Llamó otra vez. Nada.

¿Tal vez Snape había dejado el libro allí? Valía la pena intentarlo. Empujó un poco la puerta, miró antes de entrar... y sus ojos captaron una escena horrible.

Snape y Filch estaban allí, solos. Snape tenía la túnica levantada por encima de las rodillas. Una de sus piernas estaba magullada y llena de sangre. Filch le estaba alcanzando unas vendas.

—Esa cosa maldita... —decía Snape—. ¿Cómo puede uno vigilar a tres cabezas al mismo tiempo?

Harry intentó cerrar la puerta sin hacer ruido, pero...

—¡POTTER!

El rostro de Snape estaba crispado de furia y dejó caer su túnica rápidamente, para ocultar la pierna herida. Harry tragó saliva.

—Me preguntaba si me podía devolver mi libro —dijo.

—¡FUERA! ¡FUERA DE AQUÍ!

Harry se fue, antes de que Snape pudiera quitarle puntos para Gryffindor. Subió corriendo la escalera.

—¿Lo has conseguido? —preguntó Ron, cuando se reunió con ellos—. ¿Qué ha pasado?

Entre susurros, Harry les contó lo que había visto.

—¿Saben lo que quiere decir? —terminó sin aliento—. ¡Que trató de pasar por donde estaba el perro de tres cabezas, en Halloween! Allí se dirigía cuando lo vimos... ¡Iba a buscar lo que sea que tengan guardado allí! ¡Y apuesto mi escoba a que fue él quien dejó entrar al monstruo, para distraer la atención!

Hermione tenía los ojos muy abiertos.

—No, no puede ser —dijo—. Sé que no es muy bueno, pero no iba a tratar de robar algo que Dumbledore está custodiando.

—De verdad, Hermione, tú crees que todos los profesores son santos o algo parecido —dijo enfadado Ron—. Yo estoy con Harry. Creo que Snape es capaz de cualquier cosa. Pero ¿qué busca? ¿Qué es lo que guarda el perro?

Harry se fue a la cama con aquellas preguntas dando vueltas en su cabeza. Neville roncaba con fuerza, pero Harry no podía dormir. Trató de no pensar en nada (necesitaba dormir, debía hacerlo, tenía su primer partido de quidditch en pocas horas) pero la expresión de la cara de Snape cuando Harry vio su pierna era difícil de olvidar.

La mañana siguiente amaneció muy brillante y fría. El Gran Comedor estaba inundado por el delicioso aroma de las salchichas fritas y las alegres charlas de todos, que esperaban un buen partido de quidditch.

—Tienes que comer algo para el desayuno.

—No quiero nada.

—Aunque sea un pedazo de tostada —suplicó Hermione.

—No tengo hambre.

Harry se sentía muy mal. En cualquier momento echaría a andar hacia el terreno de juego.

—Harry, necesitas fuerza —dijo Seamus Finnigan—. Los únicos que el otro equipo marca son los buscadores.

—Gracias, Seamus —respondió Harry, observando cómo llenaba de salsa de tomate sus salchichas.

A las once de la mañana, todo el colegio parecía estar reunido alrededor del campo de quidditch. Muchos alumnos tenían prismáticos. Los asientos podían elevarse pero, incluso así, a veces era difícil ver lo que estaba sucediendo.

Ron y Hermione se reunieron con Seamus y Dean en la grada más alta. Para darle una sorpresa a Harry, habían transformado en pancarta una de las sábanas que *Scabbers* había estropeado. Decía: «Potter, presidente», y Dean, que dibujaba bien, había trazado un gran león de Gryffindor. Luego Hermione había realizado un pequeño hechizo y la pintura brillaba, cambiando de color.

Mientras tanto, en los vestuarios, Harry y el resto del equipo se estaban cambiando para ponerse las túnicas color escarlata de quidditch (Slytherin jugaba de verde).

Wood se aclaró la garganta para pedir silencio.

—Bueno, chicos —dijo.

—Y chicas —añadió la cazadora Angelina Johnson.

—Y chicas —dijo Wood—. Éste es...

—El grande —dijo Fred Weasley.

—El que estábamos esperando —dijo George.

—Nos sabemos de memoria el discurso de Oliver —dijo Fred a Harry—. Estábamos en el equipo el año pasado.

—Callados los dos —ordenó Wood—. Éste es el mejor equipo que Gryffindor ha tenido en muchos años. Y vamos a ganar.

Les lanzó una mirada que parecía decir: «Si no...».

—Bien. Ya es la hora. Buena suerte a todos.

Harry siguió a Fred y George fuera del vestuario y, esperando que las rodillas no le temblaran, pisó el terreno de juego entre vítores y aplausos.

La señora Hooch hacía de árbitro. Estaba en el centro del campo, esperando a los dos equipos, con su escoba en la mano.

—Bien, quiero un partido limpio y sin problemas, por parte de todos —dijo cuando estuvieron reunidos a su alrededor.

Harry notó que parecía dirigirse especialmente al capitán de Slytherin, Marcus Flint, un muchacho de quinto año. Le pareció que tenía un cierto parentesco con el trol gigante. Con el rabillo del ojo, vio el estandarte brillando sobre la muchedumbre: «Potter, presidente». Se le aceleró el corazón. Se sintió más valiente.

—Monten en sus escobas, por favor.

Harry subió a su Nimbus 2.000.

La señora Hooch dio un largo pitido con su silbato de plata.

Quince escobas se elevaron, alto, muy alto en el aire. Y estaban muy lejos.

—Y la quaffle es atrapada de inmediato por Angelina Johnson de Gryffindor... Qué excelente cazadora es esta joven y, a propósito, también es muy bonita...

—¡JORDAN!

—Lo siento, profesora.

El amigo de los gemelos Weasley, Lee Jordan, era el comentarista del partido, vigilado muy de cerca por la profesora McGonagall.

—Y realmente golpea bien, un buen pase a Alicia Spinnet, el gran descubrimiento de Oliver Wood, ya que el año pasado estaba en reserva... Otra vez Johnson y... No, Slytherin ha cogido la quaffle, el capitán de Slytherin, Marcus Flint se apodera de la quaffle y allá va... Flint vuela como un águila... está a punto de... no, lo detiene una excelente jugada del guardián Wood de Gryffindor y Gryffindor tiene la quaffle... Aquí está la cazadora Katie Bell de Gryffindor, buen vuelo rodeando a Flint, vuelve a elevarse del terreno de juego y... ¡Aaayyyy!, eso ha tenido que dolerle, un golpe de bludger en la nuca... La quaffle en poder de Slytherin... Adrian Pucey cogiendo velocidad hacia los postes de gol, pero lo bloquea otra bludger, enviada por Fred o George Weasley, no sé cuál de los dos... bonita jugada del golpeador de Gryffindor, y Johnson otra vez en posesión de la quaffle, el campo libre y allá va, realmente vuela, evita una bludger, los postes de gol están ahí... vamos, ahora Angelina... el guardián Bletchley se lanza... no llega... ¡GOL DE GRYFFINDOR!

Los gritos de los de Gryffindor llenaron el aire frío, junto con los silbidos y quejidos de Slytherin.

—Vamos, déjenme sitio.

—¡Hagrid!

Ron y Hermione se juntaron para dejarle espacio a Hagrid.

—Estaba mirando desde mi cabaña —dijo Hagrid, enseñando el largo par de binoculares que le colgaban del cuello—. Pero no es lo mismo que estar con toda la gente. Todavía no hay señales de la snitch, ¿no?

—No —dijo Ron—. Harry todavía no tiene mucho que hacer.

—Mantenerse fuera de los problemas ya es algo —dijo Hagrid, cogiendo sus binoculares y fijándolos en la manchita que era Harry.

Por encima de ellos, Harry volaba sobre el juego, esperando alguna señal de la snitch. Eso era parte del plan que tenían con Wood.

—Manténte apartado hasta que veas la snitch —le había dicho Wood—. No queremos que ataques antes de que tengas que hacerlo.

Cuando Angelina anotó un punto, Harry dio unas volteretas para aflojar la tensión, y volvió a vigilar la llegada de la snitch. En un momento vio un resplandor dorado, pero era el reflejo del reloj de uno de los gemelos Weasley; en otro, una bludger decidió perseguirlo, como si fuera una bala de cañón, pero Harry la esquivó y Fred Weasley salió a atraparla.

—¿Está todo bien, Harry? —tuvo tiempo de gritarle, mientras lanzaba la bludger con furia hacia Marcus Flint.

—Slytherin toma posesión —decía Lee Jordan—. El cazador Pucey esquiva dos bludgers, a los dos Weasley y al cazador Bell, y acelera... esperen un momento... ¿No es la snitch?

Un murmullo recorrió la multitud, mientras Adrian Pucey dejaba caer la quaffle, demasiado ocupado en mirar por encima del hombro el relámpago dorado, que había pasado al lado de su oreja izquierda.

Harry la vio. En un arrebato de excitación se lanzó hacia abajo, detrás del destello dorado. El buscador de Slytherin, Terence Higgs, también la había visto. Nariz con nariz, se lanzaron hacia la snitch... Todos los cazadores parecían haber olvidado lo que debían hacer y estaban suspendidos en el aire para mirar.

Harry era más veloz que Higgs. Podía ver la pequeña pelota, agitando sus alas, volando hacia delante. Aumentó su velocidad y...

¡PUM! Un rugido de furia resonó desde los Gryffindors de las tribunas... Marcus Flint había cerrado el paso de Harry, para desviarle la dirección de la escoba, y éste se aferraba para no caer.

—¡Falta! —gritaron los Gryffindors.

La señora Hooch le gritó enfadada a Flint, y luego ordenó tiro libre para Gryffindor, en el poste de gol. Pero con toda la confusión, la snitch dorada, como era de esperar, había vuelto a desaparecer.

Abajo en las tribunas, Dean Thomas gritaba.

—¡Eh, árbitro! ¡Tarjeta roja!

—Esto no es el fútbol, Dean —le recordó Ron—. No se puede echar a los jugadores en quidditch... ¿Y qué es una tarjeta roja?

Pero Hagrid estaba de parte de Dean.

—Deberían cambiar las reglas. Flint ha podido derribar a Harry en el aire.

A Lee Jordan le costaba ser imparcial.

—Entonces... después de esta obvia y desagradable trampa...

—¡Jordan! —lo regañó la profesora McGonagall.

—Quiero decir, después de esta evidente y asquerosa falta...

—¡Jordan, no digas que no te aviso...!

—Muy bien, muy bien. Flint casi mata al buscador de Gryffindor, cosa que le podría suceder a cualquiera, estoy seguro, así que penalti para Gryffindor, la coge Spinnet, que tira, no sucede nada, y continúa el juego, Gryffindor todavía en posesión de la pelota.

Cuando Harry esquivó otra bludger, que pasó peligrosamente cerca de su cabeza, ocurrió. Su escoba dio una súbita y aterradora sacudida. Durante un segundo pensó que iba a caer. Se aferró con fuerza a la escoba con ambas manos y con las rodillas. Nunca había experimentado nada semejante.

Sucedió de nuevo. Era como si la escoba intentara derribarlo. Pero las Nimbus 2.000 no decidían súbitamente tirar a sus jinetes. Harry trató de dirigirse hacia los postes de Gryffindor para decirle a Wood que pidiera una suspensión del partido, y entonces se dio cuenta de que su escoba estaba completamente fuera de control. No podía dar la vuelta. No podía dirigirla de ninguna manera. Iba en zigzag por el aire y, de vez en cuando, daba violentas sacudidas que casi lo hacían caer.

Lee seguía comentando el partido.

—Slytherin en posesión... Flint con la quaffle... la pasa a Spinnet, que la pasa a Bell... una bludger le da con fuerza en la cara, espero que le rompa la nariz (era una broma, profesora), Slytherin anota un tanto, oh, no...

Los de Slytherin vitoreaban. Nadie parecía haberse dado cuenta de la conducta extraña de la escoba de Harry. Lo llevaba cada vez más alto, lejos del juego, sacudiéndose y retorciéndose.

—No sé qué está haciendo Harry —murmuró Hagrid. Miró con los binoculares—. Si no lo conociera bien, diría que ha perdido el control de su escoba... pero no puede ser...

De pronto, la gente comenzó a señalar hacia Harry por encima de las gradas. Su escoba había comenzado a dar vueltas y él apenas podía sujetarse. Entonces la multitud jadeó. La escoba de Harry dio un salto feroz y Harry quedó colgando, sujeto sólo con una mano.

—¿Le sucedió algo cuando Flint le cerró el paso? —susurró Seamus.

—No puede ser —dijo Hagrid, con voz temblorosa—. Nada puede interferir en una escoba, excepto la poderosa magia tenebrosa... Ningún chico le puede hacer eso a una Nimbus 2.000.

Ante esas palabras, Hermione cogió los binoculares de Hagrid, pero en lugar de enfocar a Harry comenzó a buscar frenéticamente entre la multitud.

—¿Qué haces? —gimió Ron, con el rostro grisáceo.

—Lo sabía —resopló Hermione—. Snape... Mira.

Ron cogió los binoculares. Snape estaba en el centro de las tribunas frente a ellos. Tenía los ojos clavados en Harry y murmuraba algo sin detenerse.

—Está haciendo algo... Mal de ojo a la escoba —dijo Hermione.

—¿Qué podemos hacer?

—Déjamelo a mí.

Antes de que Ron pudiera decir nada más, Hermione había desaparecido. Ron volvió a enfocar a Harry. La escoba vibraba tanto que era casi imposible que pudiera seguir colgado durante mucho más tiempo. Todos miraban aterrorizados, mientras los Weasley volaban hacia él, tratando de poner a salvo a Harry en una de las escobas. Pero aquello fue peor: cada vez que se le acercaban, la escoba saltaba más alto. Se dejaron caer y comenzaron a volar en círculos, con el evidente propósito de atraparlo si caía. Marcus Flint cogió la quaffle y marcó cinco tantos sin que nadie lo advirtiera.

—Vamos, Hermione —murmuraba desesperado Ron.

Hermione había cruzado las gradas hacia donde se encontraba Snape y en aquel momento corría por la fila de abajo. Ni se detuvo para disculparse cuando atropelló al profesor Quirrell y, cuando llegó donde estaba Snape, se agachó, sacó su varita y susurró unas pocas y bien elegidas palabras.

Unas llamas azules salieron de su varita y saltaron a la túnica de Snape. El profesor tardó unos treinta segundos en darse cuenta de que se incendiaba. Un súbito aullido le in-

160

dicó a la chica que había hecho su trabajo. Atrajo el fuego, lo guardó en un frasco dentro de su bolsillo y se alejó gateando por la tribuna. Snape nunca sabría lo que le había sucedido.

Fue suficiente. Allí arriba, súbitamente, Harry pudo subir de nuevo a su escoba.

—¡Neville, ya puedes mirar! —dijo Ron. Neville había estado llorando dentro de la chaqueta de Hagrid aquellos últimos cinco minutos.

Harry iba a toda velocidad hacia el terreno de juego cuando vieron que se llevaba la mano a la boca, como si fuera a marearse. Tosió y algo dorado cayó en su mano.

—¡Tengo la snitch! —gritó, agitándola sobre su cabeza; el partido terminó en una confusión total.

—No es que la haya atrapado, es que casi se la traga —todavía gritaba Flint veinte minutos más tarde. Pero aquello no cambió nada. Harry no había faltado a ninguna regla y Lee Jordan seguía proclamando alegremente el resultado. Gryffindor había ganado por ciento setenta puntos a sesenta. Pero Harry no oía nada. Tomaba una taza de té fuerte, en la cabaña de Hagrid, con Ron y Hermione.

—Era Snape —explicaba Ron—. Hermione y yo lo vimos. Estaba maldiciendo tu escoba. Murmuraba y no te quitaba los ojos de encima.

—Tonterías —dijo Hagrid, que no había oído una palabra de lo que había sucedido—. ¿Por qué iba a hacer algo así Snape?

Harry, Ron y Hermione se miraron, preguntándose qué le iban a decir. Harry decidió contarle la verdad.

—Descubrimos algo sobre él —dijo a Hagrid—. Trató de pasar ante ese perro de tres cabezas, en Halloween. Y el perro lo mordió. Nosotros pensamos que trataba de robar lo que ese perro está guardando.

Hagrid dejó caer la tetera.

—¿Qué saben de *Fluffy*? —dijo.

—¿*Fluffy*?

—Ajá... Es mío... Se lo compré a un griego que conocí en el bar el año pasado... y se lo presté a Dumbledore para guardar...

—¿Sí? —dijo Harry con nerviosismo.

—Bueno, no me pregunten más —dijo con rudeza Hagrid—. Es un secreto.

—Pero Snape trató de robarlo.

—Tonterías —repitió Hagrid—. Snape es un profesor de Hogwarts, nunca haría algo así.

—Entonces ¿por qué trató de matar a Harry? —gritó Hermione.

Los acontecimientos de aquel día parecían haber cambiado su idea sobre Snape.

—Yo conozco un maleficio cuando lo veo, Hagrid. Lo he leído todo sobre ellos. ¡Hay que mantener la vista fija y Snape ni pestañeaba, yo lo vi!

—Les digo que están equivocados —dijo ofuscado Hagrid—. No sé por qué la escoba de Harry reaccionó de esa manera... ¡Pero Snape no iba a tratar de matar a un alumno! Ahora, escúchenme los tres, se están metiendo en cosas que no les conciernen y eso es peligroso. Olvídense de ese perro y olviden lo que está vigilando. En eso sólo tienen un papel el profesor Dumbledore y Nicolás Flamel...

—¡Ah! —dijo Harry—. Entonces hay alguien llamado Nicolás Flamel que está involucrado en esto, ¿no?

Hagrid pareció enfurecerse consigo mismo.

12

El espejo de Oesed

Se acercaba la Navidad. Una mañana de mediados de diciembre Hogwarts se descubrió cubierto por dos metros de nieve. El lago estaba sólidamente congelado y los gemelos Weasley fueron castigados por hechizar varias bolas de nieve para que siguieran a Quirrell y lo golpearan en la parte de atrás de su turbante. Las pocas lechuzas que habían podido llegar a través del cielo tormentoso para dejar el correo tuvieron que quedar al cuidado de Hagrid hasta recuperarse, antes de volar otra vez.

Todos estaban impacientes de que empezaran las vacaciones. Mientras que la sala común de Gryffindor y el Gran Comedor tenían las chimeneas encendidas, los pasillos, llenos de corrientes de aire, se habían vuelto helados, y un viento cruel golpeaba las ventanas de las aulas. Lo peor de todo eran las clases del profesor Snape, abajo en las mazmorras, en donde la respiración subía como niebla y los hacía mantenerse lo más cerca posible de sus calderos calientes.

—Me da mucha lástima —dijo Draco Malfoy, en una de las clases de Pociones— toda esa gente que tendrá que quedarse a pasar la Navidad en Hogwarts, porque no los quieren en sus casas.

Mientras hablaba, miraba en dirección a Harry. Crabbe y Goyle lanzaron risitas burlonas. Harry, que estaba pesando polvo de espinas de pez león, no les hizo caso. Después del partido de quidditch, Malfoy se había vuelto más desagradable que nunca. Disgustado por la derrota de Slytherin, había tratado de hacer que todos se rieran diciendo que un sapo con una gran boca podía reemplazar a Harry como buscador. Pero entonces se dio cuenta de que nadie lo encontraba gracioso, porque estaban muy impresionados por la forma en que Harry se había mantenido en su escoba. Así que Malfoy, celoso y enfadado, había vuelto a fastidiar a Harry por no tener una familia apropiada.

Era verdad que Harry no iría a Privet Drive para las fiestas. La profesora McGonagall había pasado la semana antes, haciendo una lista de los alumnos que iban a quedarse allí para Navidad, y Harry puso su nombre de inmediato. Y no se sentía triste, ya que probablemente ésa sería la mejor Navidad de su vida. Ron y sus hermanos también se quedaban, porque el señor y la señora Weasley se marchaban a Rumania, a visitar a Charles.

Cuando abandonaron las mazmorras, al finalizar la clase de Pociones, encontraron un gran abeto que ocupaba el extremo del pasillo. Dos enormes pies aparecían por debajo del árbol y un gran resoplido les indicó que Hagrid estaba detrás de él.

—Hola, Hagrid. ¿Necesitas ayuda? —preguntó Ron, metiendo la cabeza entre las ramas.

—No, va todo bien. Gracias, Ron.

—¿Te importaría quitarte de en medio? —La voz fría y gangosa de Malfoy llegó desde atrás—. ¿Estás tratando de ganar algún dinero extra, Weasley? Supongo que quieres ser guardabosques cuando salgas de Hogwarts... Esa choza de Hagrid debe de parecerte un palacio, comparada con la casa de tu familia.

Ron se lanzó contra Malfoy, justo cuando aparecía Snape en lo alto de las escaleras.

—¡WEASLEY!

Ron soltó el cuello de la túnica de Malfoy.

—Lo han provocado, profesor Snape —dijo Hagrid, sacando su gran cabeza peluda por encima del árbol—. Malfoy estaba insultando a su familia.

—Lo que sea, pero pelear está contra las reglas de Hogwarts, Hagrid —dijo Snape con voz amable—. Cinco puntos menos para Gryffindor, Weasley, y agradece que no sean más. Y ahora márchense todos.

Malfoy, Crabbe y Goyle pasaron bruscamente, sonriendo con presunción.

164

—Voy a atraparlo —dijo Ron, sacando los dientes ante la espalda de Malfoy—. Uno de estos días lo atraparé...

—Los detesto a los dos —añadió Harry—. A Malfoy y a Snape.

—Vamos, arriba el ánimo, ya casi es Navidad —dijo Hagrid—. Les voy a decir qué haremos: vengan conmigo al Gran Comedor, está precioso.

Así que los tres siguieron a Hagrid y su abeto hasta el Gran Comedor, donde la profesora McGonagall y el profesor Flitwick estaban ocupados en la decoración.

El salón estaba espectacular. Guirnaldas de muérdago y acebo colgaban de las paredes, y no menos de doce árboles de Navidad estaban distribuidos por el lugar, algunos brillando con pequeños carámbanos, otros con cientos de velas.

—¿Cuántos días les quedan para las vacaciones? —preguntó Hagrid.

—Sólo uno —respondió Hermione—. Y eso me recuerda... Harry, Ron, nos queda media hora para el almuerzo, deberíamos ir a la biblioteca.

—Sí, claro, tienes razón —dijo Ron, obligándose a apartar la vista del profesor Flitwick, que sacaba burbujas doradas de su varita, para ponerlas en las ramas del árbol nuevo.

—¿La biblioteca? —preguntó Hagrid, acompañándolos hasta la puerta—. ¿Justo antes de las fiestas? Un poco triste, ¿no creen?

—Oh, no es un trabajo —explicó alegremente Harry—. Desde que mencionaste a Nicolás Flamel, estamos tratando de averiguar quién es.

—¿Qué? —Hagrid parecía impresionado—. Escúchenme... Ya se los dije... No se metan. No tiene nada que ver con ustedes lo que custodia ese perro.

—Nosotros queremos saber quién es Nicolás Flamel, eso es todo —dijo Hermione.

—Salvo que quieras ahorrarnos el trabajo —añadió Harry—. Ya hemos buscado en miles de libros y no hemos podido encontrar nada... Si nos das una pista... Yo sé que leí su nombre en algún lado.

—No voy a decirles nada —dijo Hagrid con firmeza.

—Entonces tendremos que descubrirlo nosotros —dijo Ron. Dejaron a Hagrid malhumorado y fueron rápidamente a la biblioteca.

Habían estado buscando el nombre de Flamel desde que a Hagrid se le escapó, porque ¿de qué otra manera podían averiguar lo que quería robar Snape? El problema era la dificultad de buscar, sin saber qué podía haber hecho Flamel para figurar en un libro. No estaba en *Grandes magos del siglo XX*, ni en *Notables nombres de la magia de nuestro tiempo*; tampoco figuraba en *Importantes descubrimientos en la magia moderna* ni en *Un estudio del reciente desarrollo de la hechicería*. Y además, por supuesto, estaba el tamaño de la biblioteca, miles y miles de libros, miles de estantes, cientos de estrechas filas...

Hermione sacó una lista de títulos y temas que había decidido investigar, mientras Ron se paseaba entre una fila de libros y los sacaba al azar. Harry se acercó a la Sección Prohibida. Se había preguntado si Flamel no estaría allí. Pero por desgracia, hacía falta un permiso especial, firmado por un profesor, para mirar alguno de los libros de aquella sección, y sabía que no iba a conseguirlo. Allí estaban los libros con la poderosa Magia del Lado Oscuro, que nunca se enseñaba en Hogwarts y que sólo leían los alumnos mayores, que estudiaban cursos avanzados de Defensa Contra las Artes Oscuras.

—¿Qué estás buscando, muchacho?

—Nada —respondió Harry.

La señora Pince, la bibliotecaria, empuñó un plumero ante su cara.

—Entonces, mejor que te vayas. ¡Vamos, fuera!

Harry salió de la biblioteca, deseando haber sido más rápido en inventarse algo. Él, Ron y Hermione se habían puesto de acuerdo en que era mejor no consultar a la señora Pince sobre Flamel. Estaban seguros de que ella podría decírselo, pero no podían arriesgarse a que Snape se enterara de lo que estaban buscando.

Harry los esperó en el pasillo, para ver si los otros habían encontrado algo, pero no tenía muchas esperanzas. Después de todo, buscaban sólo desde hacía quince días y en los pocos momentos libres, así que no era raro que no encontraran nada. Lo que realmente necesitaban era una buena investigación, sin la señora Pince pegada a sus nucas.

Cinco minutos más tarde, Ron y Hermione aparecieron negando con la cabeza. Se marcharon a almorzar.

—Van a seguir buscando cuando yo no esté, ¿verdad? —dijo Hermione—. Si encuentran algo, envíenme una lechuza.

—Y tú podrás preguntar a tus padres si saben quién es Flamel —dijo Ron—. Preguntarles a ellos no tendrá riesgos.

—Ningún riesgo, ya que ambos son dentistas —respondió Hermione.

Cuando comenzaron las vacaciones, Ron y Harry tuvieron mucho tiempo para pensar en Flamel. Tenían el dormitorio para ellos y la sala común estaba mucho más vacía que de costumbre, así que podían elegir los mejores sillones frente al fuego. Se quedaban comiendo todo lo que podían pinchar en un tenedor de tostar (pan, buñuelos, melcochas) y planeaban formas de hacer que expulsaran a Malfoy, muy divertidas, pero imposibles de llevar a cabo.

Ron también comenzó a enseñar a Harry a jugar al ajedrez mágico. Era igual que el de los muggles, salvo que las piezas estaban vivas, lo que lo hacía muy parecido a dirigir un ejército en una batalla. El juego de Ron era muy antiguo y estaba gastado. Como todo lo que tenía, había pertenecido a alguien de su familia, en este caso a su abuelo. Sin embargo, las piezas de ajedrez viejas no eran una desventaja. Ron las conocía tan bien que nunca tenía problemas en hacerles hacer lo que quería.

Harry jugó con el ajedrez que Seamus Finnigan le había prestado, y las piezas no confiaron en él. Él todavía no era muy buen jugador, y las piezas le daban distintos consejos y lo confundían, diciendo, por ejemplo: «No me envíes a mí. ¿No ves el caballo? Muévelo a él, podemos permitirnos perderlo».

En la víspera de Navidad, Harry se fue a la cama, deseoso de que llegara el día siguiente, pensando en toda la diversión y comida que lo aguardaban, pero sin esperar ningún regalo. Cuando al día siguiente se despertó temprano, lo primero que vio fue unos cuantos paquetes a los pies de su cama.

—¡Feliz Navidad! —lo saludó medio dormido Ron, mientras Harry saltaba de la cama y se ponía la bata.

—Para ti también —contestó Harry—. ¡Mira esto! ¡Me han enviado regalos!

—¿Qué esperabas, nabos? —dijo Ron, volviéndose hacia sus propios paquetes, que eran más numerosos que los de Harry.

Harry cogió el paquete que estaba más arriba. Estaba envuelto en papel de embalar y tenía escrito: «Para Harry, de Hagrid». Contenía una flauta de madera, toscamente trabajada. Era evidente que Hagrid la había hecho. Harry sopló y la flauta emitió un sonido parecido al canto de la lechuza.

El segundo, muy pequeño, contenía una nota.

«Recibimos tu mensaje y te mandamos tu regalo de Navidad. De tío Vernon y tía Petunia.» Pegada a la nota estaba una moneda de cincuenta peniques.

—Qué detalle —comentó Harry.

Ron estaba fascinado con los cincuenta peniques.

—¡Qué raro! —dijo—. ¡Qué forma! ¿Esto es dinero?

—Puedes quedarte con ella —dijo Harry, riendo ante el placer de Ron—. Hagrid, mis tíos... ¿Quién me ha enviado éste?

—Creo que sé de quién es ése —dijo Ron, algo rojo y señalando un paquete deforme—. Mi madre. Le dije que creías que nadie te regalaría nada y... oh, no —gruñó—, te ha tejido un suéter.

Harry abrió el paquete y encontró un suéter tejido a mano, grueso y color verde esmeralda, y una gran caja de pastel de chocolate casero.

—Cada año nos teje un suéter —dijo Ron, desenvolviendo su paquete— y el mío siempre es rojo oscuro.

—Es muy amable de parte de tu madre —dijo Harry, probando el pastel, que era delicioso.

El siguiente regalo también tenía golosinas, una gran caja de ranas de chocolate, de parte de Hermione.

Le quedaba el último. Harry lo cogió y notó que era muy ligero. Lo desenvolvió.

Algo fluido y de color gris plateado se deslizó hacia el suelo y se quedó brillando. Ron bufó.

—Había oído hablar de esto —dijo con voz ronca, dejando caer la caja de pepas de todos los sabores, regalo de Hermione—. Si es lo que pienso, es algo verdaderamente raro y valioso.

—¿Qué es?

Harry cogió el género brillante y plateado. El tocarlo producía una sensación extraña, como si fuera agua convertida en tejido.

—Es una capa invisible —dijo Ron, con una expresión de temor reverencial—. Estoy seguro... Pruébatela.

Harry se puso la capa sobre los hombros y Ron lanzó un grito.

—¡Lo es! ¡Mira abajo!

Harry se miró los pies, pero ya no estaban. Se dirigió al espejo. Efectivamente: su reflejo lo miraba, pero sólo su cabeza suspendida en el aire, porque su cuerpo era totalmente invisible. Se puso la capa sobre la cabeza y su imagen desapareció por completo.

—¡Hay una nota! —dijo de pronto Ron—. ¡Ha caído una nota!

Harry se quitó la capa y cogió la nota. La caligrafía, fina y llena de curvas, era desconocida para él. Decía:

Tu padre dejó esto en mi poder antes de morir. Ya es tiempo de que te sea devuelto. Utilízalo bien.
Una muy Feliz Navidad para ti.

No tenía firma. Harry contempló la nota. Ron admiraba la capa.

—Yo daría cualquier cosa por tener una —dijo—. Lo que sea. ¿Qué te sucede?

—Nada —dijo Harry. Se sentía muy extraño. ¿Quién le había enviado la capa? ¿Realmente había pertenecido a su padre?

Antes de que pudiera decir o pensar algo, la puerta del dormitorio se abrió de golpe y Fred y George Weasley entraron. Harry escondió rápidamente la capa. No se sentía con ganas de compartirla con nadie más.

—¡Feliz Navidad!

—¡Eh, mira! ¡A Harry también le han regalado un suéter Weasley!

Fred y George llevaban suéteres azules, uno con una gran letra F y el otro con la G.

—El de Harry es mejor que el nuestro —dijo Fred cogiendo el suéter de Harry—. Es evidente que se esmera más cuando no es para la familia.

—¿Por qué no te has puesto el tuyo, Ron? —quiso saber George—. Vamos, pruébatelo, son bonitos y abrigan.

—Detesto el rojo oscuro —se quejó Ron, mientras se lo pasaba por la cabeza.

—No tienen la inicial en los de ustedes —observó George—. Supongo que ella piensa que no se les van a olvidar sus nombres. Pero nosotros no somos estúpidos... Sabemos muy bien que nos llamamos Gred y Feorge.

—¿Qué es todo ese ruido?

Percy Weasley asomó la cabeza a través de la puerta, con aire de desaprobación. Era evidente que había ido desenvolviendo sus regalos por el camino, porque también tenía un suéter bajo el brazo, que Fred vio.

—¡P de prefecto! Pruébatelo, Percy, vamos, todos nos lo hemos puesto, hasta Harry tiene uno.

—Yo... no... quiero —dijo Percy, con firmeza, mientras los gemelos le metían el suéter por la cabeza, tirándole las gafas al suelo.

—Y hoy no te sentarás con los prefectos —dijo George—. La Navidad es para pasarla en familia.

Cogieron a Percy y se lo llevaron de la habitación, con los brazos sujetos por el suéter.

Harry no había celebrado en su vida una comida de Navidad como aquélla. Un centenar de pavos asados, montañas de papas cocidas y asadas, soperas llenas de guisantes con mantequilla, recipientes de plata con una grasa riquísima y salsa de moras, y muchos huevos sorpresa esparcidos por todas las mesas. Estos fantásticos huevos no tenían nada que ver con los flojos artículos de los muggles, que Dudley habitualmente compraba, ni con juguetitos de plástico ni gorritos de papel. Harry tiró uno al suelo y no sólo hizo ¡pum!, sino que estalló como un cañonazo y los envolvió en una nube azul, mientras del interior salían una gorra de contraalmirante y varios ratones blancos, vivos. En la mesa de los profesores, Dumbledore había reemplazado su sombrero cónico de mago por un bonete floreado, y se reía de un chiste del profesor Flitwick.

A los pavos les siguieron los pudines de Navidad, flameantes. Percy casi se rompió un diente al morder un sickle de plata que estaba en el trozo que le tocó. Harry observaba a Hagrid, que cada vez se ponía más rojo y bebía más vino, hasta que finalmente besó a la profesora McGonagall en la mejilla y, para sorpresa de Harry, ella se ruborizó y rió, con el sombrero medio torcido.

Cuando Harry finalmente se levantó de la mesa, estaba cargado de cosas de las sorpresas navideñas, y que incluían globos luminosos que no estallaban, un juego de Haga Crecer Sus Propias Verrugas y piezas nuevas de ajedrez. Los ratones blancos habían desaparecido, y Harry tuvo el horrible presentimiento de que iban a terminar siendo la cena de Navidad de la *Señora Norris*.

Harry y los Weasley pasaron una velada muy divertida, con una batalla de bolas de nieve en el parque. Más tarde, helados, húmedos y jadeantes, regresaron a la sala común de Gryffindor para sentarse al lado del fuego. Allí Harry estrenó su nuevo ajedrez y perdió espectacularmente con Ron. Pero sospechaba que no habría perdido de aquella manera si Percy no hubiera tratado de ayudarlo tanto.

Después de un té con bocadillos de pavo, buñuelos, bizcocho borracho y pastel de Navidad, todos se sintieron tan hartos y soñolientos que no podían hacer otra cosa que irse a la cama; no obstante, permanecieron sentados y observaron a Percy, que perseguía a Fred y George por toda la torre Gryffindor porque le habían robado su insignia de prefecto.

Fue el mejor día de Navidad de Harry. Sin embargo, algo daba vueltas en un rincón de su mente. En cuanto se metió en la cama, pudo pensar libremente en ello: la capa invisible y quién se la había enviado.

Ron, ahíto de pavo y pastel y sin ningún misterio que lo preocupara, se quedó dormido en cuanto corrió las cortinas de su cama. Harry se inclinó a un lado de la cama y sacó la capa.

De su padre... Aquello había sido de su padre. Dejó que el género corriera por sus manos, más suave que la seda, ligero como el aire. «Utilízalo bien», decía la nota.

Tenía que probarla. Se deslizó fuera de la cama y se envolvió en la capa. Miró hacia abajo y vio sólo la luz de la luna y las sombras. Era una sensación muy curiosa.

«Utilízalo bien.»

De pronto, Harry se sintió muy despierto. Con aquella capa, todo Hogwarts estaba abierto para él. Mientras estaba allí, en la oscuridad y el silencio, la excitación se apoderó de él. Podía ir a cualquier lado con ella, a cualquier lado, y Filch nunca lo sabría.

Ron gruñó entre sueños. ¿Debía despertarlo? Algo lo detuvo. La capa de su padre... Sintió que aquella vez (la primera vez) quería utilizarla solo.

Salió cautelosamente del dormitorio, bajó la escalera, cruzó la sala común y pasó por el agujero del retrato.

—¿Quién está ahí? —chilló la Dama Gorda. Harry no dijo nada. Anduvo rápidamente por el pasillo.

¿Adónde iría? De pronto se detuvo, con el corazón palpitante, y pensó. Y entonces lo supo. La Sección Prohibida de la biblioteca. Iba a poder leer todo lo que quisiera, para descubrir quién era Flamel. Se ajustó la capa y se dirigió hacia allí.

La biblioteca estaba oscura y fantasmal. Harry encendió una lámpara para ver la fila de libros. La lámpara parecía flotar sola en el aire y hasta el mismo Harry, que sentía su brazo llevándola, tenía miedo.

La Sección Prohibida estaba justo en el fondo de la biblioteca. Pasando con cuidado sobre la soga que separaba aquellos libros de los demás, Harry levantó la lámpara para leer los títulos.

No le decían mucho. Las letras doradas formaban palabras en lenguajes que Harry no conocía. Algunos no tenían títulos. Un libro tenía una mancha negra que parecía sangre. A Harry se le erizaron los pelos de la nuca. Tal vez se lo estaba imaginando, tal vez no, pero le pareció que un murmullo salía de los libros, como si supieran que había alguien que no debía estar allí.

Tenía que empezar por algún lado. Dejó la lámpara con cuidado en el suelo y miró en una estantería buscando un libro de aspecto interesante. Le llamó la atención un volumen grande, negro y plateado. Lo sacó con dificultad, porque era muy pesado y, balanceándolo sobre sus rodillas, lo abrió.

Un grito desgarrador, espantoso, cortó el silencio... ¡El libro gritaba! Harry lo cerró de golpe, pero el aullido continuaba, en una nota aguda, ininterrumpida. Retrocedió y chocó con la lámpara, que se apagó de inmediato. Aterrado, oyó pasos que se acercaban por el pasillo, metió el volumen en el estante y salió corriendo. Pasó al lado de Filch casi en la puerta, y los ojos del celador, muy abiertos, miraron a través de Harry. El chico se agachó, pasó por debajo del brazo de Filch y siguió por el pasillo, con los aullidos del libro resonando en sus oídos.

Se detuvo de pronto frente a unas armaduras. Había estado tan ocupado en escapar de la biblioteca que no había prestado atención al camino. Tal vez era porque estaba oscuro, pero no reconoció el lugar donde estaba. Había armaduras cerca de la cocina, eso lo sabía, pero debía estar cinco pisos más arriba.

—Usted me pidió que le avisara directamente, profesor, si alguien andaba dando vueltas durante la noche, y alguien estuvo en la biblioteca, en la Sección Prohibida.

Harry sintió que se le iba la sangre de la cara. Filch debía conocer un atajo para llegar adonde él estaba, porque el murmullo de su voz se acercaba cada vez más y, para su horror, el que le contestaba era Snape.

—¿La Sección Prohibida? Bueno, no pueden estar lejos, ya los atraparemos.

Harry se quedó petrificado, mientras Filch y Snape se acercaban. No podían verlo, por supuesto, pero el pasillo era estrecho y, si se acercaban mucho, iban a chocar contra él. La capa no ocultaba su materialidad.

Retrocedió lo más silenciosamente que pudo. A la izquierda había una puerta entreabierta. Era su única esperanza. Se deslizó, conteniendo la respiración y tratando de no hacer ruido. Para su alivio, entró en la habitación sin que lo notaran. Pasaron por delante de él y Harry se apoyó contra la pared, respirando profundamente, mientras escuchaba los pasos que se alejaban. Habían estado cerca, muy cerca. Transcurrieron unos pocos segundos antes de que se fijara en la habitación que lo había ocultado.

Parecía un aula en desuso. Las sombras de sillas y pupitres amontonados contra las paredes, una papelera invertida y apoyada contra la pared de enfrente... Había algo que parecía no pertenecer allí, como si lo hubieran dejado para quitarlo de en medio.

Era un espejo magnífico, alto hasta el techo, con un marco dorado muy trabajado, apoyado en unos soportes que eran como garras. Tenía una inscripción grabada en la parte superior: *Oesed lenoz aro cut edon isara cut se onotse,*

Ya no oía ni a Filch ni a Snape, y Harry no tenía tanto miedo. Se acercó al espejo, deseando mirar para no encontrar su imagen reflejada. Se detuvo frente a él.

Tuvo que llevarse las manos a la boca para no gritar. Giró en redondo. El corazón le latía más furiosamente que cuando el libro había gritado... Porque no sólo se había visto en el espejo, sino que había mucha gente detrás de él.

Pero la habitación estaba vacía. Respirando agitadamente, volvió a mirar el espejo.

Allí estaba él, reflejado, blanco y con mirada de miedo y allí, reflejados detrás de él, había al menos otros diez. Harry miró por encima del hombro, pero no había nadie allí. ¿O también eran todos invisibles? ¿Estaba en una habitación llena de gente invisible y la trampa del espejo era que los reflejaba, invisibles o no?

Miró otra vez al espejo. Una mujer, justo detrás de su reflejo, le sonreía y agitaba la mano. Harry levantó una mano y sintió el aire que pasaba. Si ella estaba realmente allí, debía poder tocarla, sus reflejos estaban tan cerca... Pero sólo sintió aire: ella y los otros existían sólo en el espejo.

Era una mujer muy bella. Tenía el cabello rojo oscuro y sus ojos... «Sus ojos son como los míos», pensó Harry, acercándose un poco más al espejo. Verde brillante, exactamente la misma forma, pero entonces notó que ella estaba llorando, sonriendo y llorando al mismo tiempo. El hombre alto, delgado y de pelo negro que estaba al lado de ella le pasó el brazo por los hombros. Llevaba gafas y el pelo muy desordenado. Y se le ponía tieso en la nuca, igual que a Harry.

Harry estaba tan cerca del espejo que su nariz casi tocaba su reflejo.

—¿Mamá? —susurró—. ¿Papá?

Entonces lo miraron, sonriendo. Y, lentamente, Harry fue observando los rostros de las otras personas, y vio otro par de ojos verdes como los suyos, otras narices como la suya, incluso un hombre pequeño que parecía tener las mismas rodillas nudosas de Harry. Estaba mirando a su familia por primera vez en su vida.

Los Potter sonrieron y agitaron las manos, y Harry permaneció mirándolos anhelante, con las manos apretadas contra el espejo, como si esperara poder pasar al otro lado y alcanzarlos. En su interior sentía un poderoso dolor, mitad alegría y mitad tristeza terrible.

No supo cuánto tiempo estuvo allí. Los reflejos no se desvanecían y Harry miraba y miraba, hasta que un ruido lejano lo hizo volver a la realidad. No podía quedarse allí, tenía que encontrar el camino hacia el dormitorio. Apartó los ojos de los de su madre y susurró: «Volveré». Salió apresuradamente de la habitación.

—Podías haberme despertado —dijo malhumorado Ron.

—Puedes venir esta noche. Yo voy a volver, quiero enseñarte el espejo.

—Me gustaría ver a tu madre y a tu padre —dijo Ron con interés.

—Y yo quiero ver a toda tu familia, todos los Weasley. Podrás enseñarme a tus otros hermanos y a todos.

—Puedes verlos cuando quieras —dijo Ron— . Ven a mi casa este verano. De todos modos, a lo mejor sólo muestra gente muerta. Pero qué lástima que no encontraste a Flamel, ¿No quieres tocino o alguna otra cosa? ¿Por qué no comes nada?

Harry no podía comer. Había visto a sus padres y los vería otra vez aquella noche. Casi se había olvidado de Flamel. Ya no le parecía tan importante. ¿A quién le importaba lo que custodiaba el perro de tres cabezas? ¿Y qué más daba si Snape lo robaba?

—¿Estás bien? —preguntó Ron—. Te veo raro.

Lo que Harry más temía era no poder encontrar la habitación del espejo. Aquella noche, con Ron también cubierto por la capa, tuvieron que andar con más lentitud. Trataron de repetir el camino de Harry desde la biblioteca, vagando por oscuros pasillos durante casi una hora.

—Estoy congelado —se quejó Ron—. Olvidemos esto y volvamos.

—¡No! —susurró Harry—. Sé que está por aquí.

Pasaron al lado del fantasma de una bruja alta, que se deslizaba en dirección opuesta, pero no vieron a nadie más.

Justo cuando Ron se quejaba de que tenía los pies helados, Harry divisó la pareja de armaduras.

—Es allí... justo allí... ¡sí!

Abrieron la puerta. Harry dejó caer la capa de sus hombros y corrió al espejo.

Allí estaban. Su madre y su padre sonrieron felices al verlo.

—¿Ves? —murmuró Harry.

—No puedo ver nada.

—¡Mira! Míralos a todos... Son muchos...

—Sólo puedo verte a ti.

—Pero mira bien, vamos, ponte donde estoy yo.

Harry dio un paso a un lado, pero con Ron frente al espejo ya no podía ver a su familia, sólo a Ron con su pijama de colores.

Sin embargo, Ron parecía fascinado con su imagen.

—¡Mírame! —dijo.

—¿Puedes ver a toda tu familia contigo?

—No... estoy solo... pero soy diferente... mayor... ¡y soy delegado!

—¿Cómo?

—Tengo... tengo un distintivo como el de Bill y estoy levantando la Copa de las Casas y la copa de quidditch... ¡Y también soy capitán de quidditch!

Ron apartó los ojos de aquella espléndida visión y miró excitado a Harry.

—¿Crees que este espejo muestra el futuro?

—¿Cómo puede ser? Si toda mi familia está muerta... déjame mirar de nuevo...

—Lo has tenido toda la noche, déjame un ratito más.

—Pero si estás sosteniendo la copa de quidditch, ¿qué tiene eso de interesante? Quiero ver a mis padres.

—No me empujes.

Un súbito ruido en el pasillo puso fin a la discusión. No se habían dado cuenta de que hablaban en voz alta.

—¡Rápido!

Ron tiró la capa sobre ellos justo cuando los luminosos ojos de la *Señora Norris* aparecieron en la puerta. Ron y Harry permanecieron inmóviles, los dos pensando lo mismo: ¿la capa funcionaba con los gatos? Después de lo que pareció una eternidad, la gata dio la vuelta y se marchó.

—No estamos seguros... Puede haber ido a buscar a Filch, seguro que nos ha oído. Vamos.

Y Ron empujó a Harry para que salieran de la habitación.

La nieve todavía no se había derretido a la mañana siguiente.

—¿Quieres jugar al ajedrez, Harry? —preguntó Ron.

—No.

—¿Por qué no vamos a visitar a Hagrid?

—No... ve tú...

—Sé en qué estás pensando, Harry, en ese espejo. No vuelvas esta noche.

—¿Por qué no?

—No lo sé. Pero tengo un mal presentimiento y, de todos modos, ya has tenido muchos encuentros. Filch, Snape y la *Señora Norris* andan vigilando por ahí ¿Qué importa si no te ven? ¿Y si tropiezan contigo? ¿Y si chocas con algo?

—Pareces Hermione.

—Te lo digo en serio, Harry, no vayas.

Pero Harry sólo tenía un pensamiento en su mente, volver a mirar en el espejo. Y Ron no lo detendría.

La tercera noche encontró el camino más rápidamente que las veces anteriores. Andaba más rápido de lo que habría sido prudente, porque sabía que estaba haciendo ruido, pero no se encontró con nadie.

Y allí estaban su madre y su padre, sonriéndole otra vez, y uno de sus abuelos lo saludaba muy contento. Harry se dejó caer al suelo para sentarse frente al espejo. Nadie iba a impedir que pasara la noche con su familia. Nadie.

Excepto...

—Entonces de vuelta otra vez, ¿no, Harry?

Harry sintió como si se le helaran las entrañas. Miró para atrás. Sentado en un pupitre, contra la pared, estaba nada menos que Albus Dumbledore. Harry debió haber pasado justo por su lado, y estaba tan desesperado por llegar hasta el espejo que no había notado su presencia.

—No... no lo había visto, señor.

—Es curioso lo miope que se puede volver uno al ser invisible —dijo Dumbledore, y Harry se sintió aliviado al ver que le sonreía—. Entonces —continuó Dumbledore, bajando del pupitre para sentarse en el suelo con Harry—, tú, como cientos antes que tú, has descubierto las delicias del espejo de Oesed.

—No sabía que se llamaba así, señor.

—Pero espero que te habrás dado cuenta de lo que hace, ¿no?

—Bueno... me mostró a mi familia y...

—Y a tu amigo Ron lo reflejó como capitán.

—¿Cómo lo sabe...?

—No necesito una capa para ser invisible —dijo amablemente Dumbledore—. Y ahora ¿puedes pensar qué es lo que nos muestra el espejo de Oesed a todos nosotros?

Harry negó con la cabeza.

—Déjame explicarte. El hombre más feliz de la tierra puede utilizar el espejo de Oesed como un espejo normal, es decir, se mirará y se verá exactamente como es. ¿Eso te ayuda?

Harry pensó. Luego dijo lentamente:

—Nos muestra lo que queremos... lo que sea que queramos...

—Sí y no —dijo con calma Dumbledore—. Nos muestra ni más ni menos que el más profundo y desesperado deseo de nuestro corazón. Para ti, que nunca conociste a tu familia, verlos rodeándote. Ronald Weasley, que siempre ha sido sobrepasado por sus hermanos, se ve solo y el mejor de todos ellos. Sin embargo, este espejo no nos dará conocimiento o verdad. Hay hombres que se han consumido ante esto, fascinados por lo que han visto. O han enloquecido, al no saber si lo que muestra es real o siquiera posible.

Continuó:

—El espejo será llevado a una nueva casa mañana, Harry, y te pido que no lo busques otra vez. Y si alguna vez te cruzas con él, deberás estar preparado. No es bueno dejarse arrastrar por los sueños y olvidarse de vivir, recuérdalo. Ahora ¿por qué no te pones de nuevo esa magnífica capa y te vas a la cama?

Harry se puso de pie.

—Señor... profesor Dumbledore... ¿Puedo preguntarle algo?

—Es evidente que ya lo has hecho —sonrió Dumbledore—. Sin embargo, puedes hacerme una pregunta más.

—¿Qué es lo que ve, cuando se mira en el espejo?

—¿Yo? Me veo sosteniendo un par de gruesos calcetines de lana.

Harry lo miró asombrado.

—Uno nunca tiene suficientes calcetines —explicó Dumbledore—. Ha pasado otra Navidad y no me han regalado ni un solo par. La gente sigue insistiendo en regalarme libros.

En cuanto Harry estuvo de nuevo en su cama, se le ocurrió pensar que tal vez Dumbledore no había sido sincero. Pero es que, pensó mientras sacaba a *Scabbers* de su almohada, había sido una pregunta muy personal.

13

Nicolás Flamel

Dumbledore había convencido a Harry de que no buscara otra vez el espejo de Oesed, y durante el resto de las vacaciones de Navidad la capa invisible permaneció doblada en el fondo de su baúl. Harry deseaba poder olvidar lo que había visto en el espejo, pero no pudo. Comenzó a tener pesadillas. Una y otra vez, soñaba que sus padres desaparecían en un rayo de luz verde, mientras una voz aguda se reía.

—¿Te das cuenta? Dumbledore tenía razón. Ese espejo te puede volver loco —dijo Ron, cuando Harry le contó sus sueños.

Hermione, que volvió el día anterior al comienzo de las clases, consideró las cosas de otra manera. Estaba dividida entre el horror de la idea de Harry vagando por el colegio tres noches seguidas («¡Si Filch te hubiera atrapado!») y desilusionada porque finalmente no hubieran descubierto quién era Nicolás Flamel.

Ya casi habían abandonado la esperanza de descubrir a Flamel en un libro de la biblioteca, aunque Harry estaba seguro de haber leído el nombre en algún lado. Cuando empezaron las clases, volvieron a buscar en los libros durante diez minutos en los recreos. Harry tenía menos tiempo que ellos, porque los entrenamientos de quidditch habían comenzado también.

Wood los hacía trabajar más duramente que nunca. Ni siquiera la lluvia constante que había reemplazado a la nieve podía doblegar su ánimo. Los Weasley se quejaban de que Wood se había convertido en un fanático, pero Harry estaba de acuerdo con Wood. Si ganaban el próximo partido contra Hufflepuff, podrían alcanzar a Slytherin en el campeonato de las casas, por primera vez en siete años. Además de que deseaba ganar, Harry descubrió que tenía menos pesadillas cuando estaba cansado por el ejercicio.

Entonces, durante un entrenamiento en un día especialmente húmedo y lleno de barro, Wood les dio una mala noticia. Se había enfadado mucho con los Weasley, que se tiraban en picada y fingían caerse de las escobas.

—¡Dejen de hacer tonterías! —gritó—. ¡Ésas son exactamente las cosas que nos harán perder el partido! ¡Esta vez el árbitro será Snape, y buscará cualquier excusa para quitar puntos a Gryffindor!

George Weasley, al oír esas palabras, casi se cayó de verdad de su escoba.

—¿Snape va a ser el árbitro? —Escupió un puñado de barro—. ¿Cuándo ha sido árbitro en un partido de quidditch? No será imparcial, si nosotros podemos sobrepasar a Slytherin.

El resto del equipo se acercó a George para quejarse.

—No es culpa mía —dijo Wood—. Lo que tenemos que hacer es estar seguros de jugar limpio, así no le daremos excusa a Snape para marcarnos faltas.

Todo aquello estaba muy bien, pensó Harry, pero él tenía otra razón para no querer estar cerca de Snape mientras jugaba a quidditch.

Los demás jugadores se quedaron, como siempre, para charlar entre ellos al finalizar el entrenamiento, pero Harry se dirigió directamente a la sala común de Gryffindor, donde encontró a Ron y Hermione jugando al ajedrez. El ajedrez era la única cosa en la que Hermione había perdido, algo que Harry y Ron consideraban muy beneficioso para ella.

—No me hables durante un momento —dijo Ron, cuando Harry se sentó al lado—. Necesito concen... —vio el rostro de Harry—. ¿Qué te sucede? Tienes una cara terrible.

En tono bajo, para que nadie más los oyera, Harry les explicó el súbito y siniestro deseo de Snape de ser árbitro de quidditch.

—No juegues —dijo de inmediato Hermione.

—Diles que estás enfermo —añadió Ron.

—Finge que se te ha roto una pierna —sugirió Hermione.

—Rómpete una pierna de verdad —dijo Ron.

—No puedo —dijo Harry—. No hay un buscador suplente. Si no juego, Gryffindor tampoco puede jugar.

En aquel momento Neville cayó en la sala común. Nadie se explicó cómo se las había arreglado para pasar por el agujero del retrato, porque sus piernas estaban pegadas juntas, con lo que reconocieron de inmediato el Maleficio de las Piernas Unidas. Había tenido que ir saltando todo el camino hasta la torre Gryffindor.

Todos empezaron a reírse, salvo Hermione, que se puso de pie e hizo el contramaleficio. Las piernas de Neville se separaron y pudo ponerse de pie, temblando.

—¿Qué ha sucedido? —preguntó Hermione, ayudándolo a sentarse junto a Harry y Ron.

—Malfoy —respondió Neville temblando—. Lo encontré fuera de la biblioteca. Dijo que estaba buscando a alguien para practicarlo.

—¡Ve a hablar con la profesora McGonagall! —lo instó Hermione—. ¡Acúsalo!

Neville negó con la cabeza.

—No quiero tener más problemas —murmuró.

—¡Tienes que hacerle frente, Neville! —dijo Ron—. Está acostumbrado a llevarse a todo el mundo por delante, pero ésa no es una razón para echarse al suelo a su paso y hacerle las cosas más fáciles.

—No es necesario que me digas que no soy lo bastante valiente para pertenecer a Gryffindor, eso ya me lo dice Malfoy —dijo Neville, atragantándose.

Harry buscó en los bolsillos de su túnica y sacó una rana de chocolate, la última de la caja que Hermione le había regalado para Navidad. Se la dio a Neville, que parecía estar a punto de llorar.

—Tú vales por doce Malfoys —dijo Harry—. ¿Acaso no te eligió para Gryffindor el Sombrero Seleccionador? ¿Y dónde está Malfoy? En la apestosa Slytherin.

Neville dejó escapar una débil sonrisa, mientras desenvolvía el chocolate.

—Gracias, Harry... Creo que me voy a la cama... ¿Quieres la lámina? Tú las coleccionas, ¿no?

Mientras Neville se alejaba, Harry miró la lámina de los Magos Famosos.

—Dumbledore otra vez —dijo—. Él fue el primero que...

Bufó. Miró fijamente la parte de atrás de la lámina. Luego levantó la vista hacia Ron y Hermione.

—¡Lo encontré! —susurró—. ¡Encontré a Flamel! Les dije que había leído ese nombre antes. Lo leí en el tren, viniendo hacia aquí. Escuchen lo que dice: «El profesor Dumbledore es particularmente famoso por derrotar al mago tenebroso Grindelwald, en 1945, por el descubrimiento de las doce aplicaciones de la sangre de dragón ¡y por su trabajo en alquimia con su compañero Nicolás Flamel!».

Hermione dio un salto. No estaba tan excitada desde que le dieron la nota de su primer trabajo.

—¡Espérenme aquí! —dijo, y se lanzó por la escalera hacia el dormitorio de las chicas. Harry y Ron casi no tuvieron tiempo de intercambiar una mirada de asombro y ya estaba allí de nuevo, con un enorme libro entre los brazos.

—¡Nunca pensé en buscar aquí! —susurró excitada—. Lo saqué de la biblioteca hace semanas, para tener algo ligero para leer.

—¿Ligero? —dijo Ron, pero Hermione le dijo que esperara, que tenía que buscar algo y comenzó a dar la vuelta a las páginas, enloquecida, murmurando para sí misma.

Al fin encontró lo que buscaba.

—¡Lo sabía! ¡Lo sabía!

—¿Podemos hablar ahora? —dijo Ron con malhumor. Hermione hizo caso omiso de él.

—Nicolás Flamel —susurró con tono teatral— es el único descubridor conocido de la Piedra Filosofal.

Aquello no tuvo el efecto que ella esperaba.

—¿La qué? —dijeron Harry y Ron.

—¡Oh, no lo entiendo! ¿No saben leer? Miren, lean aquí.

Empujó el libro hacia ellos, y Harry y Ron leyeron:

El antiguo estudio de la alquimia está relacionado con el descubrimiento de la Piedra Filosofal, una sustancia legendaria que tiene poderes asombrosos. La piedra puede transformar cualquier metal en oro puro. También produce el Elixir de la Vida, que hace inmortal al que lo bebe.

Se ha hablado mucho de la Piedra Filosofal a través de los siglos, pero la única Piedra que existe actualmente pertenece al señor Nicolás Flamel, el notable al-

*quimista y amante de la ópera. El señor Flamel, que
cumplió seiscientos sesenta y cinco años el año pasado, lleva una vida tranquila en Devon con su esposa
Perenela (de seiscientos cincuenta y ocho años).*

—¿Ven? —dijo Hermione, cuando Harry y Ron terminaron—. El perro debe estar custodiando la Piedra Filosofal
de Flamel. Seguro que le pidió a Dumbledore que se la guar-
dase, porque son amigos y porque debe saber que alguien la
busca. ¡Por eso quiso que sacaran la Piedra de Gringotts!

—¡Una piedra que convierte en oro y hace que uno nunca muera! —dijo Harry—. ¡No es raro que Snape la busque!
Cualquiera la querría.

—Y no es raro que no pudiéramos encontrar a Flamel
en ese *Estudio del reciente desarrollo de la hechicería* —dijo
Ron—. Él no es exactamente reciente si tiene seiscientos sesenta y cinco años, ¿verdad?

A la mañana siguiente, en la clase de Defensa Contra
las Artes Oscuras, mientras copiaban las diferentes formas
de tratar las mordeduras de hombre lobo, Harry y Ron seguían discutiendo qué harían con la Piedra Filosofal si tu-
vieran una. Hasta que Ron dijo que él se compraría su
propio equipo de quidditch y Harry recordó el partido en
que tendría a Snape de árbitro.

—Jugaré —informó a Ron y Hermione—. Si no lo hago,
todos los Slytherins pensarán que tengo miedo de enfrentarme con Snape. Les voy a demostrar... les voy a borrar la
sonrisa de la cara si ganamos.

—Siempre y cuando no te borren a ti del terreno de juego —dijo Hermione.

Sin embargo, a medida que se acercaba el día del partido,
Harry se ponía más nervioso, pese a todo lo que les había dicho a sus amigos. El resto del equipo tampoco estaba demasiado tranquilo. La idea de alcanzar a Slytherin en el torneo
de la casa era maravillosa, nadie lo había conseguido en siete
años, pero ¿podrían hacerlo con aquel árbitro tan parcial?

Harry no sabía si se lo imaginaba o no, pero veía a Snape por todas partes. Por momentos, hasta se preguntaba si
Snape no lo estaría siguiendo para atraparlo. Las clases de

Pociones se convirtieron en torturas semanales para Harry, por la forma en que lo trataba Snape. ¿Era posible que Snape supiera que ellos habían averiguado lo de la Piedra Filosofal? Harry no se imaginaba cómo podía saberlo... aunque algunas veces tenía la horrible sensación de que Snape podía leer los pensamientos.

Harry supo, cuando le desearon suerte en la puerta de los vestuarios, la tarde siguiente, que Ron y Hermione se preguntaban si volverían a verlo con vida. Aquello no era lo que uno llamaría reconfortante. Harry casi no oyó las palabras de Wood, mientras se ponía la túnica de quidditch y cogía su Nimbus 2.000.

Ron y Hermione, entre tanto, encontraron un sitio en las gradas, cerca de Neville, que no podía entender por qué estaban tan preocupados, ni por qué llevaban sus varitas al partido. Lo que Harry no sabía era que Ron y Hermione habían estado practicando en secreto el Maleficio de las Piernas Unidas. Se les ocurrió la idea cuando Malfoy lo utilizó con Neville, y estaban listos para utilizarlo con Snape, si daba alguna señal de querer hacer daño a Harry.

—No te olvides, es *locomotor mortis* —murmuró Hermione, mientras Ron deslizaba su varita en la manga de la túnica.

—Ya lo sé —respondió enfadado—. No me des la lata.

Mientras tanto, en el vestuario, Wood había llevado aparte a Harry.

—No quiero presionarte, Potter, pero si alguna vez necesitamos que se capture en seguida la snitch, es ahora. Necesitamos terminar el partido antes de que Snape pueda favorecer demasiado a Hufflepuff.

—¡Todo el colegio está allí fuera! —dijo Fred Weasley, espiando a través de la puerta—. Hasta... ¡Vaya, Dumbledore ha venido al partido!

El corazón de Harry dio un brinco.

—¿Dumbledore? —dijo, corriendo hasta la puerta para asegurarse. Fred tenía razón. Aquella barba plateada era inconfundible.

Harry tenía ganas de reírse a carcajadas, del alivio que sentía. Estaba a salvo. No había forma de que Snape se animara a hacerle algo si Dumbledore estaba mirando.

Tal vez por eso Snape parecía tan enfadado mientras los equipos desfilaban por el terreno de juego, algo que Ron también notó.

—Nunca vi a Snape con esa cara de malo —dijo a Hermione—. Mira, ya salen. ¡Eh!

Alguien había golpeado a Ron en la parte de atrás de la cabeza. Era Malfoy.

—Oh, perdón, Weasley, no te había visto.

Malfoy sonrió burlonamente a Crabbe y Goyle.

—Me pregunto cuánto tiempo durará Potter en su escoba esta vez. ¿Alguien quiere apostar? ¿Qué me dices, Weasley?

Ron no le respondió: Snape acababa de pitar un penalti a favor de Hufflepuff, porque George Weasley le había tirado una bludger. Hermione, que tenía los dedos cruzados sobre la falda, observaba sin cesar a Harry, que circulaba sobre el juego como un halcón, buscando la snitch.

—¿Saben por qué creo que eligen a la gente para la casa de Gryffindor? —dijo Malfoy en voz alta unos minutos más tarde, mientras Snape daba otro penalti a Hufflepuff, sin ningún motivo—. Es gente a la que le tienen lástima. Por ejemplo, está Potter, que no tiene padres, luego los Weasley, que no tienen dinero... Y tú, Longbottom, que no tienes cerebro.

Neville se puso rojo y se volvió en su asiento para encararse con Malfoy.

—Yo valgo por doce como tú, Malfoy —tartamudeó.

Malfoy, Crabbe y Goyle estallaron en carcajadas, pero Ron, sin quitar los ojos del partido, intervino.

—Así se habla, Neville.

—Longbottom, si tu cerebro fuera de oro serías más pobre que Weasley, y con eso te digo todo.

La preocupación por Harry estaba a punto de acabar con los nervios de Ron.

—Te prevengo, Malfoy... Una palabra más...

—¡Ron! —dijo de pronto Hermione—. ¡Harry...!

—¿Qué? ¿Dónde?

Harry había salido en un espectacular vuelo, que arrancó gritos de asombro y vivas entre los espectadores. Hermione se puso de pie, con los dedos cruzados en la boca, mientras Harry se lanzaba velozmente hacia el campo, como una bala.

—Tienen suerte, Weasley, es evidente que Potter ha visto alguna moneda en el campo —dijo Malfoy.

Ron estalló. Antes de que Malfoy supiera lo que estaba pasando, Ron estaba encima de él, tirándolo al suelo. Neville vaciló, pero luego se encaramó al respaldo de su silla para ayudar.

—¡Vamos, Harry! —gritaba Hermione, subiéndose al asiento para ver bien a Harry, sin darse cuenta de que Malfoy y Ron rodaban bajo su asiento y sin oír los gritos y golpes de Neville, Crabbe y Goyle.

En el aire, Snape puso en marcha su escoba justo a tiempo para ver algo escarlata que pasaba a su lado, y que no chocó con él por sólo unos centímetros. Al momento siguiente Harry subía con el brazo levantado en gesto de triunfo y la mano apretando la snitch.

Las tribunas bullían. Aquello era un récord, nadie recordaba que se hubiera atrapado tan rápido la snitch.

—¡Ron! ¡Ron! ¿Dónde estás? ¡El partido ha terminado! ¡Hemos ganado! ¡Gryffindor es el primero! —Hermione bailaba en su asiento y se abrazaba con Parvati Patil, de la fila de adelante.

Harry saltó de su escoba, a centímetros del suelo. No podía creerlo. Lo había conseguido... El partido había terminado y apenas había durado cinco minutos. Mientras los de Gryffindor se acercaban al terreno de juego, vio que Snape aterrizaba cerca, con el rostro blanco y los labios tirantes. Entonces Harry sintió una mano en su hombro y, al darse la vuelta, se encontró con el rostro sonriente de Dumbledore.

—Bien hecho —dijo Dumbledore en voz baja, para que sólo Harry lo oyera—. Muy bueno que no buscaras ese espejo... que te mantuvieras ocupado... excelente...

Snape escupió con amargura en el suelo.

Un rato después, Harry salió del vestuario para dejar su Nimbus 2.000 en la escobera. No recordaba haberse sentido tan contento. Había hecho algo de lo que podía sentirse orgulloso. Ya nadie podría decir que era sólo un nombre célebre. El aire del anochecer nunca había sido tan dulce. Anduvo por la hierba húmeda, reviviendo la última hora en su mente, en una feliz nebulosa: los Gryffindors corriendo para llevarlo en andas, Ron y Hermione en la distancia, saltando como locos, Ron vitoreando en medio de una gran hemorragia nasal...

Harry llegó a la cabaña. Se apoyó contra la puerta de madera y miró hacia Hogwarts, cuyas ventanas despedían un brillo rojizo en la puesta del sol. Gryffindor a la cabeza. Él lo había hecho, le había demostrado a Snape...

Y hablando de Snape...

Una figura encapuchada bajó sigilosamente los escalones delanteros del castillo. Era evidente que no quería ser visto dirigiéndose a toda prisa hacia el bosque prohibido. La victoria se apagó en la mente de Harry mientras observaba. Reconoció a la figura que se alejaba. Era Snape, escabulléndose en el bosque, mientras todos estaban en la cena... ¿Qué sucedía?

Harry saltó sobre su Nimbus 2.000 y se elevó. Deslizándose silenciosamente sobre el castillo, vio a Snape entrando en el bosque. Lo siguió.

Los árboles eran tan espesos que no podía ver adónde había ido Snape. Voló en círculos, cada vez más bajos, rozando las copas de los árboles, hasta que oyó voces. Se deslizó hacia allí y se detuvo sin ruido, sobre un haya.

Con cuidado se detuvo en una rama, sujetando su escoba y tratando de ver a través de las hojas.

Abajo, en un espacio despejado y sombrío, vio a Snape. Pero no estaba solo. Quirrell también estaba allí. Harry no podía verle la cara, pero tartamudeaba como nunca. Harry se esforzó por oír lo que decían.

—... n-no sé p-por qué querías ver-verme j-justo a-aquí, de entre t-todos los l-lugares, Severus...

—Oh, pensé que íbamos a mantener esto en privado —dijo Snape con voz gélida—. Después de todo, los alumnos no deben saber nada sobre la Piedra Filosofal.

Harry se inclinó hacia adelante. Quirrell tartamudeaba algo y Snape lo interrumpió.

—¿Ya has averiguado cómo burlar a esa bestia de Hagrid?

—P-p-pero Severus, y-yo...

—Tú no querrás que yo sea tu enemigo, Quirrell —dijo Snape, dando un paso hacia él.

—Y-yo no s-sé qué...

—Tú sabes perfectamente bien lo que quiero decir.

Una lechuza dejó escapar un grito y Harry casi se cae del árbol. Se enderezó a tiempo para oír a Snape decir:

—... tu pequeña parte del abracadabra. Estoy esperando.

—P-pero y-yo no...

—Muy bien —lo interrumpió Snape—. Vamos a tener otra pequeña charla muy pronto, cuando hayas tenido tiempo de pensar y decidir dónde están tus lealtades.

Se echó la capa sobre la cabeza y se alejó del claro. Ya estaba casi oscuro, pero Harry pudo ver a Quirrell inmóvil, como si estuviera petrificado.

—¿Harry, dónde estabas? —preguntó Hermione con voz aguda.

—¡Ganamos! ¡Ganamos! ¡Ganamos! —gritaba Ron al tiempo que daba palmadas a Harry en la espalda—. ¡Y yo le puse un ojo negro a Malfoy y Neville trató de vencer a Crabbe y Goyle él solo! Todavía está inconsciente, pero la señora Pomfrey dice que se pondrá bien. Todos te están esperando en la sala común, vamos a celebrar una fiesta, Fred y George robaron unos pasteles y otras cosas de la cocina...

—Ahora eso no importa —dijo Harry sin aliento—. Vamos a buscar una habitación vacía, ya verán cuando oigan esto...

Se aseguró de que Peeves no estuviera dentro antes de cerrar la puerta, y entonces les contó lo que había visto y oído.

—Así que teníamos razón, es la Piedra Filosofal y Snape trata de obligar a Quirrell a que le ayude a conseguirla. Le preguntó si sabía cómo pasar ante *Fluffy* y dijo algo sobre el «abracadabra» de Quirrell... Eso significa que hay otras cosas custodiando la Piedra, además de *Fluffy*, probablemente cantidades de hechizos, y Quirrell puede haber hecho algunos encantamientos anti-Artes Oscuras que Snape necesita romper...

—¿Quieres decir que la Piedra estará segura mientras Quirrell se oponga a Snape? —preguntó alarmada Hermione.

—En ese caso no durará mucho —dijo Ron.

14

Norberto, el ridgeback noruego

Sin embargo, Quirrell debía ser más valiente de lo que habían pensado. En las semanas que siguieron se fue poniendo cada vez más delgado y pálido, pero no parecía que su voluntad hubiera cedido.

Cada vez que pasaban por el pasillo del tercer piso, Harry, Ron y Hermione apoyaban las orejas contra la puerta, para ver si *Fluffy* estaba gruñendo, allí dentro. Snape seguía con su habitual mal carácter, lo que seguramente significaba que la Piedra estaba a salvo. Cada vez que Harry se cruzaba con Quirrell, le dirigía una sonrisa para darle ánimo, y Ron les decía a todos que no se rieran del tartamudeo del profesor.

Hermione, sin embargo, tenía en su mente otras cosas, además de la Piedra Filosofal. Había comenzado a hacer horarios para repasar y a subrayar con diferentes colores sus apuntes. A Harry y Ron eso no les habría importado, pero los fastidiaba todo el tiempo para que hicieran lo mismo.

—Hermione, faltan siglos para los exámenes.

—Diez semanas —replicó Hermione—. Eso no son siglos, es un segundo para Nicolás Flamel.

—Pero nosotros no tenemos seiscientos años —le recordó Ron—. De todos modos, ¿para qué repasas si ya te lo sabes todo?

—¿Que para qué estoy repasando? ¿Estás loco? ¿Te has dado cuenta de que tenemos que pasar estos exámenes para entrar en segundo año? Son muy importantes, tendría que haber empezado a estudiar hace un mes, no sé lo que me pasó...

Pero desgraciadamente, los profesores parecían pensar lo mismo que Hermione. Les dieron tantos deberes que las vacaciones de Pascua no resultaron tan divertidas como las de Navidad. Era difícil relajarse con Hermione al lado, recitando los doce usos de la sangre de dragón o practicando movimientos con la varita. Quejándose y bostezando, Harry y Ron pasaban la mayor parte de su tiempo libre en la biblioteca con ella, tratando de hacer todo el trabajo suplementario.

—Nunca podré acordarme de esto —estalló Ron una tarde, arrojando la pluma y mirando por la ventana de la biblioteca con nostalgia. Era realmente el primer día bueno desde hacía meses. El cielo era claro, y las nomeolvides azules y el aire anunciaban el verano.

Harry, que estaba buscando «díctamo» en *Mil hierbas mágicas y hongos* no levantó la cabeza hasta que oyó que Ron decía:

—¡Hagrid! ¿Qué estás haciendo en la biblioteca?

Hagrid apareció con aire desmañado, escondiendo algo detrás de la espalda. Parecía muy fuera de lugar, con su abrigo de piel de topo.

—Estaba mirando —dijo con una voz evasiva que les llamó la atención—. ¿Y ustedes qué hacen? —De pronto pareció sospechar algo—. No estarán buscando todavía a Nicolás Flamel, ¿no?

—Oh, lo encontramos hace siglos —dijo Ron con aire grandilocuente—. Y también sabemos lo que custodia el perro, es la Piedra Fi...

—¡¡Shhh!! —Hagrid miró alrededor para ver si alguien los escuchaba—. No pueden ir por ahí diciéndolo a gritos. ¿Qué les pasa?

—En realidad, hay unas pocas cosas que queremos preguntarte —dijo Harry— sobre qué cosas más custodian la Piedra, además de *Fluffy*...

—¡SHHHH! —dijo Hagrid otra vez—. Miren, vengan a verme más tarde, no prometo que les vaya a decir algo, pero no anden por ahí hablando, los alumnos no deben saber nada. Van a pensar que yo les he contado...

—Te vemos más tarde, entonces —dijo Harry.

Hagrid se escabulló.

—¿Qué escondía detrás de la espalda? —dijo Hermione con aire pensativo.

—¿Creen que tiene que ver con la Piedra?

—Voy a ver en qué sección estaba —dijo Ron, cansado de sus trabajos. Regresó un minuto más tarde, con muchos libros en los brazos. Los desparramó sobre la mesa.

—¡Dragones! —susurró—. ¡Hagrid estaba buscando cosas sobre dragones! Miren estos dos: *Especies de dragones en Gran Bretaña e Irlanda* y *Del huevo al infierno, guía para guardianes de dragones...*

—Hagrid siempre quiso tener un dragón, me lo dijo el día que lo conocí —dijo Harry.

—Pero va contra nuestras leyes —dijo Ron—. Criar dragones fue prohibido por la Convención de Magos de 1709, todos lo saben. Era difícil que los muggles no nos detectaran si teníamos dragones en nuestros jardines. De todos modos, no se puede domesticar un dragón, es peligroso. Tendrían que ver las quemaduras que Charlie se hizo con esos dragones salvajes de Rumania.

—Pero no hay dragones salvajes en Inglaterra, ¿verdad? —preguntó Harry.

—Por supuesto que hay —respondió Ron—. Verdes en Gales y negros en Escocia. Al ministro de Magia le ha costado trabajo silenciar ese asunto, te lo aseguro. Los nuestros tienen que hacerles encantamientos a los muggles que los han visto para que los olviden.

—Entonces ¿en qué está metido Hagrid? —dijo Hermione.

Cuando llamaron a la puerta de la cabaña del guardabosques, una hora más tarde, les sorprendió ver todas las cortinas cerradas. Hagrid preguntó «¿quién es?» antes de dejarlos entrar, y luego cerró rápidamente la puerta tras ellos.

En el interior, el calor era sofocante. Pese a que era un día cálido, en la chimenea ardía un buen fuego. Hagrid les preparó el té y les ofreció bocadillos de comadreja, que ellos no aceptaron.

—Entonces ¿querían preguntarme algo?

—Sí —dijo Harry. No tenía sentido dar más vueltas—. Nos preguntábamos si podías decirnos si hay algo más que custodie a la Piedra Filosofal, además de *Fluffy*.

Hagrid lo miró con aire adusto.

—Por supuesto que no puedo —dijo—. En primer lugar, no lo sé. En segundo lugar, ustedes ya saben demasiado, así que tampoco se los diría si lo supiera. Esa Piedra está aquí por un buen motivo. Casi la roban de Gringotts... Aunque eso ya lo sabían, ¿no? Me gustaría saber cómo averiguaron lo de *Fluffy*.

—Oh, vamos, Hagrid, puedes no querer contarnos, pero debes saberlo, tú sabes todo lo que sucede por aquí —dijo Hermione, con voz afectuosa y lisonjera. La barba de Hagrid se agitó y vieron que sonreía. Hermione continuó—: Nos preguntábamos en quién más podía confiar Dumbledore lo suficiente para pedirle ayuda, además de ti.

Con esas últimas palabras, el pecho de Hagrid se ensanchó. Harry y Ron miraron a Hermione con orgullo.

—Bueno, supongo que no tiene nada de malo decirte esto... Déjame ver... Yo le presté a *Fluffy*... luego algunos de los profesores hicieron encantamientos... la profesora Sprout, el profesor Flitwick, la profesora McGonagall —contó con los dedos—, el profesor Quirrell y el mismo Dumbledore, por supuesto. Esperen, me he olvidado de alguien. Oh, claro, el profesor Snape.

—¿Snape?

—Ajá... No seguirán con eso todavía, ¿no? Miren, Snape ayudó a proteger la Piedra, no quiere robarla.

Harry sabía que Ron y Hermione estaban pensando lo mismo que él. Si Snape había formado parte de la protección de la Piedra, le resultaría fácil descubrir cómo la protegían los otros profesores. Es probable que supiera todos los encantamientos, salvo el de Quirrell, y cómo pasar ante *Fluffy*.

—Tú eres el único que sabe cómo pasar ante *Fluffy*, ¿no, Hagrid? —preguntó Harry con ansiedad—. Y no se lo dirás a nadie, ¿no es cierto? ¿Ni siquiera a un profesor?

—Ni un alma lo sabe, salvo Dumbledore y yo —dijo Hagrid con orgullo.

—Bueno, eso es algo —murmuró Harry a los demás—. Hagrid, ¿podríamos abrir una ventana? Me estoy asando.

—No puedo, Harry, lo siento —respondió Hagrid. Harry notó que miraba de reojo hacia el fuego. Harry también miró.

—Hagrid... ¿Qué es eso?

Pero ya sabía lo que era. En el centro de la chimenea, debajo de la cazuela, había un enorme huevo negro.

—Ah —dijo Hagrid, tirándose con nerviosismo de la barba—. Eso... eh...

—¿Dónde lo has conseguido, Hagrid? —preguntó Ron, agachándose ante la chimenea para ver de cerca el huevo—. Debe haberte costado una fortuna.

—Lo gané —explicó Hagrid—. La otra noche. Estaba en la aldea, tomando unas copas y me puse a jugar a las cartas con un desconocido. Creo que se alegró mucho de librarse de él, si he de ser sincero.

—Pero ¿qué vas a hacer cuando salga del cascarón? —preguntó Hermione.

—Bueno, estuve leyendo un poco —dijo Hagrid, sacando un gran libro de debajo de su almohada—. Lo conseguí en la biblioteca: *Crianza de dragones para placer y provecho*. Está un poco anticuado, por supuesto, pero sale todo. Mantener el huevo en el fuego, porque las madres respiran fuego sobre ellos y, cuando salen del cascarón, alimentarlos con brandy mezclado con sangre de pollo, cada media hora. Y miren, dice cómo reconocer los diferentes huevos. El que tengo es un *ridgeback* noruego. Y son muy raros.

Parecía muy satisfecho de sí mismo, pero Hermione no.

—Hagrid, tú vives en una casa de madera —dijo.

Pero Hagrid no la escuchaba. Canturreaba alegremente mientras alimentaba el fuego.

Así que ya tenían algo más de qué preocuparse: lo que podía sucederle a Hagrid si alguien descubría que ocultaba un dragón ilegal en su cabaña.

—Me pregunto cómo será tener una vida tranquila —suspiró Ron, mientras noche tras noche luchaban con todo el trabajo extra que les daban los profesores. Hermione había comenzado ya a hacer horarios de repaso para Harry y Ron. Los estaba volviendo locos.

Entonces, durante un desayuno, *Hedwig* entregó a Harry otra nota de Hagrid. Sólo decía: «Está a punto de salir».

Ron quería faltar a la clase de Herbología e ir directamente a la cabaña. Hermione no quería ni oír hablar de eso.

—Hermione, ¿cuántas veces en nuestra vida veremos a un dragón saliendo de su huevo?

194

—Tenemos clases, nos vamos a meter en líos y no vamos a poder hacer nada cuando alguien descubra lo que Hagrid está haciendo...

—¡Cállate! —susurró Harry.

Malfoy estaba cerca de ellos y se había quedado inmóvil para escucharlos. ¿Cuánto había oído? A Harry no le gustó la expresión de su cara.

Ron y Hermione discutieron durante todo el camino hacia la clase de Herbología y, al final, Hermione aceptó ir a la cabaña de Hagrid con ellos durante el recreo de la mañana. Cuando al final de las clases sonó la campana del castillo, los tres dejaron sus trasplantadores y corrieron por el parque hasta el borde del bosque. Hagrid los recibió, excitado y radiante.

—Ya casi está fuera —dijo cuando entraron.

El huevo estaba sobre la mesa. Tenía grietas en la cáscara. Algo se movía en el interior y un curioso ruido salía de allí.

Todos acercaron las sillas a la mesa y esperaron, respirando con agitación.

De pronto se oyó un ruido y el huevo se abrió. La cría de dragón aleteó en la mesa. No era exactamente bonito. Harry pensó que parecía un paraguas negro arrugado. Sus alas puntiagudas eran enormes, comparadas con su cuerpo flacucho. Tenía un hocico largo con anchas fosas nasales, las puntas de los cuernos ya le salían y tenía los ojos anaranjados y saltones.

Estornudó. Volaron unas chispas.

—¿No es precioso? —murmuró Hagrid. Alargó una mano para acariciar la cabeza del dragón. Éste le dio un mordisco en los dedos, enseñando unos colmillos puntiagudos.

—¡Bendito sea! Miren, conoce a su mamá —dijo Hagrid.

—Hagrid —dijo Hermione—. ¿Cuánto tardan en crecer los ridgebacks noruegos?

Hagrid iba a contestarle, cuando de golpe su rostro palideció. Se puso de pie de un salto y corrió hacia la ventana.

—¿Qué sucede?

—Alguien estaba mirando por una rendija de la cortina... Era un chico... Va corriendo hacia el colegio.

Harry fue hasta la puerta y miró. Incluso a distancia, era inconfundible:

Malfoy había visto el dragón.

Algo en la sonrisa burlona de Malfoy durante la semana siguiente ponía nerviosos a Harry, Ron y Hermione. Pasaban la mayor parte de su tiempo libre en la oscura cabaña de Hagrid, tratando de hacerlo entrar en razón.

—Déjalo ir —lo instaba Harry—. Déjalo en libertad.

—No puedo —decía Hagrid—. Es demasiado pequeño. Se morirá.

Miraron el dragón. Había triplicado su tamaño en sólo una semana. Ya le salía humo de las narices. Hagrid no cumplía con sus deberes de guardabosques porque el dragón ocupaba todo su tiempo. Había botellas vacías de brandy y plumas de pollo por todo el suelo.

—He decidido llamarlo *Norberto* —dijo Hagrid, mirando al dragón con ojos húmedos—. Ya me reconoce, miren. ¡*Norberto*! ¡*Norberto*! ¿Dónde está mamá?

—Ha perdido el juicio —murmuró Ron a Harry.

—Hagrid —dijo Harry en voz muy alta—, espera dos semanas y *Norberto* será tan grande como tu casa. Malfoy se lo contará a Dumbledore en cualquier momento.

Hagrid se mordió el labio.

—Yo... yo sé que no puedo quedarme con él para siempre, pero no puedo echarlo, no puedo.

Harry se volvió hacia Ron súbitamente.

—Charlie —dijo.

—Tú también estás mal de la cabeza —dijo Ron—. Yo soy Ron, ¿recuerdas?

—No... Charlie, tu hermano. En Rumania. Estudiando dragones. Podemos enviarle a *Norberto*. ¡Charlie lo cuidará y luego lo dejará vivir en libertad!

—¡Genial! —dijo Ron—. ¿Qué piensas de eso, Hagrid?

Y al final, Hagrid aceptó que enviaran una lechuza para pedirle ayuda a Charlie.

La semana siguiente pareció alargarse. La noche del miércoles encontró a Harry y Hermione sentados solos en la sala común, mucho después de que todos se fueran a acostar. El reloj de la pared acababa de dar doce campanadas cuando el agujero de la pared se abrió de golpe. Ron surgió de la nada, al quitarse la capa invisible de Harry. Había estado en la cabaña de Hagrid, ayudándolo a alimentar a *Norberto*, que ya comía ratas muertas.

—¡Me ha mordido! —dijo, enseñándoles la mano envuelta en un pañuelo ensangrentado—. No podré escribir en una semana. Les aseguro que los dragones son los animales más horribles que conozco, pero para Hagrid es como si fuera un osito de peluche. Cuando me mordió, me hizo salir porque, según él, yo lo había asustado. Y cuando me fui le estaba cantando una canción de cuna.

Se oyó un golpe en la ventana oscura.

—¡Es *Hedwig*! —dijo Harry, corriendo para dejarla entrar—. ¡Debe traer la respuesta de Charlie!

Los tres juntaron las cabezas para leer la carta.

Querido Ron:

¿Cómo estás? Gracias por tu carta. Estaré encantado de quedarme con el ridgeback noruego, pero no será fácil traerlo aquí. Creo que lo mejor será hacerlo con unos amigos que vienen a visitarme la semana que viene. El problema es que no deben verlos llevando un dragón ilegal. ¿Podrían llevar al ridgeback noruego a la torre más alta, la medianoche del sábado? Ellos se encontrarán contigo allí y se lo llevarán mientras dure la oscuridad.

Envíame la respuesta lo antes posible.

Besos,
Charlie

Se miraron.

—Tenemos la capa invisible —dijo Harry—. No será tan difícil... creo que la capa es suficientemente grande para cubrir a *Norberto* y a dos de nosotros.

La prueba de lo mala que había sido aquella semana para ellos fue que aceptaron de inmediato. Cualquier cosa para liberarse de *Norberto*... y de Malfoy.

Se encontraron con un obstáculo. A la mañana siguiente, la mano mordida de Ron se había inflamado y tenía dos veces su tamaño normal. No sabía si convenía ir a ver a la señora Pomfrey. ¿Reconocería una mordedura de dragón?

Sin embargo, por la tarde no tuvo elección. La herida se había convertido en una horrible cosa verde. Parecía que los colmillos de *Norberto* tenían veneno.

Al finalizar el día, Harry y Hermione fueron corriendo hasta el ala de la enfermería para visitar a Ron y lo encontraron en un estado terrible.

—No es sólo mi mano —susurró— aunque parece que se me vaya a caer a trozos. Malfoy le dijo a la señora Pomfrey que quería pedirme prestado un libro, y vino y se estuvo riendo de mí. Me amenazó con decirle a ella quién me había mordido (yo le había dicho que era un perro, pero creo que no me creyó). No debí pegarle en el partido de quidditch. Por eso se está portando así.

Harry y Hermione trataron de calmarlo.

—Todo habrá terminado el sábado a medianoche —dijo Hermione, pero eso no lo tranquilizó. Al contrario, se sentó en la cama y comenzó a temblar.

—¡La medianoche del sábado! —dijo con voz ronca—. Oh, no, oh, no... acabo de acordarme... la carta de Charlie estaba en el libro que se llevó Malfoy, se enterará de la forma en que nos libraremos de *Norberto*.

Harry y Hermione no tuvieron tiempo de contestarle. Apareció la señora Pomfrey y los hizo salir, diciendo que Ron necesitaba dormir.

—Es muy tarde para cambiar los planes —dijo Harry a Hermione—. No tenemos tiempo de enviar a Charlie otra lechuza y ésta puede ser nuestra única oportunidad de librarnos de *Norberto*. Tendremos que arriesgarnos. Y tenemos la capa invisible y Malfoy no lo sabe.

Encontraron a *Fang*, el perro jabalinero, sentado afuera, con la cola vendada, cuando fueron a avisar a Hagrid. Éste les habló a través de la ventana.

—No los hago entrar —jadeó— porque *Norberto* está un poco molesto. No es nada importante, ya me ocuparé de él.

Cuando le contaron lo que decía Charlie, se le llenaron los ojos de lágrimas, aunque tal vez fuera porque *Norberto* acababa de morderle la pierna.

—¡Aaay! Está bien, sólo me ha cogido la bota... está jugando... después de todo es sólo un cachorro.

El cachorro golpeó la pared con su cola, haciendo temblar las ventanas. Harry y Hermione regresaron al castillo con la sensación de que el sábado no llegaría lo bastante rápido.

Tendrían que haber sentido pena por Hagrid, cuando llegó el momento de la despedida, si no hubieran estado tan preocupados por lo que tenían que hacer. Era una noche oscura y llena de nubes y llegaron un poquito tarde a la cabaña de Hagrid, porque tuvieron que esperar a que Peeves saliera del vestíbulo, donde jugaba tenis contra las paredes.

Hagrid tenía a *Norberto* listo y encerrado en una gran jaula.

—Tiene muchas ratas y algo de. brandy para el viaje —dijo Hagrid con voz amable—. Y le puse su osito de peluche por si se siente solo.

Del interior de la jaula les llegaron unos sonidos, que hicieron pensar a Harry que *Norberto* le estaba arrancando la cabeza al osito.

—¡Adiós, *Norberto*! —sollozó Hagrid, mientras Harry y Hermione cubrían la jaula con la capa invisible y se metían dentro ellos también—. ¡Mamá nunca te olvidará!

Cómo se las arreglaron para llevar la jaula hasta la torre del castillo fue algo que nunca supieron. Era casi medianoche cuando trasladaron la jaula de *Norberto* por las escaleras de mármol del castillo y siguieron por pasillos oscuros. Subieron una escalera, luego otra... Ni siquiera uno de los atajos de Harry hizo el trabajo más fácil.

— ¡Ya casi llegamos! —resopló Harry, mientras alcanzaban el pasillo que había bajo la torre más alta.

Entonces, un súbito movimiento por encima de ellos casi les hizo soltar la jaula. Olvidando que eran invisibles, se encogieron en las sombras, contemplando las siluetas oscuras de dos personas que discutían a unos tres metros de ellos. Una lámpara brilló.

La profesora McGonagall, con una bata de tejido escocés y una redecilla en el pelo, tenía sujeto a Malfoy por la oreja.

—¡Castigo! —gritaba—. ¡Y veinte puntos menos para Slytherin! Vagando en medio de la noche... ¿Cómo te atreves...?

—Usted no lo entiende, profesora, Harry Potter vendrá. ¡Y con un dragón!

—¡Qué absurda tontería! ¿Cómo te atreves a decir esas mentiras? Vamos, hablaré de ti con el profesor Snape... ¡Vamos, Malfoy!

Después de aquello, la escalera de caracol hacia la torre más alta les pareció lo más fácil del mundo. Cuando salieron al frío aire de la noche, donde se quitaron la capa, felices de poder respirar bien, Hermione dio una especie de salto.

—¡Malfoy está castigado! ¡Podría ponerme a cantar!

—No lo hagas —la previno Harry.

Riéndose de Malfoy, esperaron, con *Norberto* moviéndose en su jaula. Diez minutos más tarde, cuatro escobas aterrizaron en la oscuridad.

Los amigos de Charlie eran muy simpáticos. Enseñaron a Harry y Hermione los arneses que habían preparado para poder suspender a *Norberto* entre ellos. Todos ayudaron a colocar a *Norberto* para que estuviera muy seguro, y luego Harry y Hermione estrecharon las manos de los amigos y les dieron las gracias.

Por fin. *Norberto* se iba... se iba... se había ido.

Bajaron rápidamente por la escalera de caracol, con los corazones tan libres como sus manos, que ya no llevaban la jaula con *Norberto*. Sin el dragón, y con Malfoy castigado, ¿qué podía estropear su felicidad?

La respuesta los esperaba al pie de la escalera. Cuando llegaron al pasillo, el rostro de Filch apareció súbitamente en la oscuridad.

—Bien, bien, bien —susurró Harry—. Tenemos problemas.

Habían dejado la capa invisible en la torre.

15

El bosque prohibido

Las cosas no podían haber salido peor.

Filch los llevó al despacho de la profesora McGonagall, en el primer piso, donde se sentaron a esperar, sin decir una palabra. Hermione temblaba. Excusas, disculpas y locas historias cruzaban la mente de Harry, cada una más débil que la otra. No podía imaginar cómo se iban a librar del problema aquella vez. Estaban atrapados. ¿Cómo podían haber sido tan estúpidos para olvidar la capa? No había razón en el mundo para que la profesora McGonagall aceptara que habían estado vagando durante la noche, para no mencionar la torre más alta de Astronomía, que estaba prohibida, salvo para las clases. Si añadía a todo eso *Norberto* y la capa invisible, ya podían empezar a hacer las maletas.

¿Harry pensaba que las cosas no podían estar peor? Estaba equivocado. Cuando la profesora McGonagall apareció, llevaba a Neville.

—¡Harry! —estalló Neville en cuanto los vio—. Estaba tratando de encontrarte para prevenirte, oí que Malfoy decía que iba a atraparte, dijo que tenías un drag...

Harry negó violentamente con la cabeza, para que Neville no hablara más, pero la profesora McGonagall lo vio. Lo miró como si echara fuego igual que *Norberto* y se irguió, amenazadora, sobre los tres.

—Nunca lo habría creído de ninguno de ustedes. El señor Filch dice que estaban en la torre de Astronomía. Es la una de la mañana. Quiero una explicación.

Ésa fue la primera vez que Hermione no pudo contestar a una pregunta de un profesor. Miraba fijamente sus zapatillas, tan rígida como una estatua.

—Creo que tengo idea de lo que sucedió —dijo la profesora McGonagall—. No hace falta ser un genio para descubrirlo. Te inventaste una historia sobre un dragón para que Draco Malfoy saliera de la cama y se metiera en líos. Te he atrapado. Supongo que te habrá parecido divertido que Longbottom oyera la historia y también la creyera, ¿no?

Harry captó la mirada de Neville y trató de decirle, sin palabras, que aquello no era verdad, porque Neville parecía asombrado y herido. Pobre mete-patas Neville, Harry sabía lo que debía haberle costado buscarlos en la oscuridad, para prevenirlos.

—Estoy disgustada —dijo la profesora McGonagall—. Cuatro alumnos fuera de la cama en una noche. ¡Nunca he oído una cosa así! Tú, Hermione Granger, pensé que tenías más sentido común. Y tú, Harry Potter... Creía que Gryffindor significaba más para ti. Los tres sufrirán castigos... Sí, tú también, Longbottom, nada te da derecho a dar vueltas por el colegio durante la noche, en especial en estos días: es muy peligroso y se les descontarán cincuenta puntos de Gryffindor.

—¿Cincuenta? —resopló Harry. Iban a perder el primer puesto, lo que había ganado en el último partido de quidditch.

—Cincuenta puntos cada uno —dijo la profesora McGonagall, resoplando a través de su nariz puntiaguda.

—Profesora... por favor...

—Usted, usted no...

—No me digas lo que puedo o no puedo hacer, Harry Potter. Ahora, vuelvan a la cama, todos. Nunca me he sentido tan avergonzada de alumnos de Gryffindor.

Ciento cincuenta puntos perdidos. Eso situaba a Gryffindor en el último lugar. En una noche, habían acabado con cualquier posibilidad de que Gryffindor ganara la copa de la casa. Harry sentía como si le retorcieran el estómago. ¿Cómo podrían arreglarlo?

Harry no durmió aquella noche. Podía oír el llanto de Neville, que duró horas. No se le ocurría nada que decir para consolarlo. Sabía que Neville, como él mismo, tenía miedo de que amaneciera. ¿Qué sucedería cuando el resto de los de Gryffindor descubrieran lo que ellos habían hecho?

Al principio, los Gryffindors que pasaban por el gigantesco reloj de arena, que informaba de la puntuación de la casa, pensaron que había un error. ¿Cómo iban a tener, súbitamente, ciento cincuenta puntos menos que el día anterior? Y luego, se propagó la historia. Harry Potter, el famoso Harry Potter, el héroe de dos partidos de quidditch, les había hecho perder todos esos puntos, él y otros dos estúpidos de primer año.

De ser una de las personas más populares y admiradas del colegio, Harry súbitamente era el más detestado. Hasta los de Ravenclaw y Hufflepuff le giraban la cara, porque todos habían deseado ver a Slytherin perdiendo la copa. Por dondequiera que Harry pasara, lo señalaban con el dedo y no se molestaban en bajar la voz para insultarlo. Los de Slytherin, por su parte, lo aplaudían y lo vitoreaban, diciendo: «¡Gracias, Potter, te debemos una!».

Sólo Ron lo apoyaba.

—Se olvidarán en unas semanas. Fred y George han perdido puntos muchas veces desde que están aquí y la gente los sigue apreciando.

—Pero nunca perdieron ciento cincuenta puntos de una vez, ¿verdad? —dijo Harry tristemente.

—Bueno... no —admitió Ron.

Era un poco tarde para reparar los daños, pero Harry se juró que, de ahí en adelante, no se metería en cosas que no eran asunto suyo. Todo había sido por andar averiguando y espiando. Se sentía tan avergonzado que fue a ver a Wood y le ofreció su renuncia.

—¿Renunciar? —exclamó Wood—. ¿Qué ganaríamos con eso? ¿Cómo vamos a recuperar puntos si no podemos jugar al quidditch?

Pero hasta el quidditch había perdido su atractivo. El resto del equipo no le hablaba durante el entrenamiento, y si tenían que hablar de él lo llamaban «el buscador».

Hermione y Neville también sufrían. No pasaban tantos malos ratos como Harry porque no eran tan conocidos, pero nadie les hablaba. Hermione había dejado de llamar la atención en clase, y se quedaba con la cabeza baja, trabajando en silencio.

Harry casi estaba contento de que se aproximaran los exámenes. Las lecciones que tenía que repasar alejaban sus desgracias de su mente. Él, Ron y Hermione se quedaban juntos, trabajando hasta altas horas de la noche, tratando de recordar los ingredientes de complicadas pociones, aprendiendo de memoria hechizos y encantamientos y repitiendo las fechas de descubrimientos mágicos y rebeliones de los gnomos.

Y entonces, una semana antes de que empezaran los exámenes, las nuevas resoluciones de Harry de no interferir en nada que no le concerniera sufrieron una prueba inesperada. Una tarde que salía solo de la biblioteca oyó que alguien gemía en un aula que estaba delante de él. Mientras se acercaba, oyó la voz de Quirrell.

—No... no... otra vez no, por favor...

Parecía que alguien lo estaba amenazando. Harry se acercó.

—Muy bien... muy bien. —Oyó que Quirrell sollozaba.

Al segundo siguiente, Quirrell salió apresuradamente del aula, enderezándose el turbante. Estaba pálido y parecía a punto de llorar. Desapareció de su vista y Harry pensó que ni siquiera lo había visto. Esperó hasta que dejaron de oírse los pasos de Quirrell y entonces inspeccionó el aula. Parecía vacía, pero la puerta del otro extremo estaba entreabierta. Harry estaba a mitad de camino, cuando recordó que se había prometido no meterse en lo que no le correspondía.

Al mismo tiempo, habría apostado doce Piedras Filosofales a que Snape acababa de salir del aula y, por lo que Harry había escuchado, Snape debería estar de mejor humor... Quirrell parecía haberse rendido finalmente.

Harry regresó a la biblioteca, en donde Hermione estaba repasándole Astronomía a Ron. Harry les contó lo que había oído.

—¡Entonces Snape lo hizo! —dijo Ron—. Si Quirrell le dijo cómo romper su encantamiento anti—Fuerzas Oscuras...

—Pero todavía queda *Fluffy* —dijo Hermione.

—Tal vez Snape descubrió cómo pasar ante él sin preguntarle a Hagrid —dijo Ron, mirando los miles de libros que los rodeaban—. Seguro que por aquí hay un libro que dice cómo burlar a un perro gigante de tres cabezas. ¿Qué vamos a hacer, Harry?

La luz de la aventura brillaba otra vez en los ojos de Ron, pero Hermione respondió antes de que Harry lo hiciera.

—Ir a ver a Dumbledore. Eso es lo que debimos hacer hace tiempo. Si se nos ocurre algo a nosotros solos, con seguridad vamos a perder.

—¡Pero no tenemos pruebas! —exclamó Harry—. Quirrell está demasiado atemorizado para respaldarnos. Snape sólo tiene que decir que no sabía cómo entró el trol en Halloween y que él no estaba cerca del tercer piso en ese momento. ¿A quién piensan que van a creer, a él o a nosotros? No es exactamente un secreto que lo detestamos. Dumbledore creerá que nos lo hemos inventado para hacer que lo echen. Filch no nos ayudaría aunque su vida dependiera de ello, es demasiado amigo de Snape y, mientras más alumnos pueda echar, mejor para él. Y no olviden que se supone que no sabemos nada sobre la Piedra o *Fluffy*. Serían muchas explicaciones.

Hermione pareció convencida, pero Ron no.

—Si investigamos sólo un poco...

—No —dijo Harry en tono terminante—: ya hemos investigado demasiado.

Acercó un mapa de Júpiter a su mesa y comenzó a aprenderse los nombres de sus lunas.

A la mañana siguiente, llegaron notas para Harry, Hermione y Neville, en la mesa del desayuno. Eran todas iguales.

Su castigo tendrá lugar a las once de la noche.
El señor Filch los espera en el vestíbulo de entrada.

Prof. M. McGonagall

En medio del furor que sentía por los puntos perdidos, Harry había olvidado que todavía les quedaban los castigos. De alguna manera esperaba que Hermione se quejara por tener que perder una noche de estudio, pero la muchacha no dijo una palabra. Como Harry, sentía que se merecían lo que les tocara.

A las once de aquella noche, se despidieron de Ron en la sala común y bajaron al vestíbulo de entrada con Neville. Filch ya estaba allí y también Malfoy. Harry también había olvidado que a Malfoy lo habían condenado a un castigo.

—Síganme —dijo Filch, encendiendo un farol y conduciéndolos hacia fuera—. Seguro que lo pensarán dos veces antes de faltar a otra regla de la escuela, ¿verdad? —dijo, mirándolos con aire burlón—. Oh, sí... trabajo duro y dolor son los mejores maestros, si quieren mi opinión... es una lástima que hayan abandonado los viejos castigos... colgarlos de las muñecas, del techo, unos pocos días. Yo todavía tengo las cadenas en mi oficina, las mantengo engrasadas por si alguna vez se necesitan... Bien, allá vamos, y no piensen en escapar, porque será peor para ustedes si lo hacen.

Marcharon cruzando el oscuro parque. Neville comenzó a respirar con dificultad. Harry se preguntó cuál sería el castigo que les esperaba. Debía ser algo verdaderamente horrible, o Filch no estaría tan contento.

La luna brillaba, pero las nubes la tapaban, dejándolos en la oscuridad. Adelante, Harry pudo ver las ventanas iluminadas de la cabaña de Hagrid. Entonces oyeron un grito lejano.

—¿Eres tú, Filch? Date prisa, quiero empezar de una vez.

El corazón de Harry se animó: si iban a estar con Hagrid, no podía ser tan malo. El alivio debió aparecer en su cara, porque Filch dijo:

—Supongo que crees que vas a divertirte con ese papanatas, ¿no? Bueno, piénsalo mejor, muchacho... es al bosque adonde irán y mucho me habré equivocado si vuelven todos enteros.

Al oír aquello, Neville dejó escapar un gemido y Malfoy se detuvo de golpe.

—¿El bosque? —repitió, y no parecía tan indiferente como de costumbre—. Hay toda clase de cosas allí... dicen que hay hombres lobo.

Neville se aferró de la manga de la túnica de Harry y dejó escapar un ruido ahogado.

—Eso es problema suyo, ¿no? —dijo Filch, con voz radiante—. Tendrían que haber pensado en los hombres lobo antes de meterse en líos.

Hagrid se acercó hacia ellos, con *Fang* pegado a los talones. Llevaba una gran ballesta y un carcaj con flechas en la espalda.

—Menos mal —dijo—. Estoy esperando hace media hora. ¿Todo bien, Harry, Hermione?

—Yo no sería tan amistoso con ellos, Hagrid —dijo con frialdad Filch—. Después de todo, están aquí por un castigo.

—Por eso llegan tarde, ¿no? —dijo Hagrid, mirando con rostro ceñudo a Filch—. ¿Has estado dándoles sermones? Eso no es lo que tienes que hacer. A partir de ahora, me hago cargo yo.

—Volveré al amanecer —dijo Filch— para recoger lo que quede de ellos —añadió con malignidad. Se dio la vuelta y se encaminó hacia el castillo, agitando el farol en la oscuridad.

Entonces Malfoy se volvió hacia Hagrid.

—No iré a ese bosque —dijo, y Harry tuvo el gusto de notar miedo en su voz.

—Lo harás, si quieres quedarte en Hogwarts —dijo Hagrid con severidad—. Han hecho algo mal y ahora lo van a pagar.

—Pero eso es para los empleados, no para los alumnos. Yo pensé que nos harían escribir unas líneas, o algo así. Si mi padre supiera que hago esto, él...

—Te dirá que es así como se hace en Hogwarts —gruñó Hagrid—. ¡Escribir unas líneas! ¿Y a quién le serviría eso? Harán algo que sea útil, o si no se irán. Si crees que tu padre prefiere que te expulsen, entonces vuelve al castillo y coge tus cosas. ¡Vete!

Malfoy no se movió. Miró con ira a Hagrid, pero luego bajó la mirada.

—Bien, entonces —dijo Hagrid—, escuchen con cuidado, porque lo que vamos a hacer esta noche es peligroso y no quiero que ninguno se arriesgue. Síganme por aquí, un momento.

Los condujo hasta el límite del bosque. Levantando su farol, señaló hacia un estrecho sendero de tierra, que desaparecía entre los espesos árboles negros. Una suave brisa les levantó el cabello, mientras miraban en dirección al bosque.

—Miren allí —dijo Hagrid—. ¿Ven eso que brilla en la tierra? ¿Eso plateado? Es sangre de unicornio. Hay por aquí un unicornio que ha sido malherido por alguien. Es la segunda vez en una semana. Encontré uno muerto el último miércoles. Vamos a tratar de encontrar a ese pobrecito herido. Tal vez tengamos que evitar que siga sufriendo.

—¿Y qué sucede si el que hirió al unicornio nos encuentra a nosotros primero? —dijo Malfoy, incapaz de ocultar el miedo de su voz.

—No hay ningún ser en el bosque que los pueda herir si están conmigo o con *Fang* —dijo Hagrid—. Y sigan el sendero. Ahora vamos a dividirnos en dos equipos y seguiremos la huella en distintas direcciones. Hay sangre por todo el lugar, debieron herirlo ayer por la noche, por lo menos.

—Yo quiero ir con *Fang* —dijo rápidamente Malfoy, mirando los largos colmillos del perro.

—Muy bien, pero te informo que es un cobarde —dijo Hagrid—. Entonces Harry, Hermione y yo iremos por un lado y Draco, Neville y *Fang*, por el otro. Si alguno encuentra al unicornio, debe enviar chispas verdes, ¿de acuerdo? Saquen sus varitas y practiquen ahora... está bien... Y si alguno tiene problemas, las chispas serán rojas y nos reuniremos todos... así que tengan cuidado... en marcha.

El bosque estaba oscuro y silencioso. Después de andar un poco, vieron que el sendero se bifurcaba. Harry, Hermione y Hagrid fueron hacia la izquierda y Malfoy, Neville y *Fang* se dirigieron a la derecha.

Anduvieron en silencio, con la vista clavada en el suelo. De vez en cuando, un rayo de luna a través de las ramas iluminaba una mancha de sangre azul plateada entre las hojas caídas.

Harry vio que Hagrid parecía muy preocupado.

—¿Podría ser un hombre lobo el que mata los unicornios? —preguntó Harry.

—No son bastante rápidos —dijo Hagrid—. No es tan fácil cazar un unicornio, son criaturas poderosamente mágicas. Nunca había oído que hubieran hecho daño a ninguno.

Pasaron por un tocón con musgo. Harry podía oír el agua que corría: debía haber un arroyo cerca. Todavía había manchas de sangre de unicornio en el serpenteante sendero.

—¿Estás bien, Hermione? —susurró Hagrid—. No te preocupes, no puede estar muy lejos si está tan malherido, y entonces podremos... ¡PÓNGANSE DETRÁS DE ESE ÁRBOL!

Hagrid cogió a Harry y Hermione y los arrastró fuera del sendero, detrás de un grueso roble. Sacó una flecha, la puso en su ballesta y la levantó, lista para disparar. Los tres escucharon. Alguien se deslizaba sobre las hojas secas. Parecía como una capa que se arrastrara por el suelo. Hagrid miraba hacia el sendero oscuro pero, después de unos pocos segundos, el sonido se alejó.

—Lo sabía —murmuró—. Aquí hay alguien que no debería estar.

—¿Un hombre lobo? —sugirió Harry.

—Eso no era un hombre lobo, ni tampoco un unicornio —dijo Hagrid con gesto sombrío—. Bien, síganme, pero tengan cuidado.

Anduvieron más lentamente, atentos a cualquier ruido. De pronto, en un claro un poco más adelante, algo se movió visiblemente.

—¿Quién está ahí? —gritó Hagrid—. ¡Déjese ver... estoy armado!

Y apareció en el claro... ¿era un hombre o un caballo? De la cintura para arriba, un hombre, con pelo y barba rojizos, pero por debajo, el cuerpo de pelaje zaino de un caballo, con una cola larga y rojiza. Harry y Hermione se quedaron boquiabiertos.

—Oh, eres tú, Ronan —dijo aliviado Hagrid—. ¿Cómo estás?

Se acercó y estrechó la mano del centauro.

—Que tengas buenas noches, Hagrid —dijo Ronan. Tenía una voz profunda y acongojada—. ¿Ibas a dispararme?

—Nunca se es demasiado cuidadoso —dijo Hagrid, tocando su ballesta—. Hay alguien muy malvado, perdido en este bosque. Ah, éste es Harry Potter y ella es Hermione Granger. Ambos son alumnos del colegio. Y él es Ronan. Es un centauro.

—Nos hemos dado cuenta —dijo débilmente Hermione.

—Buenas noches —los saludó Ronan—. ¿Estudiantes, no? ¿Y aprenden mucho en el colegio?

—Eh...

—Un poquito —dijo con timidez Hermione.

—Un poquito. Bueno, eso es algo. —Ronan suspiró. Torció la cabeza y miró hacia el cielo—. Esta noche, Marte está brillante.

—Ajá —dijo Hagrid, lanzándole una mirada—. Escucha, me alegro de haberte encontrado, Ronan, porque hay un unicornio herido. ¿Has visto algo?

Ronan no respondió de inmediato. Se quedó con la mirada clavada en el cielo, sin pestañear, y suspiró otra vez.

—Siempre los inocentes son las primeras víctimas —dijo—. Ha sido así durante los siglos pasados y lo es ahora.

—Sí —dijo Hagrid—. Pero ¿has visto algo, Ronan? ¿Algo desacostumbrado?

—Marte brilla mucho esta noche —repitió Ronan, mientras Hagrid lo miraba con impaciencia—. Está inusualmente brillante.

—Sí, claro, pero yo me refería a algo inusual que esté un poco más cerca de nosotros —dijo Hagrid—. Entonces ¿no has visto nada extraño?

Otra vez, Ronan se tomó su tiempo para contestar. Hasta que, finalmente, dijo:

—El bosque esconde muchos secretos.

Un movimiento en los árboles detrás de Ronan hizo que Hagrid levantara de nuevo su ballesta, pero era sólo un segundo centauro, de cabello y cuerpo negro y con aspecto más salvaje que Ronan.

—Hola, Bane —saludó Hagrid—. ¿Qué tal?

—Buenas noches, Hagrid, espero que estés bien.

—Sí, gracias. Mira, le estaba preguntando a Ronan si había visto algo extraño últimamente. Han herido a un unicornio. ¿Sabes algo sobre eso?

Bane se acercó a Ronan. Miró hacia el cielo.

—Esta noche Marte brilla mucho —dijo simplemente.

—Eso dicen —dijo Hagrid de malhumor—. Bueno, si alguno ve algo, me avisan, ¿de acuerdo? Bueno, nosotros nos vamos.

Harry y Hermione lo siguieron, saliendo del claro y mirando por encima del hombro a Ronan y Bane, hasta que los árboles los taparon.

—Nunca —dijo irritado Hagrid— traten de obtener una respuesta directa de un centauro. Son unos malditos astrólogos. No se interesan por nada más cercano que la luna.

—¿Y hay muchos de ellos aquí? —preguntó Hermione.

—Oh, unos pocos más... Se mantienen apartados la mayor parte del tiempo, pero siempre aparecen si quiero hablar con ellos. Los centauros tienen una mente profunda... saben cosas... pero no dicen mucho.

—¿Crees que era un centauro el que oímos antes? —dijo Harry.

—¿Te pareció que era ruido de cascos? No, en mi opinión, eso era lo que está matando a los unicornios... Nunca he oído algo así.

Pasaron a través de los árboles oscuros y tupidos. Harry seguía mirando por encima de su hombro, con nerviosismo. Tenía la desagradable sensación de que los vigilaban. Estaba muy contento de que Hagrid y su ballesta fueran con ellos. Acababan de pasar una curva en el sendero cuando Hermione se aferró al brazo de Hagrid.

—¡Hagrid! ¡Mira! ¡Chispas rojas, los otros tienen problemas!

—¡Ustedes esperen aquí! —gritó Hagrid—. ¡Quédense en el sendero, volveré a buscarlos!

Lo oyeron alejarse y se miraron uno al otro, muy asustados, hasta que ya no oyeron más que las hojas que se movían alrededor.

—¿Crees que les habrá pasado algo? —susurró Hermione.

—No me importará si le ha pasado algo a Malfoy, pero si le sucede algo a Neville... está aquí por nuestra culpa.

Los minutos pasaban lentamente. Les parecía que sus oídos eran más agudos que nunca. Harry detectaba cada ráfaga de viento, cada ramita que se rompía. ¿Qué estaba sucediendo? ¿Dónde estaban los otros?

Por fin, un ruido de pisadas crujientes les anunció el regreso de Hagrid. Malfoy, Neville y *Fang* estaban con él. Hagrid estaba furioso. Malfoy se había escondido detrás de Neville y, en broma, lo había cogido. Neville se aterró y envió las chispas.

—Vamos a necesitar mucha suerte para encontrar algo, después del alboroto que han hecho. Bueno, ahora voy a cambiar los grupos... Neville, tú te quedas conmigo y Hermione. Harry, tú vas con *Fang* y este idiota. Lo siento —añadió en un susurro dirigiéndose a Harry— pero a él le va a costar mucho asustarte y tenemos que terminar con esto.

Así que Harry se internó en el corazón del bosque, con Malfoy y *Fang*. Anduvieron cerca de media hora, internándose cada vez más profundamente, hasta que el sendero se volvió casi imposible de seguir, porque los árboles eran muy gruesos. Harry pensó que la sangre también parecía más espesa. Había manchas en las raíces de los árboles, como si la pobre criatura se hubiera arrastrado en su dolor. Harry pudo ver un claro, más adelante, a través de las enmarañadas ramas de un viejo roble.

—Mira... —murmuró, levantando un brazo para detener a Malfoy.

Algo de un blanco brillante relucía en la tierra. Se acercaron más.

Sí, era el unicornio y estaba muerto. Harry nunca había visto nada tan hermoso y tan triste. Sus largas patas delgadas estaban dobladas en ángulos extraños por su caída y su melena color blanco perla se desparramaba sobre las hojas oscuras.

Harry había dado un paso hacia el unicornio, cuando un sonido de algo que se deslizaba lo hizo congelarse en donde estaba. Un arbusto que estaba en el borde del claro se agitó... Entonces, de entre las sombras, una figura encapuchada se acercó gateando, como una bestia al acecho. Harry, Malfoy y *Fang* permanecieron paralizados. La figura encapuchada llegó hasta el unicornio, bajó la cabeza sobre la herida del animal y comenzó a beber su sangre.

—¡AAAAAAAAAAAAAH!

Malfoy dejó escapar un terrible grito y huyó... lo mismo que *Fang*. La figura encapuchada levantó la cabeza y miró directamente a Harry. La sangre del unicornio le chorreaba por el pecho. Se puso de pie y se acercó rápidamente hacia él... Harry estaba paralizado de miedo.

Entonces, un dolor le perforó la cabeza, algo que nunca había sentido, como si la cicatriz estuviera incendiándose. Casi sin poder ver, retrocedió. Oyó cascos galopando a sus espaldas, y algo saltó limpiamente y atacó a la figura.

El dolor de cabeza era tan fuerte que Harry cayó de rodillas. Pasaron unos minutos antes de que se calmara. Cuando levantó la vista, la figura se había ido. Un centauro estaba ante él. No era ni Ronan ni Bane: éste parecía más joven, tenía cabello rubio muy claro, cuerpo pardo y cola blanca.

—¿Estás bien? —dijo el centauro, ayudándolo a ponerse de pie.

—Sí... gracias... ¿qué ha sido eso?

El centauro no contestó. Tenía ojos asombrosamente azules, como pálidos zafiros. Observó a Harry con cuidado, fijando la mirada en la cicatriz, que se veía amoratada en la frente de Harry.

—Tú eres el chico Potter —dijo—. Es mejor que regreses con Hagrid. El bosque no es seguro en esta época... en especial para ti. ¿Puedes cabalgar? Así será más rápido... Mi nombre es Firenze —añadió, mientras bajaba sus patas delanteras, para que Harry pudiera montar en su lomo.

Del otro lado del claro llegó un súbito ruido de cascos al galope. Ronan y Bane aparecieron velozmente entre los árboles, resoplando y con los flancos sudados.

—¡Firenze! —rugió Bane—. ¿Qué estás haciendo? ¡Tienes un humano sobre el lomo! ¿No te da vergüenza? ¿Es que eres una mula ordinaria?

—¿Te das cuenta de quién es? —dijo Firenze—. Es el chico Potter. Mientras más rápido se vaya del bosque, mejor.

—¿Qué le has estado diciendo? —gruñó Bane—. Recuerda, Firenze, juramos no oponernos a los cielos. ¿No has leído en el movimiento de los planetas lo que sucederá?

Ronan dio una patada en el suelo con nerviosismo.

—Estoy seguro de que Firenze pensó que estaba obrando lo mejor posible —dijo, con voz sombría.

También Bane dio una patada, enfadado.

—¡Lo mejor posible! ¿Qué tiene eso que ver con nosotros? ¡Los centauros debemos ocuparnos de lo que está vaticinado! ¡No es asunto nuestro el andar como burros buscando humanos extraviados en nuestro bosque!

De pronto, Firenze levantó las patas con furia y Harry tuvo que aferrarse para no caer.

—¿No has visto ese unicornio? —preguntó Firenze a Bane—. ¿No comprendes por qué lo mataron? ¿O los planetas no te han dejado saber ese secreto? Yo me lanzaré contra el que está al acecho en este bosque, con humanos sobre mi lomo si tengo que hacerlo.

Y Firenze partió rápidamente, con Harry sujetándose lo mejor que podía, y dejó atrás a Ronan y Bane, que se internaron entre los árboles.

Harry no entendía lo sucedido.

—¿Por qué Bane está tan enfadado? —preguntó—. Y a propósito, ¿qué era esa cosa de la que me salvaste?

Firenze redujo el paso y previno a Harry que tuviera la cabeza agachada, a causa de las ramas, pero no contestó. Siguieron andando entre los árboles y en silencio, durante tanto tiempo que Harry creyó que Firenze no volvería a hablarle. Sin embargo, cuando llegaron a un lugar particularmente tupido, Firenze se detuvo.

—Harry Potter, ¿sabes para qué se utiliza la sangre de unicornio?

—No —dijo Harry, asombrado por la extraña pregunta—. En la clase de Pociones solamente utilizamos los cuernos y el pelo de la cola de unicornio.

—Eso es porque matar un unicornio es algo monstruoso —dijo Firenze—. Sólo alguien que no tenga nada que perder y todo para ganar puede cometer semejante crimen. La sangre de unicornio te mantiene con vida, incluso si estás al borde de la muerte, pero a un precio terrible. Si uno mata algo puro e indefenso para salvarse a sí mismo, conseguirá media vida, una vida maldita, desde el momento en que la sangre toque sus labios.

Harry clavó la mirada en la nuca de Firenze, que parecía de plata a la luz de la luna.

—Pero ¿quién estaría tan desesperado? —se preguntó en voz alta—. Si te van a maldecir para siempre, la muerte es mejor, ¿no?

—Es así —dijo Firenze—, a menos que lo único que necesites sea mantenerte vivo el tiempo suficiente para beber algo más, algo que te devuelva toda tu fuerza y poder, algo que haga que nunca mueras. ¿Harry Potter, sabes qué está escondido en el colegio en este preciso momento?

—¡La Piedra Filosofal! ¡Por supuesto... el Elixir de Vida! Pero no entiendo quién...

—¿No puedes pensar en nadie que haya esperado muchos años para regresar al poder, que esté aferrado a la vida, esperando su oportunidad?

Fue como si un puño de hierro cayera súbitamente sobre la cabeza de Harry. Por encima del ruido del follaje, le pareció oír una vez más lo que Hagrid le había dicho la noche en que se conocieron: «Algunos dicen que murió. En mi opinión, son tonterías. No creo que le quede lo suficiente de humano como para morir».

—¿Quieres decir —dijo con voz ronca Harry— que era Vol...?

—¡Harry! Harry, ¿estás bien?

Hermione corría hacia ellos por el sendero, con Hagrid resoplando detrás.

—Estoy bien —dijo Harry, casi sin saber lo que contestaba—. El unicornio está muerto, Hagrid, está en ese claro de atrás.

—Aquí es donde te dejo —murmuró Firenze, mientras Hagrid corría a examinar al unicornio—. Ya estás a salvo.

Harry se deslizó de su lomo.

—Buena suerte, Harry Potter —dijo Firenze—. Los planetas ya se han leído antes equivocadamente, hasta por centauros. Espero que ésta sea una de esas veces.

Se volvió y se internó en lo más profundo del bosque, dejando a Harry temblando.

Ron se había quedado dormido en la oscuridad de la sala común, esperando a que volvieran. Cuando Harry lo sacudió para despertarlo, gritó algo sobre una falta en quidditch. Sin embargo, en unos segundos estaba con los ojos muy abiertos, mientras Harry les contaba, a él y a Hermione, lo que había sucedido en el bosque.

Harry no podía sentarse. Se paseaba de un lado al otro, ante la chimenea. Todavía temblaba.

—Snape quiere la piedra para Voldemort... y Voldemort está esperando en el bosque... ¡Y todo el tiempo pensábamos que Snape sólo quería ser rico!

—¡Deja de decir el nombre! —dijo Ron, en un aterrorizado susurro, como si pensara que Voldemort pudiera oírlos.

Harry no lo escuchó.

—Firenze me salvó, pero no debía haberlo hecho... Bane estaba furioso... Hablaba de interferir en lo que los planetas dicen que sucederá... Deben decir que Voldemort ha vuelto... Bane piensa que Firenze debió dejar que Voldemort me matara. Supongo que eso también está escrito en las estrellas.

—¿Quieres dejar de repetir el nombre? —dijo Ron.

—Así que lo único que tengo que hacer es esperar que Snape robe la Piedra —continuó febrilmente Harry—.

Entonces Voldemort podrá venir y terminar conmigo... Bueno, supongo que Bane estará contento.

Hermione parecía muy asustada, pero tuvo una palabra de consuelo.

—Harry, todos dicen que Dumbledore es el único al que Quien-tú-sabes siempre ha temido. Con Dumbledore por aquí, Quien-tú-sabes no te tocará. De todos modos, ¿quién puede decir que los centauros tienen razón? A mí me parecen adivinos y la profesora McGonagall dice que ésa es una rama de la magia muy inexacta.

El cielo ya estaba claro cuando terminaron de hablar. Se fueron a la cama agotados, con las gargantas secas. Pero las sorpresas de aquella noche no habían terminado.

Cuando Harry abrió la cama encontró su capa invisible, cuidadosamente doblada. Tenía sujeta una nota:

Por las dudas.

16

A través de la trampilla

En años venideros, Harry nunca pudo recordar cómo se las había arreglado para hacer sus exámenes, cuando una parte de él esperaba que Voldemort entrara por la puerta en cualquier momento. Sin embargo, los días pasaban y no había dudas de que *Fluffy* seguía bien y con vida, detrás de la puerta cerrada.

Hacía mucho calor, en especial en el aula grande donde hacían los exámenes escritos. Les habían entregado plumas nuevas, especiales, que habían sido hechizadas con un encantamiento antitrampa.

También tenían exámenes prácticos. El profesor Flitwick los llamó uno a uno al aula, para ver si podían hacer que una piña bailara encima del escritorio. La profesora McGonagall los observó mientras convertían un ratón en una caja de rapé. Ganaban puntos las cajas más bonitas, pero los perdían si tenían bigotes. Snape los puso nerviosos a todos, respirando sobre sus nucas mientras trataban de recordar cómo hacer una poción para olvidar.

Harry lo hizo todo lo mejor que pudo, tratando de hacer caso omiso de las punzadas que sentía en la frente, un dolor que le molestaba desde la noche que había estado en el bosque. Neville pensaba que Harry era un caso grave de nerviosismo, porque no podía dormir por las noches. Pero la verdad era que Harry se despertaba por culpa de su vieja pesadilla, que se había vuelto peor, porque la figura encapuchada aparecía chorreando sangre.

Tal vez porque ellos no habían visto lo que Harry vio en el bosque, o porque no tenían cicatrices ardientes en la frente, Ron y Hermione no parecían tan preocupados por la Piedra como Harry. La idea de Voldemort los atemorizaba, desde luego, pero no los visitaba en sueños y estaban tan ocupados repasando que no les quedaba tiempo para inquietarse por lo que Snape o algún otro estuvieran tramando.

El último examen era Historia de la Magia. Una hora respondiendo preguntas sobre viejos magos chiflados que habían inventado calderos que revolvían su contenido, y estarían libres, libres durante toda una maravillosa semana, hasta que recibieran los resultados de los exámenes. Cuando el fantasma del profesor Binns les dijo que dejaran sus plumas y enrollaran sus pergaminos, Harry no pudo dejar de alegrarse con el resto.

—Esto ha sido mucho más fácil de lo que pensé —dijo Hermione, cuando se reunieron con los demás en el parque soleado—. No necesitaba haber estudiado el Código de Conducta de los Hombres Lobo de 1637 o el levantamiento de Elfrico *el Vehemente*.

A Hermione siempre le gustaba volver a repetir los exámenes, pero Ron dijo que iba a ponerse malo, así que se fueron hacia el lago y se dejaron caer bajo un árbol. Los gemelos Weasley y Lee Jordan se dedicaban a pinchar los tentáculos de un calamar gigante que tomaba el sol en la orilla.

—Basta de repasos —suspiró aliviado Ron, estirándose en la hierba—. Puedes alegrarte un poco, Harry, aún falta una semana para que sepamos lo mal que nos fue, no hace falta preocuparse ahora.

Harry se frotaba la frente.

—¡Me gustaría saber qué significa esto! —estalló enfadado—. Mi cicatriz sigue doliéndome. Me ha sucedido antes, pero nunca tanto tiempo seguido como ahora.

—Ve a ver a la señora Pomfrey —sugirió Hermione.

—No estoy enfermo —dijo Harry—. Creo que es un aviso... significa que se acerca el peligro...

Ron no podía agitarse, hacía demasiado calor.

—Harry, relájate, Hermione tiene razón, la Piedra está segura mientras Dumbledore esté aquí. De todos modos, nunca hemos tenido pruebas de que Snape encontrara la forma de burlar a *Fluffy*. Casi le arrancó la pierna una vez,

218

no va a intentarlo de nuevo. Y Neville jugará al quidditch en el equipo de Inglaterra antes de que Hagrid traicione a Dumbledore.

Harry asintió, pero no pudo evitar la furtiva sensación de que se había olvidado de hacer algo, algo importante. Cuando trató de explicarlo, Hermione dijo:

—Eso son los exámenes. Yo me desperté anoche y estuve a punto de mirar mis apuntes de Transformación, cuando me acordé de que ya habíamos hecho ese examen.

Pero Harry estaba seguro de que aquella sensación inquietante nada tenía que ver con los exámenes. Vio una lechuza que volaba hacia el colegio, por el brillante cielo azul, con una nota en el pico. Hagrid era el único que le había enviado cartas. Hagrid nunca traicionaría a Dumbledore. Hagrid nunca le diría a nadie cómo pasar ante *Fluffy*... nunca... Pero...

Harry, súbitamente, se puso de pie de un salto.

—¿Adónde vas? —preguntó Ron con aire soñoliento.

—Acabo de pensar en algo —dijo Harry. Se había puesto pálido—. Tenemos que ir a ver a Hagrid ahora.

—¿Por qué? —suspiró Hermione, levantándose.

—¿No les parece un poco raro —dijo Harry, subiendo por la colina cubierta de hierba— que lo que más deseara Hagrid fuera un dragón, y que de pronto aparezca un desconocido que casualmente tiene un huevo en el bolsillo? ¿Cuánta gente anda por ahí con huevos de dragón, que están prohibidos por las leyes de los magos? Qué suerte tuvo al encontrar a Hagrid, ¿verdad? ¿Por qué no se me ocurrió antes?

—¿En qué estás pensando? —preguntó Ron, pero Harry echó a correr por los terrenos que iban hacia el bosque, sin contestarle.

Hagrid estaba sentado en un sillón, fuera de la casa, con los pantalones y las mangas de la camisa arremangados, y desgranaba guisantes en un gran recipiente.

—Hola —dijo sonriente—. ¿Han terminado los exámenes? ¿Tienen tiempo para beber algo?

—Sí, por favor —dijo Ron, pero Harry lo interrumpió.

—No, tenemos prisa, Hagrid, pero tengo que preguntarte algo ¿Te acuerdas de la noche en que ganaste a *Norberto*? ¿Cómo era el desconocido con el que jugaste a las cartas?

—No lo sé —dijo Hagrid sin darle importancia—. No se quitó la capa.

Vio que los tres chicos lo miraban asombrados y levantó las cejas.

—No es tan inusual, hay mucha gente rara en el Cabeza de Puerco, uno de los bares de la aldea. Podría ser un traficante de dragones, ¿no? No llegué a verle la cara porque no se quitó la capucha.

Harry se dejó caer cerca del recipiente de los guisantes.

—¿De qué hablaste con él, Hagrid? ¿Mencionaste Hogwarts?

—Puede ser —dijo Hagrid, con rostro ceñudo, tratando de recordar—. Sí... Me preguntó qué hacía y le dije que era guardabosques aquí... Me preguntó de qué tipo de animales me ocupaba... se lo expliqué... y le conté que siempre había querido tener un dragón... y luego... no puedo recordarlo bien, porque me invitó a muchas copas. Déjame ver... ah sí, me dijo que tenía el huevo de dragón y que podía jugarlo a las cartas si yo quería... pero que tenía que estar seguro de que iba a poder con él, no quería dejarlo en cualquier lado... Así que le dije que, después de *Fluffy*, un dragón era algo fácil.

—¿Y él... pareció interesado en *Fluffy*? —preguntó Harry, tratando de conservar la calma.

—Bueno... sí... es normal. ¿Cuántos perros con tres cabezas has visto? Entonces le dije que *Fluffy* era buenísimo si uno sabía calmarlo: tocando música se dormía en seguida...

De pronto Hagrid pareció horrorizado.

—¡No debí decir eso! —estalló—. ¡Olviden que lo dije! Eh... ¿adónde van?

Harry, Ron y Hermione no se hablaron hasta llegar al vestíbulo de entrada, que parecía frío y sombrío, después de haber estado en el parque.

—Tenemos que ir a ver a Dumbledore —dijo Harry—. Hagrid le dijo al desconocido cómo pasar ante *Fluffy*, y sólo podía ser Snape o Voldemort, debajo de la capa... No fue difícil, después de emborrachar a Hagrid. Sólo espero que Dumbledore nos crea. Firenze nos respaldará, si Bane no lo detiene. ¿Dónde está el despacho de Dumbledore?

Miraron alrededor, como si esperaran que alguna señal se lo indicara. Nunca les habían dicho dónde vivía Dumbledore, ni conocían a nadie a quien hubieran enviado a verlo.

—Tendremos que... —empezó a decir Harry, pero súbitamente una voz cruzó el vestíbulo.

—¿Qué están haciendo los tres aquí dentro?

Era la profesora McGonagall, que llevaba muchos libros.

—Queremos ver al profesor Dumbledore —dijo Hermione con valentía, según les pareció a Ron y Harry.

—¿Ver al profesor Dumbledore? —repitió la profesora, como si pensara que era algo inverosímil—. ¿Por qué?

Harry tragó: «¿Y ahora qué?».

—Es algo secreto —dijo, pero de inmediato deseó no haberlo hecho, porque la profesora McGonagall se enfadó.

—El profesor Dumbledore se fue hace diez minutos —dijo con frialdad—. Recibió una lechuza urgente del ministro de Magia y salió volando para Londres de inmediato.

—¿Se fue? —preguntó Harry con aire desesperado—. ¿Ahora?

—El profesor Dumbledore es un gran mago, Potter, y tiene muchos compromisos...

—Pero esto es importante.

—¿Algo que tú tienes que decir es más importante que el ministro de Magia, Potter?

—Mire —dijo Harry, dejando de lado toda precaución—, profesora, se trata de la Piedra Filosofal...

Fue evidente que la profesora McGonagall no esperaba aquello. Los libros que llevaba se deslizaron al suelo y no se molestó en recogerlos.

—¿Cómo es que sabes...? —farfulló.

—Profesora, creo... sé... que Sna... que alguien va a tratar de robar la Piedra. Tengo que hablar con el profesor Dumbledore.

La profesora lo miró entre impresionada y suspicaz.

—El profesor Dumbledore regresará mañana —dijo finalmente—. No sé cómo han descubierto lo de la Piedra, pero quédense tranquilos. Nadie puede robarla, está demasiado bien protegida.

—Pero profesora...

—Harry, sé de lo que estoy hablando —dijo en tono cortante. Se inclinó y recogió sus libros—. Les sugiero que salgan y disfruten del sol.

Pero no lo hicieron.

—Será esta noche —dijo Harry, una vez que se aseguraron de que la profesora McGonagall no podía oírlos—. Snape pasará por la trampilla esta noche. Ya ha descubierto todo lo que necesitaba saber y ahora ha conseguido quitar de en medio a Dumbledore. Él envió esa nota, seguro que el ministro de Magia tendrá una verdadera sorpresa cuando aparezca Dumbledore.

—Pero ¿qué podemos...?

Hermione tosió. Harry y Ron se volvieron.

Snape estaba allí.

—Buenas tardes —dijo amablemente.

Lo miraron sin decir nada.

—No deberían estar dentro en un día así —dijo con una rara sonrisa torcida.

—Nosotros... —comenzó Harry, sin idea de lo que diría.

—Deben ser más cuidadosos —dijo Snape—. Si los ven andando por aquí, pueden pensar que van a hacer alguna cosa mala. Y Gryffindor no puede perder más puntos, ¿no es cierto?

Harry se ruborizó. Se dieron media vuelta para irse, pero Snape los llamó.

—Ten cuidado, Potter, otra noche de vagabundeos y yo personalmente me encargaré de que te expulsen. Que pases un buen día.

Se alejó en dirección a la sala de profesores.

Una vez fuera, en la escalera de piedra, Harry se volvió hacia sus amigos.

—Bueno, esto es lo que tenemos que hacer —susurró con prisa—. Uno de nosotros tiene que vigilar a Snape, esperar fuera de la sala de profesores y seguirlo si sale. Hermione, mejor que eso lo hagas tú.

—¿Por qué yo?

—Es obvio —intervino Ron—. Puedes fingir que estás esperando al profesor Flitwick, ya sabes cómo —la imitó con voz aguda—: «Oh, profesor Flitwick, estoy tan preocupada, creo que tengo mal la pregunta catorce b...».

—Oh, cállate —dijo Hermione, pero estuvo de acuerdo en ir a vigilar a Snape.

—Y nosotros iremos a vigilar el pasillo del tercer piso —dijo Harry a Ron—. Vamos.

Pero aquella parte del plan no funcionó. Tan pronto como llegaron a la puerta que separaba a *Fluffy* del resto del colegio, la profesora McGonagall apareció otra vez, salvo que ya había perdido la paciencia.

—Supongo que creen que son los mejores para vencer todos los encantamientos —dijo con rabia—. ¡Ya son suficientes tonterías! Si me entero de que han vuelto por aquí, les quitaré otros cincuenta puntos para Gryffindor. ¡Sí, Weasley, de mi propia casa!

Harry y Ron regresaron a la sala común. Justo cuando Harry acababa de decir: «Al menos Hermione está detrás de Snape», el retrato de la Dama Gorda se abrió y apareció la muchacha.

—¡Lo siento, Harry! —se quejó—. Snape apareció y me preguntó qué estaba haciendo, así que le dije que esperaba al profesor Flitwick. Snape fue a buscarlo, yo tuve que irme y no sé adónde habrá ido Snape.

—Bueno, no queda otro remedio, ¿verdad?

Los otros dos lo miraron asombrados. Estaba pálido y los ojos le brillaban.

—Iré esta noche y trataré de llegar antes y conseguir la Piedra.

—¡Estás loco! —dijo Ron.

—¡No puedes! —dijo Hermione—. ¿Después de todo lo que han dicho Snape y McGonagall? ¡Te van a expulsar!

—¿Y qué? —gritó Harry—. ¿No comprenden? ¡Si Snape consigue la Piedra, es la vuelta de Voldemort! ¿No han oído cómo eran las cosas cuando él trataba de apoderarse de todo? ¡Ya no habrá ningún colegio para que nos expulsen! ¡Lo destruirá o lo convertirá en un colegio para las Artes Oscuras! ¿No se dan cuenta de que perder puntos ya no importa? ¿Creen que él dejará que ustedes y sus familias estén tranquilos, si Gryffindor gana la Copa de las Casas? Si me atrapan antes de que consiga la Piedra, bueno, tendré que volver con los Dursley y esperar a que Voldemort me encuentre allí. Será sólo morir un poquito más tarde de lo que debería haber muerto, porque nunca me pasaré al lado tenebroso. Voy a entrar por esa trampilla, esta noche, y nada de lo que digan me detendrá. Voldemort mató a mis padres, ¿lo recuerdan?

Los miró con furia.

—Tienes razón, Harry —dijo Hermione, casi sin voz.

—Voy a llevar la capa invisible —dijo Harry—. Es una suerte haberla recuperado.

—Pero ¿nos cubrirá a los tres? —preguntó Ron.

—¿A... nosotros tres?

—Oh, vamos, ¿no pensarás que te vamos a dejar ir solo?

—Por supuesto que no —dijo Hermione con voz enérgica—. ¿Cómo crees que vas a conseguir la Piedra sin nosotros? Será mejor que vaya a buscar en mis libros, tiene que haber algo que nos sirva...

—Pero si nos atrapan, también los expulsarán a ustedes.

—No, si yo puedo evitarlo —dijo Hermione con severidad—. Flitwick me dijo en secreto que en su examen tengo ciento doce sobre cien. No me van a expulsar después de eso.

Tras la cena, los tres se sentaron en la sala común, lejos de todos. Nadie los molestó: después de todo, ninguno de los de Gryffindor hablaba con Harry, pero ésa fue la primera noche que no le importó. Hermione revisaba sus apuntes, confiando en encontrar algunos de los encantamientos que deberían conjurar. Harry y Ron no hablaban mucho. Ambos pensaban en lo que harían.

Poco a poco, la sala se fue vaciando y todos se fueron a acostar.

—Será mejor que vayas a buscar la capa —murmuró Ron, mientras Lee Jordan finalmente se iba, bostezando y desperezándose. Harry corrió por las escaleras hasta su dormitorio oscuro. Sacó la capa y entonces su mirada se fijó en la flauta que Hagrid le había regalado para Navidad. La guardó para utilizarla con *Fluffy*: no tenía muchas ganas de cantar...

Regresó a la sala común.

—Es mejor que nos pongamos la capa aquí y nos aseguremos de que nos cubra a los tres... si Filch descubre a uno de nuestros pies andando solo por ahí...

—¿Qué van a hacer? —dijo una voz desde un rincón. Neville apareció detrás de un sillón, aferrado al sapo *Trevor*, que parecía haber intentado otro viaje a la libertad.

—Nada, Neville, nada —dijo Harry, escondiendo la capa detrás de la espalda.

Neville observó sus caras de culpabilidad.

—Van a salir de nuevo —dijo.

—No, no, no —aseguró Hermione—. No, no haremos nada. ¿Por qué no te vas a la cama, Neville?

Harry miró al reloj de pie que había al lado de la puerta. No podían perder más tiempo, Snape ya debía estar haciendo dormir a *Fluffy*.

—No pueden irse —insistió Neville—. Los volverán a atrapar. Gryffindor tendrá más problemas.

—Tú no lo entiendes —dijo Harry—. Esto es importante.

Pero era evidente que Neville haría algo desesperado.

—No dejaré que lo hagan —dijo, corriendo a ponerse frente al agujero del retrato—. ¡Voy... voy a pelear con ustedes!

—¡Neville! —estalló Ron—. ¡Apártate de ese agujero y no seas idiota!

—¡No me llames idiota! —dijo Neville—. ¡No me parece bien que sigan faltando a las reglas! ¡Y tú fuiste el que me dijo que hiciera frente a la gente!

—Sí, pero no a nosotros —dijo irritado Ron—. Neville, no sabes lo que estás haciendo.

Dio un paso hacia Neville y el chico dejó caer al sapo *Trevor*, que desapareció de la vista.

—¡Ven entonces, intenta pegarme! —dijo Neville, levantando los puños—. ¡Estoy listo!

Harry se volvió hacia Hermione.

—Haz algo —dijo desesperado.

Hermione dio un paso adelante.

—Neville —dijo—, de verdad, siento mucho, mucho, esto.

Levantó la varita.

—¡*Petrificus totalus*! —gritó, señalando a Neville.

Los brazos de Neville se pegaron a su cuerpo. Sus piernas se juntaron. Todo el cuerpo se le puso rígido, se balanceó y luego cayó bocabajo, rígido como un tronco.

Hermione corrió a darle la vuelta. Neville tenía la mandíbula rígida y no podía hablar. Sólo sus ojos se movían, mirándolos horrorizado.

—¿Qué le has hecho? —susurró Harry.

—Es la Inmovilización Total —dijo Hermione angustiada—. Oh, Neville, lo siento tanto...

—Lo comprenderás después, Neville —dijo Ron, mientras se alejaban para cubrirse con la capa invisible.

Pero dejar a Neville inmóvil en el suelo no parecía un buen augurio. En aquel estado de nervios, cada sombra de una estatua les parecía que era Filch, y cada silbido lejano del viento les parecía Peeves que los perseguía.

Al pie de la primera escalera, divisaron a la *Señora Norris*.

—Oh, vamos a darle una patada, sólo una vez —murmuró Ron en el oído de Harry, que negó con la cabeza. Mientras pasaban con cuidado al lado de la gata, ésta volvió la cabeza con sus ojos como linternas, pero no los vio.

No se encontraron con nadie más, hasta que llegaron a la escalera que iba al tercer piso. Peeves estaba flotando a mitad de camino, aflojando la alfombra para que la gente tropezara.

—¿Quién anda por ahí? —dijo súbitamente, mientras subían hacia él. Entornó sus malignos ojos negros—. Sé que están aquí, aunque no pueda verlos. ¿Aparecidos, fantasmas o estudiantillos detestables?

Se elevó en el aire y flotó, mirándolos de soslayo.

—Llamaré a Filch, debo hacerlo, si algo anda por ahí y es invisible.

Harry tuvo súbitamente una idea.

—Peeves —dijo en un ronco susurro—, el Barón Sanguinario tiene sus propias razones para ser invisible.

Peeves casi se cayó del aire de la impresión. Se sostuvo a tiempo y quedó a unos centímetros de la escalera.

—Lo siento mucho, sanguinaria señoría —dijo en tono meloso—. Fue por mi culpa, ha sido una equivocación... no lo vi... por supuesto que no, usted es invisible, perdone al viejo Peeves por su broma, señor.

—Tengo asuntos aquí, Peeves —gruñó Harry—. Manténte lejos de este lugar esta noche.

—Lo haré, señoría, desde luego que lo haré —dijo Peeves, elevándose otra vez en el aire—. Espero que los asuntos del señor barón salgan a pedir de boca, yo no lo molestaré.

Y desapareció.

—¡Genial, Harry! —susurró Ron.

Unos pocos segundos más tarde estaban allí, en el pasillo del tercer piso. La puerta ya estaba entreabierta.

—Bueno, ya lo ven —dijo Harry con calma—. Snape ya ha pasado ante *Fluffy*.

Ver la puerta abierta les hizo tomar plena conciencia de aquello a lo que tenían que enfrentarse. Por debajo de la capa, Harry se volvió hacia los otros dos.

—Si quieren regresar, no se los reprocharé —dijo—. Pueden llevarse la capa, no la voy a necesitar.

—No seas estúpido —dijo Ron.

—Vamos contigo —dijo Hermione.

Harry empujó la puerta.

Cuando la puerta crujió, oyeron unos gruñidos. Los tres hocicos del perro olfateaban en dirección a ellos, aunque no podía verlos.

—¿Qué tiene en los pies? —susurró Hermione.

—Parece un arpa —dijo Ron—. Snape debe de haberla dejado ahí.

—Debe despertarse en el momento en que se deja de tocar —dijo Harry—. Bueno, empecemos...

Se llevó a los labios la flauta de Hagrid y sopló. No era exactamente una melodía, pero desde la primera nota los ojos de la bestia comenzaron a cerrarse. Harry casi ni respiraba. Poco a poco, los gruñidos se fueron apagando, se balanceó, cayó de rodillas y luego se derrumbó en el suelo, profundamente dormido.

—Sigue tocando —advirtió Ron a Harry, mientras salía de la capa y se arrastraba hasta la trampilla. Podía sentir la respiración caliente y olorosa del perro, mientras se aproximaba a las gigantescas cabezas.

—Creo que podemos abrir la trampilla —dijo Ron, espiando por encima del lomo del perro—. ¿Quieres ir delante, Hermione?

—¡No, no quiero!

—Muy bien. —Ron apretó los dientes y anduvo con cuidado sobre las patas del perro. Se inclinó y tiró de la argolla de la trampilla, que se levantó y abrió.

—¿Qué puedes ver? —preguntó Hermione con ansiedad.

—Nada... sólo oscuridad... no hay forma de bajar, hay que dejarse caer.

Harry, que seguía tocando la flauta, hizo un gesto para llamar la atención de Ron y se señaló a sí mismo.

—¿Quieres ir primero? ¿Estás seguro? —dijo Ron—. No sé cómo es de profundo ese lugar. Dale la flauta a Hermione, para que pueda seguir haciéndolo dormir.

Harry le entregó la flauta y, en esos segundos de silencio, el perro gruñó y se estiró, pero en cuanto Hermione comenzó a tocar volvió a su sueño profundo.

Harry se acercó y miró hacia abajo. No se veía el fondo.

Se descolgó por la abertura y quedó suspendido de los dedos. Miró a Ron y dijo:

—Si algo me sucede, no sigan. Vayan directamente a la lechucería y envíen a *Hedwig* a Dumbledore. ¿De acuerdo?

—De acuerdo —respondió Ron.

—Nos veremos en un minuto, espero...

Y Harry se dejó caer. Frío, aire húmedo mientras caía, caía, caía y...

¡PAF! Aterrizó en algo mullido, con un ruido suave y extraño. Se incorporó y miró alrededor, con ojos desacostumbrados a la penumbra. Parecía que estaba sentado sobre una especie de planta.

—¡Todo bien! —gritó al cuadradito de luz del tamaño de un sello, que era la abertura de la trampilla—. ¡Fue un aterrizaje suave, puedes saltar!

Ron lo siguió de inmediato. Aterrizó al lado de Harry.

—¿Qué es esta cosa? —fueron sus primeras palabras.

—No sé, alguna clase de planta. Supongo que está aquí para detener la caída. ¡Vamos, Hermione!

La música lejana se detuvo. Se oyó un fuerte ladrido, pero Hermione ya había saltado. Cayó al otro lado de Harry.

—Debemos de estar a kilómetros debajo del colegio —dijo la niña.

—Me alegro de que esta planta esté aquí —dijo Ron.

—¿Te alegras? —gritó Hermione—. ¡Mírense!

Hermione saltó y chocó contra una pared húmeda. Tuvo que luchar porque, en el momento en que cayó, la planta comenzó a extenderse como una serpiente para sujetarle los tobillos. Harry y Ron, mientras tanto, ya tenían las piernas totalmente cubiertas, sin que se hubieran dado cuenta.

Hermione pudo liberarse antes de que la planta la atrapara. En aquel momento miraba horrorizada, mientras los chicos luchaban para quitarse la planta de encima, pero mientras más luchaban, la planta los envolvía con más rapidez.

—¡Dejen de moverse! —ordenó Hermione—. Sé lo que es esto. ¡Es Lazo del Diablo!

—Oh, me alegra mucho saber cómo se llama, es de gran ayuda —gruñó Ron, tratando de evitar que la planta trepara por su cuello.

—¡Calla, estoy tratando de recordar cómo matarla! —dijo Hermione.

—¡Bueno, date prisa, no puedo respirar! —jadeó Harry, mientras la planta le oprimía el pecho.

—Lazo del Diablo, Lazo del Diablo... ¿Qué dijo el profesor Sprout?... Le gusta la oscuridad y la humedad...

—¡Entonces enciende un fuego! —dijo Harry.

—Sí... por supuesto... ¡pero no tengo madera! —gimió Hermione, retorciéndose las manos.

—¿TE HAS VUELTO LOCA? —preguntó Ron—. ¿ERES UNA BRUJA O NO?

—¡Oh, de acuerdo! —dijo Hermione. Agitó su varita, murmuró algo y envió a la planta unas llamas azules como las que había utilizado con Snape. En segundos, los dos muchachos sintieron que se aflojaban las ligaduras, mientras la planta se retiraba a causa de la luz y el calor. Retorciéndose y alejándose, se desprendió de sus cuerpos y pudieron moverse.

—Me alegro de que hayas aprendido bien Herbología, Hermione —dijo Harry, mientras se acercaba a la pared, secándose el sudor de la cara.

—Sí —dijo Ron—, y yo me alegro de que Harry no pierda la cabeza en las crisis. Porque eso de «no tengo madera»... francamente...

—Por aquí —dijo Harry, señalando un pasadizo de piedra que era el único camino.

Lo único que podían oír, además de sus pasos, era el goteo del agua en las paredes. El pasadizo bajaba oblicuamente y Harry se acordó de Gringotts. Con un desagradable sobresalto, recordó a los dragones que decían que custodiaban las cámaras, en el banco de los magos. Si encontraban un dragón, un dragón más grande... Con *Norberto* ya habían tenido suficiente...

—¿Oyes algo? —susurró Ron.

Harry escuchó. Un leve tintineo y un crujido, que parecían proceder de delante.

—¿Crees que será un fantasma?

—No lo sé... a mí me parecen alas.

Llegaron hasta el final del pasillo y vieron ante ellos una habitación brillantemente iluminada, con el techo curvándose sobre ellos. Estaba llena de pajaritos brillantes que volaban por toda la habitación. En el lado opuesto, había una pesada puerta de madera.

—¿Crees que nos atacarán si cruzamos la habitación? —preguntó Ron.

—Es probable —contestó Harry—. No parecen muy malos, pero supongo que si se tiran todos juntos... Bueno, no hay nada que hacer... voy a correr.

Respiró profundamente, se cubrió la cara con los brazos y cruzó corriendo la habitación. Esperaba sentir picos agudos y garras desgarrando su cuerpo, pero no sucedió nada. Alcanzó la puerta sin que lo tocaran. Movió la manija, pero estaba cerrada con llave.

Los otros dos lo imitaron. Tiraron y empujaron, pero la puerta no se movía, ni siquiera cuando Hermione probó con su hechizo de Alohomora.

—¿Y ahora qué hacemos? —preguntó Ron.

—Esos pájaros... no pueden estar sólo por decoración —dijo Hermione.

Observaron los pájaros, que volaban sobre sus cabezas, brillando... ¿Brillando?

—¡No son pájaros! —dijo de pronto Harry—. ¡Son llaves! Llaves aladas, miren bien. Entonces eso debe significar... —Miró alrededor de la habitación, mientras los otros observaban la bandada de llaves—. Sí... miren ahí. ¡Escobas! ¡Tenemos que conseguir la llave de la puerta!

—¡Pero hay cientos de llaves!

Ron examinó la cerradura de la puerta.

—Tenemos que buscar una llave grande, antigua, de plata, probablemente, como la manija.

Cada uno cogió una escoba y de una patada estuvieron en el aire, remontándose entre la nube de llaves. Trataban de atraparlas, pero las llaves hechizadas se movían tan rápidamente que era casi imposible sujetarlas.

Pero no por nada Harry era el más joven buscador del siglo. Tenía un don especial para detectar cosas que la otra gente no veía. Después de unos minutos moviéndose entre el remolino de plumas de todos los colores, detectó una gran llave de plata, con un ala torcida, como si ya la hubieran atrapado y la hubieran introducido con brusquedad en la cerradura.

—¡Es ésa! —gritó a los otros—. Esa grande... allí... no, ahí... Con alas azul brillante... las plumas están aplastadas por un lado.

Ron se lanzó a toda velocidad en aquella dirección, chocó contra el techo y casi se cae de la escoba.

—¡Tenemos que encerrarla! —gritó Harry, sin quitar los ojos de la llave con el ala estropeada—. Ron, ven desde arriba, Hermione, quédate abajo y no la dejes descender. Yo trataré de atraparla. Bien: ¡AHORA!

Ron se lanzó en picada, Hermione subió en vertical, la llave los esquivó a ambos, y Harry se lanzó tras ella. Iban a toda velocidad hacia la pared, Harry se inclinó hacia delante y, con un ruido desagradable, la aplastó contra la piedra con una sola mano. Los vivas de Ron y Hermione retumbaron por la habitación.

Aterrizaron rápidamente y Harry corrió a la puerta, con la llave retorciéndose en su mano. La metió en la cerradura y le dio la vuelta... Funcionaba. En el momento en que se abrió la cerradura, la llave salió volando otra vez, con aspecto de derrotada, pues ya la habían atrapado dos veces.

—¿Listos? —preguntó Harry a los otros dos, con la mano en la manija de la puerta. Asintieron. Abrió la puerta.

La habitación siguiente estaba tan oscura que no pudieron ver nada. Pero cuando estuvieron dentro la luz súbitamente inundó el lugar, para revelar un espectáculo asombroso.

Estaban en el borde de un enorme tablero de ajedrez, detrás de las piezas negras, que eran todas tan altas como ellos y construidas en lo que parecía piedra. Frente a ellos, al otro lado de la habitación, estaban las piezas blancas. Harry, Ron y Hermione se estremecieron: las piezas blancas no tenían rostros.

—¿Ahora qué hacemos? —susurró Harry.

—Está claro, ¿no? —dijo Ron—. Tenemos que jugar para cruzar la habitación.

Detrás de las piezas blancas pudieron ver otra puerta.

—¿Cómo? —dijo Hermione con nerviosismo.

—Creo —contestó Ron— que vamos a tener que ser piezas.

Se acercó a un caballero negro y levantó la mano para tocar el caballo. De inmediato, la piedra cobró vida. El caballo dio una patada en el suelo y el caballero se levantó la visera del casco, para mirar a Ron.

—¿Tenemos que... unirnos a ustedes para poder cruzar?

El caballero negro asintió con la cabeza. Ron se volvió hacia los otros dos.

—Esto hay que pensarlo... —dijo—. Supongo que tenemos que ocupar el lugar de tres piezas negras.

Harry y Hermione esperaron en silencio, mientras Ron pensaba. Por fin dijo:

—Bueno, no se ofendan, pero ninguno de ustedes es muy bueno en ajedrez...

—No nos ofendemos —dijo rápidamente Harry—. Simplemente dinos qué tenemos que hacer.

—Bueno, Harry, tú ocupa el lugar de ese alfil y tú, Hermione, ponte en lugar de esa torre, al lado de Harry.

—¿Y qué pasa contigo?

—Yo seré un caballo.

Las piezas parecieron haber escuchado porque, ante esas palabras, un caballo, un alfil y una torre dieron la espalda a las piezas blancas y salieron del tablero, dejando libres tres cuadrados que Harry, Ron y Hermione ocuparon.

—Las blancas siempre juegan primero en el ajedrez —dijo Ron, mirando al otro lado del tablero—. Sí... miren.

Un peón blanco se movió hacia adelante.

Ron comenzó a dirigir a las piezas negras. Se movían silenciosamente cuando las mandaba. A Harry le temblaban las rodillas. ¿Y si perdían?

—Harry... muévete en diagonal, cuatro casillas a la derecha.

La primera verdadera impresión llegó cuando el otro caballo fue capturado. La reina blanca lo golpeó contra el tablero y lo arrastró hacia fuera, donde se quedó inmóvil, bocabajo.

—Tuve que dejar que sucediera —dijo Ron, conmovido—. Te deja libre para coger ese alfil. Vamos, Hermione.

Cada vez que uno de sus hombres perdía, las piezas blancas no mostraban compasión. Muy pronto, hubo un grupo de piezas negras desplomadas a lo largo de la pared. Dos veces, Ron se dio cuenta justo a tiempo para salvar a Harry y

Hermione del peligro. Él mismo jugó por todo el tablero, atrapando casi tantas piezas blancas como las negras que habían perdido.

—Ya casi estamos —murmuró de pronto—. Déjenme pensar... déjenme pensar.

La reina blanca volvió su cara sin rostro hacia Ron.

—Sí... —murmuró Ron—. Es la única forma... tengo que dejar que me cojan.

—¡NO! —gritaron Harry y Hermione.

—¡Esto es ajedrez! —dijo enfadado Ron—. ¡Hay que hacer algunos sacrificios! Yo daré un paso adelante y ella me cogerá... Eso te dejará libre para hacer jaque mate al rey, Harry.

—Pero...

—¿Quieres detener a Snape o no?

—Ron...

—¡Si no se dan prisa va a conseguir la Piedra!

No había nada que hacer.

—¿Listo? —preguntó Ron, con el rostro pálido pero decidido—. Allá voy, y no se queden una vez que hayan ganado.

Se movió hacia delante y la reina blanca saltó. Golpeó a Ron con fuerza en la cabeza con su brazo de piedra y el chico se derrumbó en el suelo. Hermione gritó, pero se quedó en su casillero. La reina blanca arrastró a Ron a un lado. Parecía desmayado.

Muy conmovido, Harry se movió tres casilleros a la izquierda. El rey blanco se quitó la corona y la arrojó a los pies de Harry. Habían ganado. Las piezas saludaron y se fueron, dejando libre la puerta. Con una última mirada de desesperación hacia Ron, Harry y Hermione corrieron hacia la salida y subieron por el siguiente pasadizo.

—¿Y si él está...?

—Él estará bien —dijo Harry, tratando de convencerse a sí mismo—. ¿Qué crees que nos queda?

—Tuvimos a Sprout en el Lazo del Diablo, Flitwick debe haber hechizado las llaves, y McGonagall transformó a las piezas de ajedrez. Eso nos deja el hechizo de Quirrell y el de Snape...

Habían llegado a otra puerta.

—¿Todo bien? —susurró Harry.

—Adelante.

Harry empujó y abrió.

Un tufo desagradable los invadió, haciendo que se taparan la nariz con la túnica. Con ojos que lagrimeaban debido al olor, vieron, aplastado en el suelo frente a ellos, un trol más grande que el que habían derribado, inconsciente y con un bulto sangrante en la cabeza.

—Me alegro de que no tengamos que pelear con éste —susurró Harry, mientras pasaban con cuidado sobre una de las enormes piernas—. Vamos, no puedo respirar.

Abrió la próxima puerta, los dos casi sin atreverse a ver lo que seguía... Pero no había nada terrorífico allí, sólo una mesa con siete botellas de diferente tamaño puestas en fila.

—Snape —dijo Harry—. ¿Qué tenemos que hacer?

Pasaron el umbral y de inmediato un fuego se encendió detrás de ellos. No era un fuego común, era púrpura. Al mismo tiempo, llamas negras se encendieron delante. Estaban atrapados.

—¡Mira! —Hermione cogió un rollo de papel, que estaba cerca de las botellas. Harry miró por encima de su hombro para leerlo:

El peligro yace ante ti, mientras la seguridad está detrás,
dos queremos ayudarte, cualquiera que encuentres,
una entre nosotras siete te dejará adelantarte,
otra llevará al que lo beba para atrás,
dos contienen sólo vino de ortiga,
tres son mortales, esperando escondidos en la fila.
Elige, a menos que quieras quedarte para siempre,
para ayudarte en tu elección, te damos cuatro claves:
Primera, por más astucia que tenga el veneno para
  ocultarse siempre encontrarás alguno al lado iz-
  quierdo del vino de ortiga;
Segunda, son diferentes las que están en los extremos,
  pero si quieres moverte hacia delante, ninguna es
  tu amiga;
Tercera, como claramente ves, todas tenemos tamaños
  diferentes: Ni el enano ni el gigante guardan la
  muerte en su interior;
Cuarta, la segunda a la izquierda y la segunda a la
  derecha son gemelas una vez que las pruebes,
  aunque a primera vista sean diferentes.

Hermione dejó escapar un gran suspiro y Harry, sorprendido, vio que sonreía, lo último que había esperado que hiciera.

—Muy bueno —dijo Hermione—. Esto no es magia... es lógica... es un acertijo. Muchos de los más grandes magos no han tenido una gota de lógica y se quedarían aquí para siempre.

—Pero nosotros también, ¿no?

—Por supuesto que no —dijo Hermione—. Lo único que necesitamos está en este papel. Siete botellas: tres con veneno, dos con vino, una nos llevará a salvo a través del fuego negro y la otra hacia atrás, por el fuego púrpura.

—Pero ¿cómo sabremos cuál beber?

—Dame un minuto.

Hermione leyó el papel varias veces. Luego paseó de un lado al otro de la fila de botellas, murmurando y señalándolas. Al fin, se golpeó las manos.

—Lo tengo —dijo—. La más pequeña nos llevará por el fuego negro, hacia la Piedra.

Harry miró a la diminuta botella.

—Aquí hay sólo para uno de nosotros —dijo—. No hay más que un trago.

Se miraron.

—¿Cuál nos hará volver por entre las llamas púrpura?

Hermione señaló una botella redonda del extremo derecho de la fila.

—Tú bebe de ésa —dijo Harry—. No: vuelve, busca a Ron y coge las escobas del cuarto de las llaves voladoras. Con ellas podrán salir por la trampilla sin que los vea *Fluffy*. Vayan directamente a la lechucería y envíen a *Hedwig* a Dumbledore, lo necesitamos. Puede ser que yo detenga un poco a Snape, pero la verdad es que no puedo igualarlo.

—Pero Harry... ¿y si Quien-tú-sabes está con él?

—Bueno, ya tuve suerte una vez, ¿no? —dijo Harry, señalando su cicatriz—. Puede ser que la tenga de nuevo.

Los labios de Hermione temblaron, y de pronto se lanzó sobre Harry y lo abrazó.

—¡Hermione!

—Harry... Eres un gran mago, ya lo sabes.

—No soy tan bueno como tú —contestó muy incómodo, mientras ella lo soltaba.

—¡Yo! —exclamó Hermione—. ¡Libros! ¡Inteligencia! Hay cosas mucho más importantes, amistad y valentía y... ¡Oh, Harry, ten cuidado!

—Bebe primero —dijo Harry—. Estás segura de cuál es cuál, ¿no?

—Totalmente —dijo Hermione. Se tomó de un trago el contenido de la botellita redondeada y se estremeció.

—No es veneno, ¿verdad? —dijo Harry con voz anhelante.

—No... pero parece hielo.

—Rápido, vete, antes de que se termine el efecto.

—Buena suerte... ten cuidado...

—¡VETE!

Hermione giró en redondo y pasó directamente a través del fuego púrpura.

Harry respiró profundamente y cogió la más pequeña de las botellas. Se enfrentó a las llamas negras.

—Allá voy —dijo, y se bebió el contenido de un trago.

Era realmente como si tragara hielo. Dejó la botella y fue hacia adelante. Se dio ánimo al ver que las llamas negras lamían su cuerpo pero no lo quemaban. Durante un momento no pudo ver más que fuego oscuro. Luego se encontró al otro lado, en la última habitación.

Ya había alguien allí. Pero no era Snape. Y tampoco era Voldemort.

17

El hombre con dos caras

Era Quirrell.

—¡Usted! —exclamó Harry.

Quirrell sonrió. Su rostro no tenía ni sombra del tic.

—Yo —dijo con calma— me preguntaba si me iba a encontrar contigo aquí, Potter.

—Pero yo pensé... Snape...

—¿Severus? —Quirrell rió, y no fue con su habitual sonido tembloroso y entrecortado, sino con una risa fría y aguda—. Sí, Severus parecía ser el indicado, ¿no? Fue muy útil tenerlo dando vueltas como un murciélago enorme. Al lado de él ¿quién iba a sospechar del po-pobre tar-tamudo p-profesor Quirrell?

Harry no podía aceptarlo. Aquello no podía ser verdad, no podía ser.

—¡Pero Snape trató de matarme!

—No, no, no. Yo traté de matarte. Tu amiga, la señorita Granger, accidentalmente me atropelló cuando corría a prenderle fuego a Snape, en ese partido de quidditch. Y rompió el contacto visual que yo tenía contigo. Unos segundos más y te habría hecho caer de esa escoba. Y ya lo habría conseguido, si Snape no hubiera estado murmurando un contramaleficio, tratando de salvarte.

—¿Snape trataba de salvarme a mí?

—Por supuesto —dijo fríamente Quirrell—. ¿Por qué crees que quiso ser árbitro en el siguiente partido? Estaba tratando de asegurarse de que yo no pudiera hacerlo otra vez. Gracioso, en realidad... no necesitaba molestarse. No podía hacer nada con Dumbledore mirando. Todos los otros profesores creyeron que Snape trataba de impedir que Gryffindor ganase, se ha hecho muy impopular... Y qué pérdida de tiempo cuando, después de todo eso, voy a matarte esta noche.

Quirrell chasqueó los dedos. Unas sogas cayeron del aire y se enroscaron en el cuerpo de Harry, sujetándolo con fuerza.

—Eres demasiado molesto para vivir, Potter. Deslizándote por el colegio, como en Halloween, porque me descubriste cuando iba a ver qué era lo que vigilaba la Piedra.

—¿Usted fue el que dejó entrar al trol?

—Claro. Yo tengo un don especial con esos monstruos. ¿No viste lo que le hice al que estaba en la otra habitación? Desgraciadamente, cuando todos andaban corriendo por ahí para buscarte, Snape, que ya sospechaba de mí, fue directamente al tercer piso para ganarme de mano, y no sólo hizo que mi monstruo no pudiera matarte, sino que ese perro de tres cabezas no mordió la pierna de Snape de la manera en que debería haberlo hecho...

Hizo una pausa:

—Ahora, espera tranquilo, Potter. Necesito examinar este interesante espejo.

De pronto, Harry vio lo que estaba detrás de Quirrell. Era el espejo de Oesed.

—Este espejo es la llave para poder encontrar la Piedra —murmuró Quirrell, dando golpecitos alrededor del marco—. Era de esperar que Dumbledore hiciera algo así... pero él está en Londres... Cuando pueda volver, yo ya estaré muy lejos.

Lo único que se le ocurrió a Harry fue tratar de que Quirrell siguiera hablando y dejara de concentrarse en el espejo.

—Los vi a usted y a Snape en el bosque... —dijo de golpe.

—Sí —dijo Quirrell, sin darle importancia, paseando alrededor del espejo para ver la parte posterior—. Me estaba siguiendo, tratando de averiguar hasta dónde había llegado. Siempre había sospechado de mí. Trató de asustarme... Como si pudiera, cuando yo tengo a lord Voldemort de mi lado...

Quirrell salió de detrás del espejo y se miró en él con enfado.

238

—Veo la Piedra... se la presento a mi maestro... pero ¿dónde está?

Harry luchó con las sogas que lo ataban, pero no se aflojaron. Tenía que evitar que Quirrell centrara toda su atención en el espejo.

—Pero Snape siempre pareció odiarme mucho.

—Oh, sí —dijo Quirrell, con aire casual—, claro que sí. Estaba en Hogwarts con tu padre, ¿no lo sabías? Se detestaban. Pero nunca quiso que estuvieras muerto.

—Pero hace unos días yo lo oí a usted, llorando... Pensé que Snape lo estaba amenazando...

Por primera vez, un espasmo de miedo cruzó el rostro de Quirrell.

—Algunas veces —dijo— me resulta difícil seguir las instrucciones de mi maestro... Él es un gran mago y yo soy débil...

—¿Quiere decir que él estaba en el aula con usted? —preguntó Harry.

—Él está conmigo dondequiera que vaya —dijo con calma Quirrell—. Lo conocí cuando viajaba por el mundo. Yo era un joven tonto, lleno de ridículas ideas sobre el mal y el bien. Lord Voldemort me demostró lo equivocado que estaba. No hay ni mal ni bien, sólo hay poder y personas demasiado débiles para buscarlo... Desde entonces le he servido fielmente, aunque muchas veces le he fallado. Tuvo que ser muy severo conmigo. —Quirrell se estremeció súbitamente—. No perdona fácilmente los errores. Cuando fracasé en robar esa Piedra de Gringotts, se disgustó mucho. Me castigó... decidió que tenía que vigilarme muy de cerca...

La voz de Quirrell se apagó. Harry recordó su viaje al callejón Diagon... ¿Cómo había podido ser tan estúpido? Había visto a Quirrell aquel mismo día y se habían estrechado las manos en el Caldero Chorreante.

Quirrell maldijo entre dientes.

—No comprendo... ¿La Piedra está dentro del espejo? ¿Tengo que romperlo?

La mente de Harry funcionaba a toda máquina.

«Lo que más deseo en el mundo en este momento —pensó— es encontrar la Piedra antes de que lo haga Quirrell. Entonces, si miro en el espejo, podría verme encontrándola... ¡Lo que quiere decir que veré dónde está escondida!

Pero ¿cómo puedo mirar sin que Quirrell se dé cuenta de lo que quiero hacer?

Trató de torcerse hacia la izquierda, para ponerse frente al espejo sin que Quirrell lo notara, pero las sogas que tenía alrededor de los tobillos estaban tan tensas que lo hicieron caer. Quirrell no le prestó atención. Seguía hablando para sí mismo.

—¿Qué hace este espejo? ¿Cómo funciona? ¡Ayúdame, Maestro!

Y, para el horror de Harry, una voz le respondió, una voz que parecía salir del mismo Quirrell.

—Utiliza al muchacho... Utiliza al muchacho...

Quirrell se volvió hacia Harry.

—Sí... Potter... ven aquí.

Hizo sonar las manos una vez y las sogas cayeron. Harry se puso lentamente de pie.

—Ven aquí —repitió Quirrell—. Mira en el espejo y dime lo que ves.

Harry se aproximó.

«Tengo que mentir —pensó, desesperado—, tengo que mirar y mentir sobre lo que veo, eso es todo.»

Quirrell se le acercó por detrás. Harry respiró el extraño olor que parecía salir del turbante de Quirrell. Cerró los ojos, se detuvo frente al espejo y los volvió a abrir.

Se vio reflejado, muy pálido y con cara de asustado. Pero un momento más tarde, su reflejo le sonrió. Puso la mano en el bolsillo y sacó una piedra de color sangre. Le guiñó un ojo y volvió a guardar la Piedra en el bolsillo y, cuando lo hacía, Harry sintió que algo pesado caía en su bolsillo real. De alguna manera (era algo increíble) había conseguido la Piedra.

—¿Bien? —dijo Quirrell con impaciencia—. ¿Qué es lo que ves?

Harry, haciendo de tripas corazón, contestó:

—Me veo con Dumbledore, estrechándonos las manos —inventó—. Yo... he ganado la Copa de las Casas para Gryffindor.

Quirrell maldijo otra vez.

—Quítate de ahí —dijo. Cuando Harry se hizo a un lado, sintió la Piedra Filosofal contra su pierna. ¿Se atrevería a escapar?

Pero no había dado cinco pasos cuando una voz aguda habló, aunque Quirrell no movía los labios.

—Él miente... él miente...

—¡Potter, vuelve aquí! —gritó Quirrell—. ¡Dime la verdad! ¿Qué es lo que has visto?

La voz aguda se oyó otra vez.

—Déjame hablar con él... cara a cara...

—¡Maestro, no está lo bastante fuerte todavía!

—Tengo fuerza suficiente... para esto.

Harry sintió como si el Lazo del Diablo lo hubiera clavado en el suelo. No podía mover ni un músculo. Petrificado, observó a Quirrell, que empezaba a desenvolver su turbante. ¿Qué iba a suceder? El turbante cayó. La cabeza de Quirrell parecía extrañamente pequeña sin él. Entonces, Quirrell se dio la vuelta lentamente.

Harry hubiera querido gritar, pero no podía dejar salir ningún sonido. Donde tendría que haber estado la nuca de Quirrell, había un rostro, la cara más terrible que Harry hubiera visto en su vida. Era de color blanco tiza, con brillantes ojos rojos y ranuras en vez de fosas nasales, como las serpientes.

—Harry Potter... —susurró.

Harry trató de retroceder, pero sus piernas no le respondían.

—¿Ves en lo que me he convertido? —dijo la cara—. No más que en sombra y quimera... Tengo forma sólo cuando puedo compartir el cuerpo de otro... Pero siempre ha habido seres deseosos de dejarme entrar en sus corazones y en sus mentes... La sangre de unicornio me ha dado fuerza en estas semanas pasadas... tú viste al leal Quirrell bebiéndola para mí en el bosque... y una vez que tenga el Elixir de la Vida seré capaz de crear un cuerpo para mí... Ahora... ¿por qué no me entregas la Piedra que tienes en el bolsillo?

Entonces él lo sabía. La idea hizo que de pronto las piernas de Harry se tambalearan.

—No seas tonto —se burló el rostro—. Mejor que salves tu propia vida y te unas a mí... o tendrás el mismo final que tus padres... Murieron pidiéndome misericordia...

—¡MENTIRA! —gritó de pronto Harry.

Quirrell andaba hacia atrás, para que Voldemort pudiera mirarlo. La cara maligna sonreía.

—Qué conmovedor —dijo—. Siempre consideré la valentía... Sí, muchacho, tus padres eran valientes... Maté primero a tu padre y luchó con valor... Pero tu madre no tenía que morir... ella trataba de protegerte... Ahora, dame esa Piedra, a menos que quieras que tu madre haya muerto en vano.

—¡NUNCA!

Harry se movió hacia la puerta en llamas, pero Voldemort gritó: ¡ATRÁPALO! y, al momento siguiente, Harry sintió la mano de Quirrell sujetando su muñeca. De inmediato, un dolor agudo atravesó su cicatriz y sintió como si la cabeza fuera a partírsele en dos. Gritó, luchando con todas sus fuerzas y, para su sorpresa, Quirrell lo soltó. El dolor en la cabeza amainó...

Miró alrededor para ver dónde estaba Quirrell y lo vio doblado de dolor, mirándose los dedos, que se ampollaban ante sus ojos.

—¡ATRÁPALO! ¡Atrápalo! —rugía otra vez Voldemort, y Quirrell arremetió contra Harry, haciéndolo caer al suelo y apretándole el cuello con las dos manos... La cicatriz de Harry casi lo enceguecía de dolor y, sin embargo, pudo ver a Quirrell chillando desesperado.

—Maestro, no puedo sujetarlo... ¡Mis manos... mis manos!

Y Quirrell, aunque mantenía sujeto a Harry aplastándolo con las rodillas, le soltó el cuello y contempló, aterrorizado, sus manos. Harry vio que estaban quemadas, en carne viva, con ampollas rojas y brillantes.

—¡Entonces mátalo, idiota, y termina de una vez! —exclamó Voldemort.

Quirrell levantó la mano para lanzar un maleficio mortal, pero Harry, instintivamente, se incorporó y se aferró a la cara de Quirrell.

—¡AAAAAAH!

Quirrell se apartó, con el rostro también quemado, y entonces Harry se dio cuenta: Quirrell no podía tocar su piel sin sufrir un dolor terrible. Su única oportunidad era sujetar a Quirrell, que sintiera tanto dolor como para impedir que hiciera el maleficio...

Harry se puso de pie de un salto, cogió a Quirrell de un brazo y lo apretó con fuerza. Quirrell gritó y trató de empujar a Harry. El dolor de cabeza de éste aumentaba y el muchacho no podía ver, solamente podía oír los terribles gemidos de Quirrell y los aullidos de Voldemort: ¡MÁTALO! ¡MÁTALO!, y otras voces, tal vez sólo en su cabeza, gritando: «¡Harry! ¡Harry!».

Sintió que el brazo de Quirrell se iba soltando, supo que estaba perdido, sintió que todo se oscurecía y que caía... caía... caía...

Algo dorado brillaba justo encima de él. ¡La snitch! Trató de atraparla, pero sus brazos eran muy pesados.

Pestañeó. No era la snitch. Eran un par de gafas. Qué raro.

Pestañeó otra vez. El rostro sonriente de Albus Dumbledore se agitaba ante él.

—Buenas tardes, Harry —dijo Dumbledore.

Harry lo miró asombrado. Entonces recordó.

—¡Señor! ¡La Piedra! ¡Era Quirrell! ¡Él tiene la Piedra! Señor, rápido...

—Cálmate, querido muchacho, estás un poco atrasado —dijo Dumbledore—. Quirrell no tiene la Piedra.

—¿Entonces quién la tiene? Señor, yo...

—Harry, por favor, cálmate, o la señora Pomfrey me echará de aquí.

Harry tragó y miró alrededor. Se dio cuenta de que debía estar en la enfermería. Estaba acostado en una cama, con sábanas blancas de hilo, y cerca había una mesa, con una enorme cantidad de paquetes, que parecían la mitad de la tienda de golosinas

—Regalos de tus amigos y admiradores —dijo Dumbledore, radiante—. Lo que sucedió en las mazmorras entre tú y el profesor Quirrell es completamente secreto, así que, naturalmente, todo el colegio lo sabe. Creo que tus amigos, los señores Fred y George Weasley, son responsables de tratar de enviarte un inodoro. No dudo que pensaron que eso te divertiría. Sin embargo, la señora Pomfrey consideró que no era muy higiénico y lo confiscó.

—¿Cuánto tiempo hace que estoy aquí?

—Tres días. El señor Ronald Weasley y la señorita Granger estarán muy aliviados al saber que has recuperado el conocimiento. Han estado sumamente preocupados.

—Pero señor, la Piedra...

—Veo que no quieres que te distraiga. Muy bien, la Piedra. El profesor Quirrell no te la pudo quitar. Yo llegué a tiempo para evitarlo, aunque debo decir que lo estabas haciendo muy bien.

—¿Usted llegó? ¿Recibió la lechuza que envió Hermione?

—Nos debimos cruzar en el aire. En cuanto llegué a Londres, me di cuenta de que el lugar en donde debía estar era el que había dejado. Llegué justo a tiempo para quitarte a Quirrell de encima...

—Fue usted.

—Tuve miedo de haber llegado demasiado tarde.

—Casi fue así, no habría podido aguantar mucho más sin que me quitara la Piedra...

—No por la Piedra, muchacho, por ti... El esfuerzo casi te mata. Durante un terrible momento tuve miedo de que fuera así. En lo que se refiere a la Piedra, fue destruida.

—¿Destruida? —dijo Harry sin entender—. Pero su amigo... Nicolás Flamel...

—¡Oh, sabes lo de Nicolás! —dijo contento Dumbledore—. Hiciste bien las tareas, ¿no es cierto? Bien, Nicolás y yo tuvimos una pequeña charla y estuvimos de acuerdo en que era lo mejor.

—Pero eso significa que él y su mujer van a morir, ¿no?

—Tienen suficiente Elixir guardado para poner sus asuntos en orden y luego, sí, van a morir.

Dumbledore sonrió ante la expresión de desconcierto que se veía en el rostro de Harry.

—Para alguien tan joven como tú, estoy seguro de que parecerá increíble, pero para Nicolás y Perenela será realmente como irse a la cama, después de un día muy, muy largo. Después de todo, para una mente bien organizada, la muerte no es más que la siguiente gran aventura. Sabes, la Piedra no era realmente algo tan maravilloso. ¡Todo el dinero y la vida que uno pueda desear! Las dos cosas que la mayor parte de los seres humanos elegirían... El problema es que los humanos tienen el don de elegir precisamente las cosas que son peores para ellos.

Harry yacía allí, sin saber qué decir. Dumbledore canturreó durante un minuto y después sonrió hacia el techo.

—¿Señor? —dijo Harry—. Estuve pensando... Señor, aunque la Piedra ya no esté, Vol... quiero decir Quién-usted-sabe...

—Llámalo Voldemort, Harry. Utiliza siempre el nombre correcto de las cosas. El miedo a un nombre aumenta el miedo a la cosa que se nombra.

—Sí, señor. Bien, Voldemort intentará volver de nuevo, ¿no? Quiero decir... No se ha ido, ¿verdad?

—No, Harry, no se ha ido. Está por ahí, en algún lugar, tal vez buscando otro cuerpo para compartir... Como no está realmente vivo, no se le puede matar. Él dejó morir a Quirrell, muestra tan poca misericordia con sus seguidores como con sus enemigos. De todos modos, Harry, tú tal vez has retrasado su regreso al poder. La próxima vez hará falta algún otro preparado para luchar y, si lo detienen otra vez y otra vez, bueno, puede ser que nunca vuelva al poder.

Harry asintió, pero se detuvo rápidamente, porque eso hacía que le doliera más la cabeza. Luego dijo:

—Señor, hay algunas cosas más que me gustaría saber, si me las puede decir... cosas sobre las que quiero saber la verdad...

—La verdad —Dumbledore suspiró—. Es una cosa terrible y hermosa, y por lo tanto debe ser tratada con gran cuidado. Sin embargo, contestaré tus preguntas a menos que tenga una muy buena razón para no hacerlo. Y en ese caso te pido que me perdones. Por supuesto, no voy a mentirte.

—Bien... Voldemort dijo que sólo mató a mi madre porque ella trató de evitar que me matara. Pero ¿por qué iba a querer matarme a mí en primer lugar?

Aquella vez, Dumbledore suspiró profundamente.

—Vaya, la primera cosa que me preguntas y no puedo contestarte. No hoy. No ahora. Lo sabrás, un día... Quítatelo de la cabeza por ahora, Harry. Cuando seas mayor... ya sé que eso es odioso... bueno, cuando estés listo, lo sabrás.

Y Harry supo que no sería bueno discutir.

—¿Y por qué Quirrell no podía tocarme?

—Tu madre murió para salvarte. Si hay algo que Voldemort no puede entender es el amor. No se dio cuenta de que un amor tan poderoso como el de tu madre hacia ti deja marcas poderosas. No una cicatriz, no un signo visible... Haber sido amado tan profundamente, aunque esa persona que nos amó no esté, nos deja para siempre una protección. Eso está en tu piel. Quirrell, lleno de odio, codicia y ambición, compartiendo su alma con Voldemort, no podía tocarte por esa razón. Era una agonía el tocar a una persona marcada por algo tan bueno.

Entonces Dumbledore se mostró muy interesado en un pájaro que estaba cerca de la cortina, lo que le dio tiempo a Harry para secarse los ojos con la sábana. Cuando pudo hablar de nuevo, Harry dijo:

—¿Y la capa invisible... sabe quién me la mandó?

—Ah... Resulta que tu padre me la había dejado y pensé que te gustaría tenerla. —Los ojos de Dumbledore brillaron—. Cosas útiles... Tu padre la utilizaba sobre todo para robar comida en la cocina, cuando estaba aquí.

—Y hay algo más...

—Dispara.

—Quirrell dijo que Snape...

—El profesor Snape, Harry.

—Sí, él... Quirrell dijo que me odia, porque odiaba a mi padre. ¿Es verdad?

—Bueno, ellos se detestaban uno al otro. Como tú y el señor Malfoy. Y entonces, tu padre hizo algo que Snape nunca pudo perdonarle.

—¿Qué?

—Le salvó la vida.

—¿Qué?

—Sí... —dijo Dumbledore, con aire soñador—. Es curiosa la forma en que funciona la mente de la gente, ¿no es cierto? El profesor Snape no podía soportar estar en deuda con tu padre... Creo que se esforzó tanto para protegerte este año porque sentía que así estaría en paz con él. Así podría seguir odiando la memoria de tu padre, en paz...

Harry trató de entenderlo, pero le hacía doler la cabeza, así que lo dejó.

—Y, señor, hay una cosa más...

—¿Sólo una?

—¿Cómo pude hacer que la Piedra saliera del espejo?

—Ah, bueno, me alegro de que me preguntes eso. Fue una de mis más brillantes ideas y, entre tú y yo, eso es decir mucho. Sabes, sólo alguien que quisiera encontrar la Piedra, encontrarla, pero no utilizarla, sería capaz de conseguirla. De otra forma, se verían haciendo oro o bebiendo el Elixir de la Vida. Mi mente me sorprende hasta a mí mismo... Bueno, suficientes preguntas. Te sugiero que comiences a comer esas golosinas. Ah, las pepas de todos los sabores. En mi juventud tuve la mala suerte de encontrar una con gusto a vómito y, desde entonces, me temo que dejaron de gustarme. Pero creo que no tendré problema con esta bonita pepita, ¿no te parece?

Sonrió y se metió en la boca una gragea de color dorado. Luego se atragantó y dijo:

—¡Ay de mí! ¡Cera del oído!

La señora Pomfrey era una mujer buena, pero muy estricta.

—Sólo cinco minutos —suplicó Harry.

—Ni hablar.

—Usted dejó entrar al profesor Dumbledore...

—Bueno, por supuesto, es el director, es muy diferente. Necesitas descansar.

—Estoy descansando, mire, acostado y todo lo demás. Oh, vamos, señora Pomfrey...

—Oh, está bien —dijo—. Pero sólo cinco minutos.

Y dejó entrar a Ron y Hermione.

—¡Harry!

Hermione parecía lista para lanzarse en sus brazos, pero Harry se alegró de que se contuviera, porque le dolía la cabeza.

—Oh, Harry, estábamos seguros de que te... Dumbledore estaba tan preocupado...

—Todo el colegio habla de ello —dijo Ron—. ¿Qué es lo que realmente pasó?

Fue una de esas raras ocasiones en que la verdadera historia era aún más extraña y apasionante que los más extraños rumores. Harry les contó todo: Quirrell, el espejo, la Piedra y Voldemort. Ron y Hermione eran muy buen público, jadeaban en los momentos apropiados y, cuando Harry les dijo lo que había debajo del turbante de Quirrell, Hermione gritó muy fuerte.

—¿Entonces la Piedra no existe? —dijo por último Ron—. ¿Flamel morirá?

—Eso es lo que yo dije, pero Dumbledore piensa que... ¿cómo era? Ah, sí: «Para las mentes bien organizadas, la muerte es la siguiente gran aventura».

—Siempre dije que era un chiflado —dijo Ron, muy impresionado por lo loco que estaba su héroe.

—¿Y qué les pasó a ustedes dos? —preguntó Harry.

—Bueno, yo volví —dijo Hermione—, desperté a Ron (tardé un rato largo) y, cuando íbamos a la lechucería para comunicarnos con Dumbledore, lo encontramos en el vestíbulo de entrada, y él ya lo sabía, porque nos dijo: «Harry se fue a buscarlo, ¿no?», y subió al tercer piso.

—¿Crees que él quería que lo hicieras? —dijo Ron—. ¿Enviándote la capa de tu padre y todo eso?

—Bueno —estalló Hermione—. Si lo hizo... eso es terrible... podían haberte matado.

—No, no fue así —dijo Harry con aire pensativo—. Dumbledore es un hombre muy especial. Yo creo que quería darme una oportunidad. Creo que él sabe, más o menos, todo lo que sucede aquí. Acepto que debía saber lo que íbamos a intentar y, en lugar de detenernos, nos enseñó lo suficiente para ayudarnos. No creo que fuera por accidente que me dejó encontrar el espejo y ver cómo funcionaba. Es casi como si él pensara que yo tenía derecho a enfrentarme a Voldemort, si podía...

—Bueno, sí, está bien —dijo Ron—. Escucha, debes estar levantado para mañana, es la fiesta de fin de curso. Ya están todos los puntos y Slytherin ganó, por supuesto. Te perdiste el último partido de quidditch. Sin ti, nos ganó Ravenclaw, pero la comida será buena.

En aquel momento, entró la señora Pomfrey.

—Ya han estado quince minutos, ahora FUERA —dijo con severidad.

Después de una buena noche de sueño, Harry se sintió casi bien.

—Quiero ir a la fiesta —dijo a la señora Pomfrey, mientras ella le ordenaba todas las cajas de golosinas—. Podré ir, ¿verdad?

—El profesor Dumbledore dice que tienes permiso para ir —dijo con desdén, como si considerara que el profesor Dumbledore no se daba cuenta de lo peligrosas que eran las fiestas—. Y tienes otra visita.

—Oh, bien —dijo Harry—. ¿Quién es?

Mientras hablaba, entró Hagrid. Como siempre que estaba dentro de un lugar, Hagrid parecía demasiado grande. Se sentó cerca de Harry, lo miró y se puso a llorar.

—¡Todo... fue... por mi maldita culpa! —gimió, con la cara entre las manos—. Yo le dije al malvado cómo pasar ante *Fluffy*. ¡Se lo dije! ¡Podías haber muerto! ¡Todo por un huevo de dragón! ¡Nunca volveré a beber! ¡Deberían echarme y obligarme a vivir como un muggle!

—¡Hagrid! —dijo Harry, impresionado al ver la pena y el remordimiento de Hagrid, y las lágrimas que mojaban su barba—. Hagrid, lo habría descubierto igual, estamos hablando de Voldemort, lo habría sabido igual aunque no le dijeras nada.

—¡Podrías haber muerto! —sollozó Hagrid—. ¡Y no digas ese nombre!

—¡VOLDEMORT! —gritó Harry, y Hagrid se impresionó tanto que dejó de llorar—. Me encontré con él y lo llamo por su nombre. Por favor, alégrate, Hagrid, salvamos la Piedra, ya no está, no la podrá usar. Toma una rana de chocolate, tengo muchísimas...

Hagrid se secó la nariz con el dorso de la mano y dijo:

—Eso me hace recordar... Te he traído un regalo.

—No será un bocadillo de comadreja, ¿verdad? —dijo preocupado Harry, y finalmente Hagrid se rió.

—No. Dumbledore me dio libre el día de ayer para hacerlo. Por supuesto tendría que haberme echado... Bueno, aquí tienes...

Parecía un libro con una hermosa cubierta de cuero. Harry lo abrió con curiosidad... Estaba lleno de fotos mágicas. Sonriéndole y saludándolo desde cada página, estaban su madre y su padre...

—Envié lechuzas a todos los compañeros de colegio de tus padres, pidiéndoles fotos... Sabía que tú no tenías... ¿Te gusta?

Harry no podía hablar, pero Hagrid entendió.

Harry bajó solo a la fiesta de fin de curso de aquella noche. Lo había ayudado a levantarse la señora Pomfrey, insistiendo en examinarlo una vez más, así que, cuando llegó, el Gran Comedor ya estaba lleno. Estaba decorado con los colores de Slytherin, verde y plata, para celebrar el triunfo de aquella casa al ganar la copa durante siete años seguidos. Un gran estandarte, que cubría la pared detrás de la mesa de los profesores, mostraba la serpiente de Slytherin.

Cuando Harry entró se produjo un súbito murmullo y todos comenzaron a hablar al mismo tiempo. Se deslizó en una silla, entre Ron y Hermione, en la mesa de Gryffindor, y trató de hacer caso omiso del hecho de que todos se ponían de pie para mirarlo.

Por suerte, Dumbledore llegó unos momentos después. Las conversaciones cesaron.

—¡Otro año se va! —dijo alegremente Dumbledore—. Y voy a fastidiarlos con la charla de un viejo, antes de que puedan empezar con los deliciosos manjares. ¡Qué año hemos tenido! Esperamos que sus cabezas estén un poquito más llenas que cuando llegaron... Ahora tienen todo el verano para dejarlas bonitas y vacías antes de que comience el próximo año... Bien, tengo entendido que hay que entregar la Copa de las Casas y los puntos ganados son: en cuarto lugar, Gryffindor, con trescientos doce puntos; en tercer lugar, Hufflepuff, con trescientos cincuenta y dos; Ravenclaw tiene cuatrocientos veintiséis, y Slytherin, cuatrocientos setenta y dos.

Una tormenta de vivas y aplausos estalló en la mesa de Slytherin. Harry pudo ver a Draco Malfoy golpeando la mesa con su copa. Era una visión repugnante.

—Sí, sí, bien hecho, Slytherin —dijo Dumbledore—. Sin embargo, los acontecimientos recientes deben ser tenidos en cuenta.

Todos se quedaron inmóviles. Las sonrisas de los Slytherin se apagaron un poco.

—Así que —dijo Dumbledore— tengo algunos puntos de última hora para agregar. Déjenme ver. Sí... Primero, para el señor Ronald Weasley...

Ron se puso tan colorado que parecía un rábano con insolación.

—... por ser el mejor jugador de ajedrez que Hogwarts haya visto en muchos años, premio a la casa Gryffindor con cincuenta puntos.

Las hurras de Gryffindor llegaron hasta el techo encantado, y las estrellas parecieron estremecerse. Se oyó que

Percy les decía a los otros prefectos: «Es mi hermano, ¿saben? ¡Mi hermano menor! ¡Consiguió pasar en el juego de ajedrez gigante de McGonagall!».

Por fin se hizo el silencio otra vez.

—Segundo... a la señorita Hermione Granger... por el uso de la fría lógica al enfrentarse con el fuego, premio a la casa Gryffindor con cincuenta puntos.

Hermione enterró la cara entre los brazos. Harry casi tuvo la seguridad de que estaba llorando. Los cambios en la tabla de puntuaciones pasaban ante ellos: Gryffindor estaba cien puntos más arriba.

—Tercero... al señor Harry Potter... —continuó Dumbledore. La sala estaba mortalmente silenciosa—... por todo su temple y sobresaliente valor, premio a la casa Gryffindor con sesenta puntos.

El estrépito fue total. Los que pudieron sumar, además de gritar y aplaudir, se dieron cuenta de que Gryffindor tenía los mismos puntos que Slytherin, cuatrocientos setenta y dos. Si Dumbledore le hubiera dado un punto más a Harry... Pero así no llegaban a ganar.

Dumbledore levantó el brazo. La sala fue recuperando la calma.

—Hay muchos tipos de valentía —dijo sonriendo Dumbledore—. Hay que tener un gran coraje para oponerse a nuestros enemigos, pero hace falta el mismo valor para hacerlo con los amigos. Por lo tanto, premio con diez puntos al señor Neville Longbottom.

Alguien que hubiera estado en la puerta del Gran Comedor habría creído que se había producido una explosión, tan fuertes eran los gritos que salieron de la mesa de Gryffindor. Harry, Ron y Hermione se pusieron de pie y vitorearon a Neville, que, blanco de la impresión, desapareció bajo la gente que lo abrazaba. Nunca había ganado más de un punto para Gryffindor. Harry, sin dejar de vitorear, dio un codazo a Ron y señaló a Malfoy, que no podía haber estado más atónito y horrorizado si le hubieran echado el maleficio de la Inmovilidad Total.

—Lo que significa —gritó Dumbledore sobre la salva de aplausos, porque Ravenclaw y Hufflepuff estaban celebrando la derrota de Slytherin—, que hay que hacer un cambio en la decoración.

251

Dio una palmada. En un instante, los adornos verdes se volvieron escarlata; los de plata, dorados, y la gran serpiente se desvaneció para dar paso al león de Gryffindor. Snape estrechaba la mano de la profesora McGonagall, con una horrible sonrisa forzada en su cara. Captó la mirada de Harry y el muchacho supo de inmediato que los sentimientos de Snape hacia él no habían cambiado en absoluto. Aquello no lo preocupaba. Parecía que la vida iba a volver a la normalidad en el año próximo, o a la normalidad típica de Hogwarts.

Aquélla fue la mejor noche de la vida de Harry, mejor que ganar un partido de quidditch, o que la Navidad, o que hacer que se desmayara el monstruo gigante... Nunca, jamás, olvidaría aquella noche.

Harry casi no recordaba ya que tenían que recibir los resultados de los exámenes, pero éstos llegaron. Para su gran sorpresa, tanto él como Ron pasaron con buenas notas. Hermione, por supuesto, fue la mejor del año. Hasta Neville pasó a duras penas, pues sus buenas notas en Herbología compensaron los desastres en Pociones. Ellos confiaban en que suspendieran a Goyle, que era casi tan estúpido como malo, pero él también aprobó. Era una lástima, pero como dijo Ron, no se puede tener todo en la vida.

Y de pronto, sus armarios se vaciaron, sus equipajes estuvieron listos, el sapo de Neville apareció en un rincón del cuarto de baño... Todos los alumnos recibieron notas en las que los prevenían para que no utilizaran la magia durante las vacaciones («Siempre espero que se olviden de darnos esas notas», dijo con tristeza Fred Weasley). Hagrid estaba allí para llevarlos en los botes que cruzaban el lago. Subieron al expreso de Hogwarts, charlando y riendo, mientras el paisaje campestre se volvía más verde y menos agreste. Comieron las pepas de todos los sabores, pasaron a toda velocidad por las ciudades de los muggles, se quitaron la ropa de magos y se pusieron camisas y abrigos... Y bajaron en el andén nueve y tres cuartos de la estación King' Cross.

Tardaron un poco en salir del andén. Un viejo y enjuto guarda estaba al otro lado de la taquilla, dejándolos pasar de dos en dos o de tres en tres, para que no llamaran la atención saliendo de golpe de una pared sólida, pues alarmarían a los muggles.

—Tienen que venir y pasar el verano conmigo —dijo Ron—, los dos. Les enviaré una lechuza.

—Gracias —dijo Harry—. Voy a necesitar alguna perspectiva agradable.

La gente los empujaba mientras se movían hacia la estación, volviendo al mundo muggle. Algunos le decían:

—¡Adiós, Harry!

—¡Nos vemos, Potter!

—Sigues siendo famoso —dijo Ron, con sonrisa burlona.

—No allí adonde voy, eso te lo aseguro —respondió Harry.

Él, Ron y Hermione pasaron juntos a la estación.

—¡Allí está él, mamá, allí está, míralo!

Era Ginny Weasley, la hermanita de Ron, pero no señalaba a su hermano.

—¡Harry Potter! —chilló—. ¡Mira, mamá! Puedo ver...

—Tranquila, Ginny. Es de mala educación señalar con el dedo.

La señora Weasley les sonrió.

—¿Un año movido? —les preguntó.

—Mucho —dijo Harry—. Muchas gracias por el suéter y el pastel, señora Weasley.

—Oh, no fue nada.

—¿Ya estás listo?

Era tío Vernon, todavía con el rostro púrpura, todavía con bigotes y todavía con aire furioso ante la audacia de Harry, llevando una lechuza en una jaula, en una estación llena de gente común. Detrás, estaban tía Petunia y Dudley, con aire aterrorizado ante la sola presencia de Harry.

—¡Usted debe ser de la familia de Harry! —dijo la señora Weasley.

—Por decirlo así —dijo tío Vernon—. Date prisa, muchacho, no tenemos todo el día. —Dio la vuelta para ir hacia la puerta.

Harry esperó para despedirse de Ron y Hermione.

—Nos veremos durante el verano, entonces.

—Espero que... que tengas unas buenas vacaciones —dijo Hermione, mirando insegura a tío Vernon, impresionada de que alguien pudiera ser tan desagradable.

—Oh, lo serán —dijo Harry, y sus amigos vieron, con sorpresa, la sonrisa burlona que se extendía por su cara—. Ellos no saben que no nos permiten utilizar magia en casa. Voy a divertirme mucho este verano con Dudley...

PAPEL ECOLÓGICO